文春文庫

凍結事案《コールドケース》捜査班

時の呪縛

麻見和史

文藝春秋

目次

凍結事案《コールドケース》捜査班　時の呪縛

第一章　凍った時間

1

私は両手を自分の胸に当て、興奮を鎮めようとした。

今、この部屋の空気を震わせているのは私自身の息づかいだ。

両手を広げ、深呼吸をしようとした。しかし、大きく空気を吸い込むことができない。情けないことだが、濁った水槽の魚のようにぱくぱくと口を動かすばかりだ。

三分、いや四分か。しばらく苦しい状態が続いたあと、ようやく普通に息ができるようになった。ああ、ありがたい、と思った。

落ち着け、落ち着け、と私は自分に言い聞かせた。それから部屋の中を歩き始めた。

檻の中の熊のように、うろうろと動き回る。ぶつぶつ言いながら思案し続ける。

やがて私は部屋の隅で足を止めた。そうして、床の上に転がっているものを見た。

人間だ。

床に倒れたまま、ぴくりとも動かない。つるりとした青白い肌は、精巧に出来た人体模型を思わせた。だが、これは決して作り物などではない。

その人物は頭から血を流していた。仰向けに倒れた状態で、目を大きく見開き、蛍光灯を睨んでいる。いや、視線の先にあるのは天井の黒い染みだろうか。

私もまた、その染みをじっと見つめた。自然に出来たものだが、凝視しているうち何者かの顔のように思えてきた。

床に倒れた人物は天井の顔を見上げ、天井の顔は倒れた者を見下ろしている。そんな奇妙な状況が私の前にある。これは死者と亡霊の睨み合いだ。

――いや、違う。私は何を考えているのか。

まだ、完全には興奮がおさまっていないのだろう。

とにかく、と私は思った。この遺体をなんとかしなければならない。

私は椅子に腰掛け、机に向かって状況を整理しようとした。人の遺体を始末する方法など、今まで考えたこともなかった。だが、このまま放置しておくわけにはいかない。放っておけば遺体は腐ってぐずぐずになり、体液が滲み出して、床にどす黒い人型の汚れを作るだろう。大変な臭いを発して、この部屋には誰も出入りできなくなる。悪夢のような状態だ。

そして、遺体による汚れや悪臭以上に問題となるのが警察だった。ここで人が死んだ。私が殺してしまった。それを知られたら身の破滅だ。人ひとり殺したらどれぐらいの刑期になるのだろう。三年や四年では済むまい。薄暗い刑務所の中、粗野で下品な犯罪者たちとともに、長い間過ごさなくてはならないのだ。はたして、耐えられるだろうか。

無理だ。とても自分には無理だ。

自由に本を読んだり、好きなものを食べたりすることができなくなる。大事な趣味も続けられないし、コレクションを充実させることも不可能になるのだ。断じて、そんなことを受け入れるわけにはいかない。

なんとかしてこの状況を打開しようと、私は必死に考え始めた。

遺体をどうするかが決まったのは一時間後のことだった。

それを実行に移したら、もう後戻りはできない。覚悟を決めてすべてを行う必要がある。そして覚悟を決めるのなら、私にはどうしてもやっておきたいことがあった。

私は棚からツールボックスを持ってきた。床の上にそれを置き、素早く中を探る。

取り出したのは、刃渡りの長いナイフだった。丈夫な作りで、手にしっくり馴染むものだ。これまでは別の用途のために持っていた。だが今は、目の前の仕事のために使おうと決めた。

ゆっくりと遺体に近づいていく。虚空を睨んでいる目が、私を見たような気がした。心臓の鼓動が速くなってきた。また呼吸数が上がっていく。私の息づかいが、静かな部屋の中に響く。

私は遺体の耳に、そっと触れてみた。耳輪《じりん》から耳たぶまで撫でていく。軟骨や脂肪で出来た耳には、弾力を持った部分や柔らかい部分があり、ほかの器官とは違った感触が楽しめる。また、盛り上がったところや凹んだところがあって、じっくり見ればかなり複雑な構造だというのがわかる。

耳をじっと見つめたあと、私は自分の心に問いかけた。

——この耳がほしいのか？　本当にほしいのか？

そうだ、と私はうなずいた。どうしても手に入れたい。こんなチャンスはもう二度とないかもしれないのだ。

呼吸を整えようと努力する。それから私は、ナイフを握る手に力を込めた。

2

体を動かすとき、つい「よっこいしょ」と言ってしまう。

無意識のうちにそんな言葉が出てしまうのだから、本当に困る。まだそれほどの歳ではないのだが、人というのは体より心のほうが早く老化するのかもしれない。

意識して「よっこいしょ」を言わないようにしながら、藤木靖彦《ふじきやすひこ》はリビングルームの椅子から立ち上がった。今日、職場でも気をつけなければ、と自分に言い聞かせる。新しい職場では、まだ同僚たちと親しく接してはいなかった。もしかしたら、五十歳だと知って藤木をロートル扱いしようとする者がいるかもしれない。舐められないよう注意しなくては。

そんなことを考えながら流し台の前に立った。シンクには昨夜使った食器や箸、ビアグラスが汚れたまま水に漬けてある。そしてガステーブルの隣にはスーパーで買った惣菜のパッケージ、ビールの空き缶、日本酒の紙パックなどが置いてある。面倒だな、と思った。片づけるのは帰ってからにしよう、と決めた。

流し台から顔を上げる。だがそこで、藤木は何度かまばたきをした。

――俺は今、何をしに来たんだっけ？

シンクを片づけに来たわけではなかったはずだ。

しばらく辺りを見回しているうち、ようやく思い出した。そうだ、冷たいお茶が飲みたかったのだ。

冷蔵庫の扉を開け、お茶のペットボトルを取り出す。中を見て、思わず顔をしかめた。

お茶は一口分しか残っていなかった。藤木は最後の一口を飲み干し、ペットボトルをごみ箱へと放った。ところがペットボトルはごみ箱の縁に当たり、大きく跳ねて床に落ちてしまった。

藤木は低い声で唸った。最近こんなことばかりだ。何をやってもうまくいかない。ペットボトルを拾い上げるため、床に手を伸ばす。そのとき「よっこいしょ」と言ってしまって自己嫌悪に陥った。ペットボトルをひねりつぶしてごみ箱に押し込み、小さくため息をつく。最近は何かしようとして失敗し、ため息をつくまでがセットになっている。

気を取り直して二階の寝室へ行き、着替えを始めた。

スーツはグレー、ネクタイは紺色のものを選んだ。もともと派手な色は好まないが、最近、赤系のネクタイは使っていない。なんとなく避けてしまう自分がいる。

火の元、戸締まりなどをチェックする。ミスが増えているから特に注意が必要だ。気になって、ガスの元栓は二度も確認してしまった。

最後に藤木は、テーブルの上にある写真に目を向けた。しばらくそれを見つめたあと、「じゃあ行ってくる」とつぶやいて玄関に向かった。

通勤電車は今日も混んでいた。

荻窪駅から丸ノ内線の電車に乗り、都心に向かう。途中の駅で十人ほどの集団が乗り込んできた。腕時計を確認してみる。十月十九日、午前七時二十分。通勤ラッシュの最中だ。厄介な人たちと一緒になったな、と藤木は思った。

全員、六、七十代の高齢者で、リュックを背負ったり、ショルダーバッグを掛けたりと荷物が多い。それが大勢でやってきたものだから、扉付近が窮屈になった。

高齢者たちは電車が揺れるたびに大きな声を上げる。まるでアトラクションを楽しむ客のようだ。やれやれ羨ましいことだ、と藤木は思ったが、すぐに首をかしげた。いや、別に羨ましくはないよな。自分は都内観光に興味はないし、そもそもあんなふうに仲間とどこかへ出かけたくはない。時間があるなら家で寝ていたほうがいい。

カーブで電車が大きく揺れた。七十歳ぐらいだろうか、ジャンパーを着た女性がバランスを崩してこちらへもたれかかってきた。藤木は咄嗟に腕を動かし、支えてやろうとした。だがその前に、そばにいた白髪の男性が彼女の体をしっかり受け止めていた。

「大丈夫か」と男性が訊くと、女性は苦笑いして「こんなに混むなんてねえ」と答えた。「これじゃ観光をする前にくたびれちゃう」とも言った。

近くにいた若い会社員は、先ほどからずっと不機嫌そうな顔をしている。彼の気持ちはよくわかった。このラッシュの中、一緒になってしまった観光客に不快感を抱いているのだ。

以前であれば、藤木もそんなふうに感じていただろう。しかし今は違う。気楽な観光客たちに腹を立てるというより、よけいなものを見てしまったという思いが強かった。それを見ることによって気持ちが落ち込んでしまう。みぞおちの辺りが重くなり、きゅっと痛むような気がする。

都心部に入って、車内はさらに混んできた。空気が濁っているように感じられる。息苦しさがかなり高じたころ、ようやく霞ケ関駅に着いた。ホームに降りたとき、藤木は想像以上に自分が疲れていることに気づいた。

階段を登って地上に出る。風が心地よくて、少し気分が落ち着いた。

藤木は霞が関の官庁街を歩いていった。職場が近づくと、さすがに気持ちが引き締まってきた。

桜田門駅のそばにある特徴的な建物、警視庁本部庁舎。その六階に藤木の職場はある。

エレベーターで六階に上がり、廊下を進んでいく。以前なら堂々と歩いたものだが、今はすっかり変わってしまった。知り合いと顔を合わせるのが気まずいのだ。

「あれ、藤木さんじゃないですか」

うしろから呼びかけられた。嫌だな、と思いながら足を止めて振り返る。

ワイシャツ姿の男性が、笑みを浮かべて近づいてきた。彼は捜査一課の通称「殺人班」に所属する刑事だ。

「久しぶりですね」と言ったあと、相手は声のトーンを落とした。「聞きましたよ。このたびは本当に大変でしたね。お察しします」

「ああ……。いろいろ迷惑をかけたね」藤木はうなずく。

「何かあったら言ってください。力になれるかもしれません」

「うん、ありがとう」

話はすぐに終わった。要するにこれは社交辞令だ。相手の男性は深い事情を知りたいわけではなく、たまたま藤木を見かけたから話しかけただけだろう。何かあったら言ってくれという言葉も、真に受けては失望する。実際に何か相談しに行ったりしたら、心の中で迷惑がられるに決まっている。

ワイシャツ姿の刑事は会釈をして、殺人班の広い部屋に入っていった。以前は藤木もその部屋で働いていたのだが、今、そこに自分の席はない。

しばらく行ったところにドアがあり、《捜査第一課　特命捜査対策室　支援係》というプレートが貼ってあった。藤木の仕事場はここだ。

ドアを開けると、ごく狭い部屋があった。机が五つ置かれていて、そのうち四つは寄せられ、島の形になっている。残るひとつは係長の席で、学校の教員机のように少し離れた場所に置かれていた。係長席のそばにはミーティング用のホワイトボードも用意されている。

向かって右手の壁にはコピー機や小物を収める棚、段ボール箱。左手の壁にはスチールラックが設置され、数多くのチューブファイルが収納されていた。それぞれにラベルが貼ってあり、捜査関係の資料であることがわかる。古いものから年代順に並べられた状態だ。

今、室内にはふたりの男女がいた。寄せられた四つの席のうち、左手の手前には若い女性が、その隣、左手奥の席には四十代半ばの男性が座っている。

「おはようございます」

女性が藤木に気づいて会釈をした。白いシャツに紺のパンツスーツという定番のスタイルだ。セミロングの髪をうしろでひとつに縛っている。目が大きく、おっとりした雰囲気があった。

石野《いしの》千春《ちはる》巡査だ。十月になって初めて会ったとき二十八歳だと話していたが、実際の年齢よりも若く見える。

「うん、おはよう」軽くうなずいて藤木は答えた。

「あの……藤木さん」

呼び止められて、彼女の顔をじっと見つめた。

「なんだ？」

「お耳に入れておいたほうがいいと思って……。今日から、新しい捜査が始まるらしいんです」

「ふうん、そうなのか。頑張ってくれよな」

「それがですね、今回から藤木さんにも加わってもらうって、係長が」

「えっ、本当か？」

藤木は眉をひそめた。つい不機嫌な顔になってしまったようだ。それを見て石野がきょときょとと目を動かし始める。落ち着かない様子で彼女は言った。

「あの……すみません。私、よけいなことを……。気分が悪いですよね」

「ああ、いや、こっちこそ悪かった」藤木は彼女に向かって笑ってみせた。「ちょっと驚いただけだよ。教えてくれて助かった」

「なら、いいんですが……。私、いつも要領が悪いって言われて……」

「そんなことはないだろう。君はしっかりしていると思うぞ」

この半月ほどでわかってきたのだが、石野は極端に気が弱いらしく、何かあるとすぐ自分の意見を引っ込めて詫びようとする。相手の表情や言葉を、いつも悪いほうへ解釈してしまうらしい。はたして捜査員として適性があるのだろうかと思ってしまうが、これで仕事ができているのなら、自分が文句を言う筋合いはないだろう。

石野は手元のペンケースからボールペンを取り出し、ノートに何か書き込んだ。それから、猛烈な速さでパソコンのキーボードを叩き始めた。

藤木はコピー機の前を通って奥へ進んだ。石野の斜め前、係長席に近いほうの机が自分の席だ。

鞄を机に置いて椅子を引く。その位置に来ると、正面に中年男性の顔が見えた。

髪を短めにしているせいで、もともと広い額がさらに広くなっている。目が細く、見ようによってはいつも微笑しているような印象がある。彼は口元を緩めて話しかけてきた。

「藤木さん、今日はどうです？　体の調子」

「よくないね」藤木はゆっくりと首を横に振った。「ここに来るまでにすっかり疲れてしまった」

「……朝食は？」

「朝から飯なんて食えるもんか」

「また飲みすぎたんですね」男性はくっくっと声を出して笑った。「ほどほどにしないとねえ。あんまり若くはないんですから」

「飲まずにはいられないんだよ」

藤木が顔をしかめて言うと、男性は大きく眉を動かし、首をすくめた。言動のひとつひとつが芝居がかっていて、ときどき藤木は苛立つことがある。だが当の本人は、これをコミュニケーションの手段だと考えているようだ。

彼は岸弘志《きしひろし》といって、階級は藤木と同じ巡査部長だ。歳はたしか、藤木より六つ下の四十四歳。如才ない人物で、誰を相手にしても物怖じしない社交性を持っている。おそらくその長所は、捜査のときにも活かされているだろう。

椅子に腰掛け、ノートパソコンの電源を入れてから藤木は再び顔を上げた。

「今、石野が言ってたんだけどさ」藤木は岸に話しかけた。「俺も捜査に参加させるって話、係長から聞いてるかい？」

「ええ、聞きました」岸はこちらを見て答えた。「昨日の夕方、その話題になったんですよ」

「なんで係長は、俺のいないときにそういう話をするんだろうな」

「だって藤木さん、定時で帰っちゃったから。係長は会議のあと、ここへ戻ってきたんですよ。『あれ？』って。『藤木さんはいないのか』って」

「勤務時間が終わってるんだから文句は言われないだろう。そもそも俺は戦力外なんだし」

「今まではね。でも、これから忙しくなりそうなんですよ」

「そう言われてもなあ」

藤木は鼻を鳴らした。その様子を見て岸はまた、くっくっと笑った。

岸は人懐こい性格で、この部署のムードメーカーと言ってもいい。だが、いろいろ話はするものの、藤木は岸という人物のことを詳しくは知らない。そして、藤木自身のことも詳しく説明してはいない。ここでは、そういう関係でいいと思っている。

かつて殺人班にいたころは自分の生い立ちから趣味、家族構成まですっかり同僚に話したものだ。逆に同僚からもあれこれ聞き出し、互いに情報を共有していた。そうすることで信頼関係が生まれるのだと思っていた。

しかしこの部署に来てから、藤木は態度を変えた。腹を割って話そうという気もないし、信頼し合おうという意志もない。ただ書類をまとめ、整理し、定時になったら仕事を終えて帰る。それだけだ。

ドアが開いて、ふたりの男性が部屋に入ってきた。

ひとりは先月三十一歳になったという秀島拓斗《ひでしまたくと》巡査部長だった。身長百八十センチ弱、すらりとした体形の人物だ。髪には緩いパーマがかかっていて、少し日本人離れしたように見える。

もうひとりは黒縁眼鏡をかけた中年男性だった。大和田義雄《おおわだよしお》係長だ。歳は四十七。この部署のリーダーではあるが、藤木より年下だった。警察に長く勤めていると、こういうことがよく起こる。かつて後輩だった人間に、いつの間にか階級で追い越されてしまうのだ。

整髪料を使っているのだろう、大和田係長は髪の毛をきれいに整えていた。真面目そうな彼の表情を見ると、藤木は市役所か何かの職員を連想してしまう。

大和田は秀島と何か話しながら、こちらにやってきた。ところが藤木の顔を見ると、不自然な感じで口をつぐんでしまった。

「おはようございます」藤木は椅子から立ち上がった。「大和田さん、ちょっといいですか。お話ししたいことが」

「ああ、藤木さん。そうだな、ちょうどいい」

大和田は眼鏡のフレームを指先で押し上げながら、足早に部屋の奥、自分の机に向かった。一方、秀島のほうは石野の向かい側の席に着く。彼は隣にいる藤木に目礼をした。

係長席に腰掛けてから、さて、と大和田は言った。

「今日から我々は新しい事件に取り組むことになった。……いや、これは正確じゃないな」

彼は机の上にあったチューブファイルを開く。それから言い直した。

「我々は、長年未解決のままになっている事件を捜査することになった」

「ですよね。どんな事件なんです?」岸が尋ねる。

資料のページをめくったあと、大和田は顔を上げた。

「三十年前、青梅市内で起こった小学生の殺人・死体遺棄事件だ」

「小学生……」

石野が眉をひそめた。彼女は不安げな表情で上司の様子を窺っている。

「被害者は十歳の男子。雑木林に埋められているのを発見された。我々はこの未解決事件——コールドケースの再捜査に、全力を尽くすこととする」

部下たちを見回して、大和田はそう言った。

3

いくつか確認しておかなければならないことがあった。

「係長、ひとつよろしいですか」藤木は右手を挙げて質問した。「捜査を始めるのはいいんですが、今までどおりの態勢でやるんですよね?」

「今までどおり、というと?」大和田は首をかしげる。

「岸と石野、係長と秀島がコンビを組んで捜査に当たる。俺は資料を調べたり、連絡係を引き受けたり、内勤を担当させてもらう。そういう約束だったでしょう」

「ああ、その件だが、変更することになった。藤木さんは秀島と組んで捜査をしてほしい。俺はこの部屋からみんなをコントロールする」

藤木は顔をしかめ、大和田を見つめた。

「さっき石野から聞きましたが、それは話が違いますよね。もともと俺は、内勤でいいと言われたのでこの部署に来ました。甘えだと言われるかもしれませんが、約束は約束です。仕事は内勤、そして時間になったら帰らせてもらう。そういう話になっていたはずです」

大和田は小さくため息をついた。眼鏡を外し、ハンカチでレンズを丁寧に拭き始める。

「藤木さん、自分でもわかっているだろう？　よその部署の人間が、ここをどんな目で見ているか」

「窓際部署ですか？　それとも掃きだめ？」

「いや、そこまでは言われていないけどな……」

ふたりの会話を聞いていた岸と石野が、顔を見合わせた。

「『なんでも屋』だったっけ？」と岸。

「『便利屋』って聞いたような気がします」と石野。

岸たちをちらりと見てから、大和田は眼鏡を机の上に置いた。

「我々は支援係だから、ほかの署で扱いきれないものを担当する。もともと立場が弱いのはわかってくれていますよね、藤木さん」

「それはまあ……」

警視庁捜査一課では殺人や強盗など、凶悪犯罪を担当している。刑事たちは常に全力で捜査に当たっているのだが、どうしても解決できない事件が残ってしまう。それで二〇〇九年、警視庁捜査一課に未解決の重大事件を扱う「特命捜査対策室」が設置された。翌二〇一〇年には法律も改正され、凶悪事件の公訴時効が廃止されている。世の中の声にも後押しされて、コールドケースの捜査班が出来たのだ。

特命捜査対策室はその性質から「凍結事案捜査班」とも呼ばれている。警視庁内で略されるときは「凍結班」だ。もともといくつかの係があったが、今年の四月になって係がもうひとつ作られた。それがここ、支援係だった。

「特命捜査対策室は、古い事件を再捜査する部署ですよね」藤木は言った。「つまり、言葉はよくないが、非主流の組織ということになる。そして、その中でも取りこぼされそうな事件を扱うのが、ここ支援係である。それはわかっています」

いわば非主流の中の、さらに傍流と見られているのが支援係なのだ。

組織としてあとから付け加えられたこの部署は、人員構成にも難があるように思われた。リーダーの大和田係長は出世コースから外れたと噂されているし、ほかのメンバーもそれぞれ事情を抱えているらしい。

藤木自身もそうだった。半年以上休職している間に、藤木はすっかり仕事へのモチベーションを失ってしまった。元は捜査一課殺人班でばりばり働いていたが、もうその気力もなくなった。退職しようかと何度も考えたぐらいだ。だがそこへ大和田が現れた。この四月に新しいチームが出来たので、辞めるぐらいなら十月からうちに来てほしい、と言われた。仕事は内勤でいい、当面は無理せず定時で帰ってもらってかまわない、という話だった。

そういう経緯があるため藤木は今、抵抗しているのだ。自分は退職を慰留された立場だ。だから、急な勤務条件の変更は受け入れがたいと感じてしまう。

「適材適所という言葉がある」宥《なだ》めるような調子で大和田は言った。「このまま内勤でいては、藤木さんの力が無駄になってしまうと思うんだ」

「買い被らないでください。ここに来て約三週間、俺に気力がないのはわかっているでしょう」

「これは藤木さんのためでもあるんです」大和田は続けた。「せっかく職場に復帰できたんだから、もっと仕事に力を入れたほうがいい。忙しく働いていれば、よけいなことを考えなくても済むでしょうし」

悪気はなかったのだろう。だが、その言い方にはかちんときた。

「大和田さん、俺の考えているのはよけいなことですか？　そりゃ、他人にはわからないかもしれませんがね」

藤木は声を強め、不満を顔に出してみせた。大和田は自分の電卓を指差しながら、渋い表情を浮かべる。

「今回の捜査には人手が必要なんだよ。……正直に言おうか。うちの部署は予算を削られてしまってね。藤木さんに内勤を頼んでいる余裕がなくなったんです」

「いや、今さらそんなことを言われても……」

さらに抗議しようと思ったが、そこで気がついた。室内の空気がひどく重くなっている。

藤木は少し後悔した。自分は間違ったことは言っていないはずだが、ほかのメンバーにとってはわがままに聞こえたかもしれない。もしそうだとしたら不本意なことだった。自分はこの部屋では最年長だ。五十にもなって仕事が嫌だと駄々をこねるように見えてしまったのなら、こんなみっともない話はない。

「……藤木さん」

隣の席から声が聞こえた。秀島がこちらをじっと見ていた。

「藤木さんは、僕と組みたくないんですか？」

意外なことを質問され、藤木は戸惑った。嫌みを言っているのかと思ったが、秀島の表情は真剣だ。不思議だ、よくわからない、という顔で彼はこちらを見ている。

「いや、別にそういうわけじゃない」藤木は首を横に振った。

「よかった。だったら一緒にやりましょう。藤木さんにはいろいろと、うかがいたいことがあるんです」

「俺に？」

「興味があるんですよ。藤木さんという人に」

そう言って、秀島は意味ありげに眉を大きく上下させた。

どうもよくわからないな、と藤木は思った。背が高く、身ぎれいで、いつも余裕の笑みを浮かべているこのイケメン刑事は、いったいどういう人物なのだろう。

大和田は席を立ち、コピーしてあった資料を部下たちに配った。

「事件の説明だ。藤木さんがどう行動するかは別として、これから我々が捜査する内容は詳しく知っておくべきですよね？」

ええ、まあ、と藤木は仕方なく答える。自分も刑事である以上、このチームが捜査を行うことに異論などあるはずもない。犯罪を憎む気持ちは今も変わらず持っている。

資料を手にして、大和田はホワイトボードの前に立った。

捜査着手前のミーティングが始まった。

要点をホワイトボードに書きながら、大和田は話を進めていった。

「今から三十年前の九月のことだ。青梅市坂居町《さかいちょう》の小学生・守屋誠《もりやまこと》、十歳、小学四年生の遺体が隣町、黒岩町《くろいわちょう》で発見された。坂居町も黒岩町も、市街地のほかは大部分が山林になっている。少年の遺体は、黒岩町の雑木林に埋められていた」

藤木は資料に目を落とした。坂居町と黒岩町、その周辺の地図が印刷されている。

「事件の経緯について……」大和田は続けた。「九月六日、午後四時ごろ、守屋誠は青梅第八小学校から帰ったあと、友達・三和智之《みわともゆき》の家に行くと言って自転車で出かけた。ところが十九時になっても帰ってこない。心配した両親が三和の家に電話をかけたが、誠は来ていないとのことだった。近所を捜しても見つからなかったため、両親は翌朝九時過ぎ、警察に相談した。

所轄で捜査が始まり、一週間後、九月十三日の十五時ごろ、黒岩町の雑木林で誠の遺体が見つかった。頭部に打撲痕と出血があり、脳挫傷を起こしていた。彼の遺体は一部損壊されていた。右耳が切り取られ、なくなっていたんだ。左耳は残っていたが、刃物による深い傷が二カ所ついていた。一見すると左耳は切断に失敗したように思われた、ということだ。死亡推定時刻は九月六日の十七時から十九時の間。つまり行方不明になった日の夕方ごろ、すでに死亡していたことになる。なお、彼が乗っていた自転車は見つかっていない」

藤木は資料のページをめくってみた。そこに遺体の写真が載っていた。

ボーダーのシャツにズボン、ジャンパー。その姿はどこにでもいる、ごく普通の小学生という感じだ。だが彼が絶命していることはすぐにわかった。少年はただ目を閉じ、横たわっているわけではない。青白い肌や乱れた髪、半開きになった口などから、彼が冷たい遺体となっていることが想像できた。

唐突に、藤木の脳裏に女性の姿が浮かんだ。白い布の上に横たわった人物。閉じられた目、閉じられた唇。薄い化粧をしているが、どこか不自然に感じられる。彼女の手足はひどく冷たく、弛緩していて、もはやみずからの意志で動くことは二度とない。藤木が声をかけても、反応はまったくない――。

唇を引き結んで、藤木は首を横に振った。いかんいかん、今はミーティング中だ。勤務時間内なのだから仕事に集中しなければならない。

「その日のうちに捜査本部が設置され、雑木林を調べてみたが、遺留品などは見つからなかった。五十人規模で捜査を続けたが、結局、犯人がわからないまま捜査本部は解散したということだ」

そこまで話して、大和田は小さく息をついた。冷静に見えるが、彼にとってもこの事件は痛々しく感じられるのだろう。たしか、大和田にも小学生の息子がいたはずだ。

「事件から三十年……」岸が広い額を撫でながら言った。「今になって再捜査が決まったことには理由があるんですよね？　まさか、くじ引きでこの事件を選んだわけじゃないんでしょ？」

「面白くない冗談だ」大和田は岸を軽く睨んだ。「今から一週間前、匿名で警視庁に情報提供のメールが届いた。多岐田《たきた》雅明《まさあき》という男を、三鷹市内のパチンコ店で見かけたというものだ」

「誰ですか、それ」

「多岐田雅明、五十三歳。今話した『青梅事件』のときは二十三歳だった。高校卒業後、一度就職したが会社を辞めてしまい、家業の食料品店を手伝っていた。当時、菓子を買いに来る子供たちと親しく接していたようだ。守屋誠とも面識があった。……事件の前日、誠が店に行って多岐田と何か話しているのが目撃されている。三十年前、捜査本部はこの男を疑い、事情聴取を重ねていた。だが十月十九日、多岐田は行方をくらました。そのまま奴は消息不明となった」

なるほど、と岸は腕組みをしてうなずいた。

「明らかに怪しいですね。事件に関係していたと言っているようなもんだ」

「それから十年ほど経って、立川で傷害事件を起こした男が多岐田だったことがわかった。立川署員が捜したが見つけられず、多岐田は指名手配された。その後も奴にはいくつか強盗、傷害事件の容疑がかかり、見当たり捜査の対象になっていた。……そんな中、三鷹のパチンコ店で見かけたというたれ込みがあったわけだ。所轄でひそかに行動確認したところ、本人に間違いないことが判明。それで青梅事件を再捜査することになった」

未解決事件は数え切れないほどある。今回、青梅事件が選ばれたのは、多岐田という被疑者が見つかったからだろう。つまり、解決にもっとも近い事件だということになる。

それに加えて、事件の重大性も関係あるはずだ。小学生の男の子が無残に殺害されたのだから、社会的な影響はかなり大きい。解決できたとなれば、警察に対する評価も上がるに違いない。

だが、そうだとすると、またわからないことが出てくる。質問すべきかどうか藤木が迷っていると、隣の席の秀島が手を挙げた。

「被疑者が絞られているし、成果を挙げやすい事件だと思いますが、それがなぜうちの部署に割り当てられたんでしょうか」

ちょうどそれが気になっていたところだ。藤木は秀島に注目した。

秀島はボールペンで机をこつこつ叩きながら、発言を続けた。

「支援係はよそのチームのサポートをする部署だと思っていました。実際、四月以降に我々がやってきた仕事は、どれもそうでしたよね。『現場からはかなり遠い地域だが、念のため支援係はこのへんで聞き込みをしろ』とか、『関係者の知り合いのそのまた知り合いに話を訊いて回れ』とか……。我々が軽んじられているのはわかりますが、とりあえず仕事を与えておけ、というような扱いには少々疑問を感じます」

おや、と藤木は思った。スマートに振る舞う人物だと想像していたが、この秀島という男、上司に意見することもあるらしい。

「それはあれだ、タイミングの問題だ」大和田は渋い顔で答えた。「現在、ほかの係は手一杯だそうだ。それで、うちにこの事案が回ってきた。幸運なことだと考えるべきだぞ。手柄がほしい捜査員は大勢いるんだし」

「係長。おっしゃることはわかりますが、警察官たるもの、楽な仕事を与えられて喜んでいてはいけないと思うんですよ。そういう考え方が身についてしまうと、いずれ手抜きが常態化します。やがては組織の腐敗に繋がります」

秀島は口を尖らせている。その様子を見て、岸がにやりと笑った。

「なんだよ秀島、不満なのか？　手柄を挙げられるんなら、いいじゃないか」

「また、岸さんは暢気なことを……。そんな調子だと思考停止に陥りますよ。我々は理念や理想を持つべきなんです」

「だからさ、やるべきことをやろうってことだよ。まずは結果を出して、俺たちの存在をアピールするべきだろ？　それとも、この仕事を断って係長に恥をかかせるのか?」

「いや、別にそういうわけじゃありません」少し考えたあと、秀島は答えた。「まあ、僕だってやりたくないとは言っていませんよ。ほかのチームに利用されるばかりじゃ面白くないですからね」

だよな、と言って岸は深くうなずく。とりあえず、ふたりの意見は一致したようだ。

「だが、事はそう簡単じゃない」大和田がみなを見回して言った。「お膳立てが出来ている仕事だが、逆に言えば我々の力が試されるということだ。もう多岐田という被疑者が見つかっているんだから、ごく簡単な捜査だろうと幹部は考えている」

「あのう、それってつまり……」石野が不安げな顔で尋ねた。「こんな事件は解決できて当たり前、ということでしょうか。もし解決できなかった場合は……」

「大きな失点になるだろうな。解決できなければ、なぜそうなったのか説明を求められるし、叱責されるに違いない」

「本当ですか? ええと……じゃあ、完璧な捜査記録を残しておかないとまずいですよね。全力を尽くしましたが、これこれこういう理由で犯人逮捕には至りませんでした、痛恨の極みです、と説明できるように……」

「おまえは心配しすぎだ。不安を先取りしなくていい」

大和田にたしなめられて、石野は首をすくめた。どうも彼女は、ネガティブな思考が身についてしまっているようだ。

　資料を手にして、大和田は部下たちに指示を出した。

「詳しい記録は取り寄せてあるから、あとで確認してくれ。これからの捜査方針だが、岸・石野組は多岐田の行動確認を頼む。奴の家は三鷹市にある」

「了解です」岸が答えた。「まあ、そいつが怪しいとわかっているんだから、解決への道は近いでしょう。任せてください」

　余裕を見せる岸の隣で、石野はひとり不安そうな顔をしている。

「多岐田を引っ張って事情聴取するのが一番だが、まだ早いだろう」大和田は言った。「焦らずにいこう。……藤木・秀島組は三十年前の事件について、現地で情報収集してほしい」

「まずは青梅市の坂居町ですね」と秀島。

「ただ、青梅はここから遠いんだよな。電車にバス、タクシーの利用も必要か。わかっていると思うが、無駄な経費は使うなよ」

　承知しました、と秀島が応じた。彼を横目で見ながら、藤木はあらためて上司に質問する。

「やっぱり俺も行かなくちゃ駄目なんですよね？」

「フジさん」大和田は昔の愛称で藤木を呼んだ。「こう言っては何だが、復帰のためにちょうどいい案件だと思いますよ。成果を挙げて、自信をつけてほしいんだ」

藤木は相手を見つめたまま、しばらく黙っていた。それから、今日何度目かのため息をついた。

「わかりました。指示に従います、係長」

「期待している。……では全員、捜査を開始してくれ」

はい、と答えて岸と石野、秀島が立ち上がった。少し遅れて藤木も椅子から立つ。大和田に目礼をしてから、藤木は外出の準備を始めた。

4

四ツ谷駅でＪＲ中央線に乗り換えた。

ホームに立って電車を待つ。秀島はスマートフォンで到着時刻を確認していたが、顔を上げて藤木のほうを向いた。

「青梅市まで、かなり時間がかかりますね。ちょっとした出張ですよ」

「そうだなあ」藤木は空を見上げた。「天気もいいし、遠足気分という感じだよな」

「いやいや、藤木さん、遠足というわけにはいきません。これは仕事ですから」

真剣な顔をして秀島は言う。今までスマートな好青年だと思っていたのに、ムキになっているのが子供のようで可笑しい。

「冗談だよ。もちろん仕事はしっかりやらせてもらう」

「たとえ冗談でも、遠足気分だなんて言わないでください。僕らは警察官なんです」

「……君は真面目なんだな」

「僕に言わせれば、チームのみんなが緩すぎるんですよ。特に岸さんなんかは」

それはわかる気がした。岸はフレンドリーだが、お調子者という印象が強い。よその部署に馴染めなかったのか、それとも上司と折り合いが悪くなったのか。いずれにせよ、はぐれ者として支援係にやってきたのではないか。

――待てよ。だとすると、秀島もそうなのか？

真面目だし、優秀そうに見えるのだが、彼にも何か問題があったのだろうか。

「君のことは秀島と呼ぶが、いいか？」藤木は尋ねた。

「もちろんです。僕は藤木さんと呼びましょうか、それともフジさん？」

「藤木のほうで頼む」

「承知しました」

急に秀島はにこやかな顔になった。しばらく彼を観察してみたが、作り物めいた印象はない。どうやら、気持ちの切り替えが早い性格らしい。

「正直に言ってほしいんだが、君は俺のことをどう思っている？」

「え……」秀島はまばたきをした。「どう、と言うと……」

「君みたいに背が高くてお洒落で、ええと……ハイスペック？　そういう人間からすると、俺なんかは旧時代の人間に見えるだろう」

「いや、もし旧時代の人だというのなら、大いに興味を感じますよ。だって藤木さんは、僕の知らないことをいろいろ知っているわけでしょう？　話したら絶対面白いに決まっています」

「話をして、あとでこっそり馬鹿にするんじゃないのか」

とんでもない、と言って秀島は首を左右に振った。

「どうも藤木さんは疑い深いようですね。……大丈夫ですよ。どんな人でもコンビを組めば一蓮托生じゃないですか。僕は藤木さんを信じて背中を預けます」

彼は真面目な顔でそんなことを言う。冗談というわけではなさそうだ。

「ずいぶん前向きな意見に聞こえるな。しかしさっきの打ち合わせでは、支援係の仕事に不満があるようだったじゃないか」

「まあ、たしかにね」秀島はうなずいた。「でも考え方はごくシンプルですよ。僕が興味を持っているのは、それが警察官として正しいことなのかどうかです。中には、間違ったことや不正なことをする人がいますよね。そういうのが我慢ならないから、ついいろいろ言ってしまうんです。『ちょっと待ってください、おかしいんじゃないですか』って」

「獅子身中の虫が許せない、ということか」

「かなり悪い虫がいますよ。びっくりするぐらい大きいのがね」

そんなことを言って、秀島は口元を緩めた。

じきに電車がやってきたので、藤木たちは車両に乗り込んだ。この時間帯、車内はかなり空いている。ひとけのない連結器近くのシートを選び、ふたり並んで腰掛けた。

秀島はスマホを取り出して、青梅市について調べているようだ。

数分で確認作業は終わったらしく、彼はスマホの画面から顔を上げた。何か考えている様子だったが、やがて秀島はこちらを向いた。

「少し踏み込んだ質問をしてもいいでしょうか」

「かまわないよ。何でも訊いてくれ」

「じゃあ、お尋ねします。藤木さんはしばらく休職していたんですよね？　よかったら事情を聞かせていただけませんか」

藤木は一瞬、言葉に詰まった。

いきなりそこに触れられるとは思わなかった。だが、何でも訊いてくれと言った手前、黙っているわけにもいかない。それに、これから一緒に行動するのだから、いずれは知られることになるだろう。

「だいたいのことは知っているんだよな？」

「ええ。奥さんを亡くされたと……」

どこから話したものかと藤木は考えた。中吊り広告に目をやって考えを整理する。

「半年前、今年の三月に大腸がんでね」

「お察しします。……そのころから休職していたわけですね」

「恥ずかしい話だが、妻が亡くなったあと俺は動けなくなってしまったんだ。起き上がるのが億劫で、ずっと寝ていた。ひどいときは一日十二時間以上、横になっていたんじゃないかな。何もする気になれなくて、ぼんやりしていた。たぶん軽い鬱状態だったんだろう」

「クリニックなんかには行かなかったんですか？」

「神経科かい？　そういうところに行く気力さえなかった。毎日夕方に起きて、朝まで酒ばかり飲んでいたよ」

今思い出しても、あのころはひどい生活をしていた。自分の人生の中で、あんなに無為な時間を過ごしたのは初めてだ。

「妻が亡くなってから、俺はもう仕事を辞めようと考えたんだ。若いころは所轄の刑事課で頑張った。捜査一課に異動してからは、一線級の仕事をするため躍起になった。その甲斐あって、上司にも信頼されていた。……でも一度休んでしまったら、もう駄目だ。何をするにも臆病になった。昔のようにばりばり働くのは無理だとわかった」

「いやいや、そんなことはないですよ」秀島は言った。「仮に百パーセントの力が出ないとしても、八十パーセント出せればいいじゃないですか。藤木さんはひとりじゃありません。組織の中で仕事をしているんです。仲間を信じてみてはどうですか」

やけに真剣な顔で言うものだから、聞いているほうが恥ずかしくなってきた。おまえは優等生か、と突っ込みたくなる。

「君はそう言ってくれるけど、どうも調子が悪くてね。とにかく体が重い。立ち上がるとき『よっこいしょ』と言ってしまう」

それを聞くと、秀島は声を出して笑った。

「藤木さんは自分のことがよくわかっているんですね。堅実じゃないですか。できないことはやらない、無茶はしないというのが一番です。ミスが減って、たしかな仕事ができますからね。この組織にはそういう人も必要だと、僕は思うなあ」

藤木は首をかしげて秀島の顔を覗き込んだ。

「君はカウンセラーか何かなのか？　俺をからかってるわけじゃないよな？」

「僕はこのチャンスを活かしたいんです。藤木さんから捜査技術をいろいろ教わりたいと思っています」そこまで言ってから、秀島は付け加えた。「本気ですよ？」

「まあ、勝手にするがいいさ」

腕組みをして藤木はじっと黙り込む。それから、窓の外の景色に目をやった。

十一時を過ぎたころ、電車は坂居町の最寄り駅に到着した。

早速、捜査開始だ。持ってきた資料を鞄から取り出して、秀島は言った。

「さあ始めましょう。まずは被害者の遺族から話を聞きませんか」

「守屋誠の両親だな」

「ええとですね」秀島は資料を読み上げた。「父親は守屋典章《のりあき》さん、六十七歳。母親は郁江《いくえ》さん、六十五歳。三十年前の事件当時、典章さんは食品加工会社に勤めていたようです」

「六十七じゃ、もう定年退職しているはずだな」

両親の家までは、駅から徒歩十五分ほどだという。それぐらいなら歩こうということになった。客待ちをしているタクシーの横を通り、ロータリーを抜けていく。辺りには飲食店やコンビニ、定食屋、歯科クリニック、不動産会社などが見えた。都心部と比べると人口が少ないから、駅前といってもかなり寂しい印象だ。

青梅街道を渡ると、じきに民家が並ぶ一画に入った。

カーポートを備えた二階家があったかと思うと、大きな農家も目に入る。最近出来たばかりらしいアパートと、古い看板を掲げた食料品店が並んでいたりする。こうした町並みを見ていると、昔を思い出して面白い。

「なんだか懐かしく思えるよ」藤木は言った。「どういうわけだろうな。初めて来た町だっていうのに」

「僕もそう感じます。祖父母の家が千葉の内房にあるんですが、こんな雰囲気ですよ」

「いいなあ。時間がゆっくり流れているというか……。引退したら、こういう場所に住んでみるかな」

「もう引退後の話ですか。まだまだ先でしょう?」

秀島は微笑を浮かべてこちらを見る。藤木は首を横に振って、

「君にはわからないだろうが、四十過ぎると時間の経つのがどんどん早くなるんだよ。五十を過ぎたら、たぶん定年なんてあっという間だ」

そんなものですかねえ、と言いながら秀島は辺りを見回した。スマホに表示された地図を確認して、彼は行く手を指差す。

「あそこですね。意外と早かったな」

二十メートルほど先に、生け垣に囲まれた民家が見えた。

近づいてみると建物の壁にはあちこち汚れがあり、雨樋も歪んでいた。築四、五十年というところだろうか。カーポートには国産の大衆車が一台停めてある。あまり洗

車をしないようで、全体にうっすらと埃が付いていた。

少し考えてから、藤木は門扉に近づいていった。チャイムを鳴らしてみる。しばらくしてインターホンから応答があった。

「はい……」

男性の低い声だ。おそらく誠の父親だろう。

「すみません。警視庁の者ですが、守屋誠くんの親御さんでしょうか？」

藤木は反応を待った。だが家の中にいる男性は黙り込んでしまったようだ。

「お父さんでしょうか？　誠くんのことで、お話をうかがいたいと思いまして」

「……誠はいません」男性は硬い声で言った。「亡くなりました。三十年も前に」

「存じています。その事件についてお話を聞かせてほしいんです。ちょっと時間をいただけませんか」

返事がない。インターホンの調子が悪いのかと思って、マイクに顔を近づけようとしていると、苛立つような声が聞こえてきた。

「今ごろ、何しに来たんですか」

「……誠くんのことは本当にお気の毒だったと思います。我々は未解決事件を捜査するチームなんです。最近になって、新しい情報が入ったものですから……」

「帰ってください」

通話は切れてしまった。

顔をしかめて、藤木はインターホンから一歩離れた。斜めうしろに控えていた秀島のほうを振り返り、首をすくめてみせる。

「しくじったかな」

「ああ……そうかもしれません。急に息子さんの名前が出たから驚いたんでしょう」

「それにしたって、話ぐらい聞いてくれてもよさそうなもんだ。よし、もう一回ボタン押すぞ」

「いやいや、ちょっと待ってください」秀島が慌てた様子で制止した。「しつこいと思われてもいけませんし」

「俺は今までずっと、こういうやり方をしてきた。最初は抵抗しても、結局は向こうが根負けすることになる」

「でも、今回は違うじゃないですか」

「どういうことだ」

藤木は首をかしげて相手を見つめた。秀島は指先でこめかみを掻きながら答えた。

「僕たちは、この四月から未解決事件の再捜査をやっています。通常の捜査と比べると、注意すべき点がいくつかありまして……」

「注意すべき点？」

「犯人が捕まらないまま何十年も経ってしまった事件ですよね。被害者の遺族にしてみれば、そんなことはもう思い出したくない、という気持ちが強かったりするので、やっぱり抵抗があるわけです」

「だけど、再捜査で犯人が見つかるかもしれないじゃないか。遺族には犯人への処罰感情があるはずだ。だったら協力してくれると思うが」

「おっしゃるとおりですが、人間、急には気持ちを切り替えられませんからね。こういうことは、ゆっくり進めていかないと」

「そういうものかなあ」藤木は低い声で唸った。「つまり、俺は急ぎすぎたってことか」

「ええ、生意気を言ってすみませんが……」

彼がそう言うのなら、そうなのだろう。自分の失態を認めるのは面白くないが、秀島はこの仕事の経験者だ。

「じゃあ、君ならどうするんだ？」

藤木が尋ねると、秀島は「そうですね」とつぶやいた。あらためて建物を観察し、それから道を歩き始めた。守屋宅の隣の家に行き、チャイムを鳴らす。

出てきた主婦に対して、秀島は警察手帳を呈示した。

「警察の者ですが、この辺りの防犯状況を調査していまして……」

「あら、そうなの？」

眼鏡をかけた中年の主婦は、何度かまばたきをした。秀島は愛想よく笑いかける。

「最近いかがですか。空き巣とか車上狙い、そういった話は聞きませんか」

「二カ月ぐらい前だったかしら、駅の向こうのアパートに空き巣が入ったって聞きましたよ。こんな町でねえ、怖いなと思って」

「戸締まりには充分気をつけてくださいね。何かあったとき、ご近所で頼れる方はいますか？　お隣の守屋さんとは、おつきあいがあるんでしょうか」

「守屋さんとは長いですよ。もう四十年ぐらいかな」

「なるほど。じゃあ、三十年前の事件のことも……」

秀島に問われて、主婦はいくらかためらう表情になった。隣の家をちらりと見てから、秀島に視線を戻す。

「あの事件は本当にお気の毒でしたよ」

「誠くんのことを覚えていますか？」

「もちろんです。うちの息子のふたつ下だったかな。学校の行き帰りに、誠くんとはよく挨拶しました。おとなしくて礼儀正しい子でね」

「事件のあと、ご両親の様子はどうでしたか」

「典章さんはかなりふさぎ込んで、会社を辞めてしまったみたい。それで郁江さんがパートに出たの。大変だったようですよ」

「典章さんはその後、仕事のほうは……」

「二年ぐらいして別の会社に就職したそうです。機械部品のメーカーだって聞きましたけど、もう定年退職しているはずですね」

そうですか、と秀島はうなずく。それから話題を変えた。

「お父さんは警察の捜査について、何か話していたでしょうか」

「ああ、これは言っちゃっていいのかしら。……警察の人にね、いい感情は持っていないようでしたよ。誠くんが見つかるまで日にちがかかったし、きちんと捜査してくれなかったんじゃないかって」

「お母さんのほうはどうです？」

「郁江さんは冷静で、何かあると旦那さんを宥めていましたね。でも町内会の集まりで、一度だけ郁江さんがすごく怒るのを見たことがあります。会計の不正があったみたいなの。ああ見えて、曲がったことが大嫌いな人なんですよ」

一通り話を聞いてから秀島は丁寧に頭を下げ、礼を述べた。同じような調子で近隣住民の話を聞いていく。どうやら、先に周辺で情報を集めようという考えらしい。

ぐるりと一ブロック回って、守屋宅の前に戻ってきた。敷地の中を覗き込むと、庭先で女性が洗濯物を干しているのが見えた。

「しめた。奥さんですよ」

藤木に目配せをすると、秀島は生け垣に近づいていった。

5

「こんにちは。守屋さん……郁江さんでしょうか？」

秀島が声をかけると、その女性は驚いた様子でこちらを向いた。

茶色いズボンに白いシャツ、その上に緑色のカーディガンを着ている。髪は栗色に染めていたが、肌の色や皺の様子から六十代だろうと見当がついた。

「……どちらさま？」

女性は首をかしげている。どうやら彼女は、先ほど藤木たちが訪ねてきたことを知らないらしい。家事に忙しくて、夫と会話をしていないのだろうか。いや、もしかしたら不機嫌になった夫が黙り込んでしまい、彼女に伝えずにいるのかもしれない。

秀島は警察手帳を掲げてみせた。

「警視庁の秀島と申します。今、このへんでお話を聞いていましてね。奥さん、二カ月前に駅の向こうで空き巣事件があったのをご存じですか」

「……はい。聞きました」

「隣近所の関係が薄いところが狙われやすいんですよね。そういう意味では、この辺りのお宅は安心ですね。防犯意識の高い方が多いようですから」

「そうですね。おつきあいもありますし」

「奥さんにも少しお話をうかがいたいんですが、よろしいですか」

「ええ」

相手がそう答えるのを聞くと、秀島は門扉を開けて庭に入っていった。どうするつもりだろうと思いながら、藤木もあとに続く。

「僕ら警視庁本部から来まして……。電車でね、さっき着いたところなんです」

話しかけながら、秀島は郁江に近づいていった。彼女は手に持っていた衣類を、洗濯かごの中に戻した。

「それは、遠くから大変でしたね」

郁江は相づちを打ってくれる。秀島の柔和な表情を見て、警戒心が薄れたようだ。こういうとき、若くて容姿のいい刑事は有利なのだろう。

「駅から歩いてきたんですが、静かでいい町ですよね。こんな場所に住みたいねえ、なんて同僚と話していたところです」

秀島は藤木のほうをちらりと見た。急に話を振られて驚いたが、慌てることなく藤木は答えた。

「そうなんです。退職後はぜひこんな町に住みたいと思いますよ」

「あとで駅前の不動産屋に寄ってみようかな、なんてね」

そんなことは言っていないのだが、藤木は調子を合わせて大きくうなずいた。

「奥さんはこちらに住んで、だいぶ長いんですよね？」と秀島。

「四十年……いえ、四十五年になります」

「ここはいい町ですが、それでも残念ながら事件を起こす人間はいますよね。我々警察官は、住民のみなさんをしっかり守らなくてはいけません。ただ、なかなか思いどおりにならないこともあります。そのことで、僕はお詫びをしなければと思っていまして」

秀島の言葉を聞いて、藤木は眉をひそめた。少し話の方向が変なのでは、という気がする。この男は何をしようとしているのか。

「三十年前の、誠くんのことです」秀島は真剣な顔をして言った。「捜査について、ご両親が不満を持っていたんじゃないかと思うんです。当時僕らは捜査に関わっていなかったわけですが、それでも同じ警察の人間として責任を感じています」

郁江は驚いているようだ。突然、三十年前の話が出たのだから当然のことだろう。

「ああ……はい……」

「当時の警察の対応に不備があったとしたら、本当に申し訳ないことです。心からお詫びします」

秀島は深く頭を下げた。隣でそれを見て、藤木は戸惑った。警察官は簡単に詫びたりすべきではない。たとえこちらに責任があったとしても、個人の判断で認めてはいけない。上に報告し、組織として対応方法を決めなくてはならないのだ。それなのに、この男はなぜいきなり謝っているのだろう。

どうしたものか、と藤木は考えた。そうしている間に郁江が言った。

「刑事さん、頭を上げてください。もう過ぎたことですから」

秀島を責めるどころか、同情するような口調になっている。藤木にとって、これはまったく予想外の反応だった。警察官が頭を下げるのはよほどのことだと、郁江にもわかったのだろうか。

ゆっくりと頭を上げ、秀島は郁江を見つめた。申し訳ないという気持ちが、表情に滲み出ている。

「ご主人はだいぶお怒りだったと聞きました」

「あの人は気に入らないことがあると、すぐへそを曲げるんですよ。でも、意外と小心者なんです。後悔するぐらいなら、もっとよく考えて行動すればいいのに」

「そうでしたか。では、奥さんは……郁江さんはいかがですか」

「……え？」

「誠くんのことをずっと考えていらっしゃいますよね。それと同時に犯人のことも考えているでしょう。あんな凶悪事件を起こした人間です。絶対に許せないはずです」

「それは、もちろん……」

「僕たち警察官もそうです。逃げおおせた者が得をするようなことがあってはいけない。報いを受けさせなくてはいけません。……今回、我々は三十年ぶりに、あの事件の手がかりを得ました。誠くんの事件は時効にはなりませんから、今からでも犯人を捕らえて罰することができます。郁江さん、捜査に協力していただけませんか。警察官として……いえ、僕はいち個人として犯人が許せないんです。奴を捕らえるチャンスを僕たちにください」

見ている藤木が驚いてしまうような熱量で、秀島は郁江を説得した。やがて、彼の言葉はしっかり届いたようだ。

詳しい話を聞かせてほしいと秀島は頼み込み、郁江はそれを承知した。彼女は洗濯かごを持って、藤木たちを玄関へと案内してくれた。

廊下に出てきて、守屋典章は眉をひそめた。

それも当然のことだった。先ほど自分がインターホンで追い返した刑事を、妻が家に招き入れたのだ。いったい何があったのかと怪訝に思っているに違いない。

「あなた、刑事さんが来てくれたのよ。話を聞きたいんですって」

典章は三和土《たたき》にいる藤木たちを凝視した。それから、妻のほうに顔を向けた。

「何を今さら……。もう三十年も経ってるんだぞ」

典章は苦々しく感じているようだ。こうなるだろうことは想像がついていた。どうするのかと藤木が思っていると、秀島は臆することなく口を開いた。

「今さらとおっしゃいましたが、典章さん、それは違うと思いますよ」

「……どういうことですか」

「当時の捜査に問題があったとしたらお詫びします。でも典章さんが本当に求めているのは謝罪なんかじゃなく、憎い犯人を捕まえることじゃありませんか？」

「それは、もちろんそうだ」

「今、ご自身にとって何が得なのか考えてください。一時の感情で我々を追い返して、捜査をストップさせるのがいいか。それとも、怒りは一旦おさめて捜査に協力するのがいいか。……奥さんはいかがです？」

秀島はそばにいる郁江に問いかけた。彼女は思い詰めたような表情で答えた。

「犯人を捕まえてください。逮捕して重い罰を与えてください」郁江は夫のほうに視線を向けた。「あなたも言ってたじゃないですか。絶対に許せない。犯人を捕まえて、この手で殺してやりたいって」

「待てよ。おまえ、そういうことは……」

「私、知ってるのよ。あなたが押し入れの中にナイフやロープや手袋を、ずっと隠していることを」

典章が身じろぎするのがわかった。頭に血が上ったのか、少しふらついたようだ。彼は廊下の壁に手をついて、自分の瘦せた体を支えた。

深呼吸をしてから、典章は絞り出すような声で言った。

「そうだよ。俺は長い間、犯人を殺したいと思ってきた。腹を刺してやろうか、首を絞めてやろうか、ビルから突き落としてやろうか。そんなことばかり考えてきた。でも結局、俺には何もできなかった。三十年……。この三十年ずっとだ」

典章は唇を震わせていた。心の底から湧いてくる、強い怒りと深い悲しみ。それらは三十年もの間、ずっと彼を苦しめてきたのだろう。

「俺はね、台所のテーブルに誠の写真を置いているんですよ」典章は言った。「毎日話しかけているんです。だって仏壇の中じゃ、あの子が寂しがるだろうから」

はっとして、藤木は典章を見つめた。

自分の家と同じだった。藤木も妻・裕美子《ゆみこ》の写真を食卓に置いている。そこはかつて彼女が座っていた席だ。テレビを見ながら、酒を飲みながら、今でも藤木は裕美子の顔を見ている。そうでなければ、ひとり暮らしの家はあまりにも寂しすぎるからだ。ああ、そうか、と藤木は思った。これまで自分は、我が身の不幸ばかりを呪ってきた。それだけではない。並んで町を歩くカップルや、賑やかに笑う家族連れ、老いてなお仲睦まじい夫婦などを見るたび、ぬかるみに足を取られるような気分を味わってきた。辛い、悲しい、という気持ちとは別に、おそらく嫉妬があったのだろう。

だが今、怒りや悲しみをどうにか抑えようとする典章を見て、気がついたのだ。

――俺には何も見えていなかった。

死別の不幸というのは、極めて個人的な体験なのだと思う。親、きょうだい、恋人、連れ合い。近しい間柄の人物を失うことで、人は大きなダメージを受ける。周りの人間は、かわいそうだね、辛いね、元気を出してね、と励ましてくれるだろう。だが結局のところ、彼らにこの気持ちはわからない。

それがわかるのは、同じように身近な人を亡くした者だけなのだ。

共感というべきものかもしれない。藤木は、目の前にいる守屋夫妻の心の内を読み取れるような気がした。不幸なのは自分だけではない。この世は死に満ちている。

藤木はこれまで刑事という立場で、多くの人の遺体を見てきた。だが大事なことがわかっていなかった。遺体の数だけある遺族の悲しみというものに、今ようやく気づくことができた。

「典章さん」三和土に立ったまま、藤木は口を開いた。「捜査をさせてください。警察に対して思うところはあるでしょう。でも、考えてほしいんです。三十年間あなたを苦しめてきたものは何だったのか。それは警察ではなく、犯人ですよね。奴を捕らえるため、私たちに協力してもらえませんか」

五十歳になってからの気づきでは、ずいぶん遅いという後悔がある。しかし遺族の悲しみ、苦しみに気づいた自分は、これまでとは違う捜査をするはずだ。

藤木の中に、仕事への新たな熱意が生じていた。

典章はこちらに背を向けた。奥に向かって廊下を歩きだす。

「上がってください」彼は言った。「三十年前のことをお話しします」

藤木は相棒と顔を見合わせた。秀島は、うん、と小さくうなずいた。

廊下に上がるとき、秀島は一度しゃがんで自分の靴を丁寧に揃えた。脱ぎっぱなしになっていた藤木の靴も揃えてくれたようだ。細かいことを気にするのか、それとも育ちがいいのか、とにかく几帳面な性格らしい。

案内されたのはこぢんまりした応接間だった。壁際には書棚がふたつあり、部屋の中央にはソファとテーブルが置かれている。

郁江がお茶を用意してくれた。すみません、と会釈をしたあと、秀島が質問を始めた。

「早速ですが、誠くんのことを聞かせてください。もちろん我々は当時の捜査資料を読んでいますが、細かい部分はご両親に尋ねるのが一番だと思います。……まず確認なんですが、ご夫婦の間のお子さんは誠くんだけですね？」

「そうです」郁江が答えた。「事件のときは十歳でした。生きていれば今、四十歳です」

「ああ、四十か……」典章がため息をついた。「俺たちも歳をとるわけだ」

その年齢であれば結婚して子供がいたかもしれない。典章たちにとっては、大切な孫になっていたはずだ。

「誠くんはきちんと挨拶もしてくれるし、礼儀正しい子だったと近所で聞きました。ご両親から見て、どんなお子さんだったんでしょう」

秀島が訊くと、郁江は記憶をたどる表情になった。

「引っ込み思案なところもありましたけど、本当にいい子でね。小学二年生ぐらいから、いろいろ本を読み始めたんです。特に図鑑がお気に入りでした。……あの子、動物が好きだったんですよ」

郁江はスナップ写真を何枚か持ってきた。

動物園に行ったとき撮影したものだという。家族三人が並んでいて、典章も郁江もずいぶん若かった。ふたりの間に立っているのは細身で色白、面長な少年だ。ふざけてポーズをとったりはせず、はにかむように笑っている。話に聞いたとおり、おとなしそうな印象があった。

「お辛いことだと思いますが、事件について聞かせてください。三十年前の九月六日、誠くんが学校から帰ってきたのは午後四時ごろですよね」

秀島は資料を見ながら、当日の経緯を確認していった。

友達の三和智之の家に行くと言って自転車で出かけたこと、しかし三和宅には行っていなかったこと、翌朝九時過ぎに警察へ相談したこと。

「そして九月十三日、黒岩町にある雑木林で誠くんは発見された、と記録にあります。行方不明になって一週間経っていますから、警察が捜索範囲を広げたんでしょうね。警察犬を使って捜していたところ、埋められているのが見つかった。犯人はある程度深い穴を掘ったようですが、場所が坂になっていたため足の一部が出てしまっていた、ということです。それから……」

少しためらう様子を見せてから、秀島は続けた。

「ご遺体を調べたところ、誠くんの右耳が切り取られていたと……」

動揺するかと思ったが、郁江は比較的落ち着いた顔をしていた。むしろ典章のほうが眉間に皺を寄せ、気分が悪そうだ。

「夫とふたりで遺体を確認しに行きました。おっしゃるとおり、右耳が切られていました。左耳には刃物の傷がふたつ……。警察の調べでは、亡くなる前に切られたのか、あとなのか、わからないということでした。犯人はいったいどういうつもりだったんでしょう」

遺体の様子をはっきりと思い出したのだろう、郁江は硬い表情で答えた。

捜査資料によると、誠の死亡推定時刻は九月六日、十七時から十九時の間となっている。その日、死亡してから耳を切られたのなら死体損壊だし、生きているうちに切られたとしたら、彼は拷問を受けた可能性がある。

「耳について、何か思い当たることはありませんか」

「いえ、特に……」

郁江は首を振る。その横で、典章がぼそりと言った。

「きっといかれた人間ですよ。人の耳をたくさん集めて、並べて、写真を撮って喜ぶような奴なんでしょう」

犯人が猟奇的な人物である可能性については、藤木も考えていた。耳のコレクションがずらりと並んだ光景などを想像すると、気分が悪くなってくる。

「事件の前後、家の近くで何か不審なことはありませんでしたか。誰かがうろついていたとか、車が停まっていたとか」

「当時も刑事さんに訊かれましたけど……何もなかったと思うんですよね」

そう言ったあと、郁江は夫のほうを向いた。典章も首を横に振る。

「友達の中で誠くんと親しかったのは、さっき話に出た三和智之くんだけでしょうか。ほかはどうでした?」

「三、四人、誠から聞いた名前がありました」

郁江は書棚から古い住所録を取り出した。指で名前をたどっていって、彼女はいくつかの名前を口にした。電話番号や住所とともに、秀島がそれらの名前をメモする。

ここで藤木はひとつ咳払いをした。郁江に向かって問いかける。

「小学四年生となれば、お店に行って何か買うこともあったと思います。そのへんはいかがでしたかね」

「小遣いを与えていたので買い物はしていたと思います。まあ学校からは、買い食いはしないようにと言われていましたけど」

「彼が行く可能性があるとしたら、どういうお店だったでしょうか」

「バンビという駄菓子屋があったんですが、今はなくなってしまいました。あとはスーパーヒラオカと、郵便局の近くの文房具屋さんぐらいかしら」

「あそこにも行っていたよ」典章が言った。「ほら、タキタ商店」

出たぞ、と藤木は思った。被疑者である多岐田雅明の両親が経営していた食料品店だ。当時、多岐田はその店を手伝っていた。事件が起こったときは二十三歳だったと聞いている。

今、挙げられた店の所在地についても、秀島は几帳面にメモをとった。

そのほか聞くべきことを聞き終わると、秀島はこちらを向いた。藤木のほうも今はこれで充分だと感じたから、黙ってうなずいた。

「いろいろありがとうございました」秀島は守屋夫妻に頭を下げた。「このあと交友関係を当たってみます。誠くんが行ったと思われるお店も訪ねてみましょう」

「お願いします」郁江は真剣な目をこちらに向けた。「あの子の恨みを晴らせるのなら、私たち、何でも協力しますから」

「ええ、またお話をうかがうかもしれません」

秀島は穏やかな表情で答えた。郁江はほっとしたという様子だ。その横で典章がつぶやくように言った。

「郁江、あんまり期待しないほうがいいよ」

「でもあなた、刑事さんたちがこうして調べてくれるって……」

わかってる、わかってるよ、と典章は言った。言葉の中に少し苛立つような気配があった。

「俺だって期待はしたいよ。だけどさ、今になって急に解決できるとは思えないんだ」

「やってみなければわからないじゃないの。せっかく警察の人が調べる気になってくれたんだから……」

典章の顔に、明らかな不満の色が表れた。腕組みをして、彼は藤木たちを睨んだ。

「三十年経っているんです。何か理由があって捜査をするんでしょう?」

「……はい?」藤木は首をかしげる。

「よくわからないけど、再捜査で犯人を捕まえたという実績を作りたいとか……。そういう警察側の事情があって始めるんじゃないですか? そのために利用されるような気がして仕方がない」

「いや、そんなことはありません」藤木は相手を押しとどめるような仕草をした。

「未解決事件の担当チームはいくつもあって、すでに何件かを解決しています」

「未解決事件なんて山ほどあるでしょう。なぜ誠の事件が選ばれたんですか」

鋭いところを突かれた。たしかに、調べるべき事件は非常に多い。今回この青梅の事件が選ばれたのは、多岐田雅明の居場所が特定できたからだ。

「自分たちに都合のいい捜査をしてるんじゃないですか? 三十年経って急に現れて、僕らを信じてくださいって、そんなの無理ですよ」

「ああ、すみません」秀島が宥めるような調子で言った。「そのへんは少しご説明が足りませんでした。我々の捜査より前の段階で、手がかりがひとつ得られまして、それで本格的に再捜査しようという形に……」

「ほら、やっぱり。仮にその手がかりとやらが見つからなければ、相変わらず誠の事件は放っておかれたんですよね？　あなた方は誠の事件を、警察のイメージアップに利用しようとしてるんじゃないですか？　そんなのはごめんだって話ですよ」

「ちょっとあなた」郁江が間に割って入った。「あなたはそんなふうに、すぐかっとなる。刑事さんに失礼でしょう」

「三十年も放っておくほうがよっぽど失礼じゃないか」

「そういうことを言わないの」郁江は声を荒らげた。「犯人を捕まえてほしいの？　ほしくないの？　どっちなのよ」

妻に厳しく問われ、典章は口ごもった。不満げな顔をして、ひとりじっと考え込んでいる。十秒ほど経ってから、彼は低い声で答えた。

「手がかりが見つかったんなら……そりゃ、捕まえてもらわなくちゃ困る」

そうでしょう、と言ってから郁江は藤木のほうを向いた。

「刑事さん、すみませんでした。捜査をしてください。あの子を殺した犯人を、必ず見つけてください」

「ええ、わかりました」藤木は力強くうなずいた。「全力を尽くします」

郁江は立ち上がって深々と頭を下げた。慌てて藤木と秀島もソファから立ち、一礼する。

典章は座ったまま、口を引き結んで渋い表情を浮かべていた。

第二章　剝製の家

1

事件のとき誠は十歳、小学四年生だった。出かけるときは徒歩か自転車だったはずだ。

「資料によると、ときどき自転車で山に行っていたらしいんですよね。でも、まずはこのへんを回ってみましょうか」

スマホに付近の地図を表示させながら、秀島が言った。藤木もうなずいて、

「そうしよう。町の雰囲気を知るのは大事なことだからな」

少年の行動範囲を予想しながら、坂居町を歩いてみることにした。

秀島が案内役を務めてくれた。捜査資料を調べ、先ほどのメモを確認し、スマホに表示させた地図と照らし合わせる。横で見ていても忙しそうだ。

「この角を曲がってですね……。ああ、スーパーヒラオカがありましたよ」

店内で話を聞いてみたが、当時ここで働いていた人はもういないという。年月が経っているので、仕方のないことだろう。

守屋郁江が言っていたとおり、バンビという駄菓子屋は店自体がなくなっていた。今、その場所は民家になっている。住人は七年前に越してきたそうで、やはり過去の事件は知らないとのことだ。

当時の資料には坂居町の地図も載っているが、三十年経つとずいぶん様子が変わっていた。道路や公共施設などはそのままだ。しかし店舗や住宅、駐車場などは五年、十年ですっかり様変わりする。

「このへんは草が生い茂っていたんですね。写真を見るとジャングルみたいだ」

秀島は手にした資料をこちらに向けてくれた。色あせた写真が何枚かコピーされている。それらを見るうち、藤木は懐かしい気分になった。

「こういう場所、昔はよく見かけたなあ。ほかにも、何のためにあるのかよくわからない小屋とか、無理な増築をした変な家とかね」

「三十年前は、まだ舗装されていない道があったんですね」

「ほら、この写真には広い空き地が写っている。凧揚げができたんじゃないかな」

「土管の置いてある空き地って、本当にあったんですね。漫画でしか見たことないですよ」

そんな話をしながら、藤木たちは通りを進んでいった。

郵便局の近くに文房具店があった。誠はここに出入りしていたはずだ。

話を聞いてみたが、あいにく代替わりしていて、今の店主は事件のことを知らないという。

「うちの両親が生きていれば、何か聞けたかもしれませんけどね」店主は言った。「三十年前となると、僕らはよく覚えていませんから……」

やはり時間の経過によって、捜査が難しくなっているようだ。

隣に小さな書店があったが、シャッターが下りていた。文房具店に戻って訊いてみると、最近その書店はあまり営業していないそうだ。

「お爺さんがひとりでやっているんですけど、体調が悪いみたいでね。そろそろ商売をやめようか、なんて話していました。最近、お客さんはみんな隣町のショッピングセンターに行ってしまいますからね」

書店の裏に回ってチャイムを鳴らしてみたが、応答はない。どうやら店主は出かけているようだ。

二階建ての書店を見上げながら、藤木は言った。

「以前は小さい本屋さんが町にいくつかあったんだよな。漫画雑誌の発売日には、小銭を握って走っていったもんだ。不自由ながらも、あのころは楽しかった」

「出ましたね。昔はよかったなあ、という話」

口元を緩めて秀島が言う。藤木は相手を軽く睨んだ。

「年寄り扱いするなって」

「すみません。……でも藤木さん、元気が出てきたみたいじゃないですか。内勤がいいなんて言っていたけど、やっぱり外に出てよかったでしょう」

意外な言葉を聞かされて、藤木は少し戸惑った。ばつが悪いとはこのことだ。

「……いいから、行くぞ」

そう言うと、藤木は足を速めて歩きだした。


蕎麦屋で昼食をとったあと、守屋夫妻からの情報をもとに、誠の友達を訪ねることにした。

転居してしまった人には、今すぐ会うことはできない。だが電話をかけてみると、今も坂居町に住んでいる友達が何人か見つかった。

「当時の調書を見れば、友達の証言もわかりますけど……」と秀島。

「いや、当時は話せなかったことがあるかもしれない。それに実際会ってみたら、何か思い出してくれる可能性もあるぞ」

藤木が一番気になっているのは、事件当日、誠が名前を挙げていた三和智之だ。彼の家へ遊びに行くと言って、誠は自転車で出かけている。

三和の勤務先は、誠の家から歩いて十分ほどの場所にあった。

近づいていくと、工具を使う音が響いてきた。敷地の中に自動車が何台かあり、車体からタイヤが外されているのが見える。三和は町にある自動車整備会社に就職していて、現在は課長だということだ。

「どうします？　僕が話を聞きましょうか」秀島がこちらを向いて尋ねた。

「俺がやろう。かまわないよな？」

「もちろんです。……藤木さん、ずいぶん気合が入っていますね」

「守屋夫妻から、あんな話を聞いてしまったからな。遺族の気持ちを、俺たちは大事にしなくちゃいけない」

「そう。おっしゃるとおりです」

うんうん、と秀島はうなずいている。

藤木たちは工場の隣にある事務所に入っていった。女性社員に来意を伝えると、しばらくして三和智之がやってきた。灰色の作業服を着ている。瘦せていて目が細く、相手をじっと見る癖があるようだ。神経質な性格らしいと見当がついた。

「先ほどお電話を差し上げた、警視庁の藤木です」

「三和です。どうぞこちらへ」

彼は事務所の隅にある応接セットへ案内してくれた。すぐに女性事務員がお茶を運んでやってくる。彼女が去るのを待ってから、三和は再び口を開いた。

「守屋くんのことを調べているそうですね。どうして今ごろ……」

藤木はスーツのポケットからメモ帳を取り出した。

「実は、最近になってあの事件の捜査に進展がありまして」

「本当ですか？　いったい何がわかったんです？」

「ああ、それはちょっと……。捜査上の秘密もありますので」

藤木は申し訳ないという顔をして頭を下げる。

無意識の行動だろうか、三和は右手で顎を撫でていた。顎の先に古い傷があることに、藤木は気づいた。

「……わかりました」三和は言った。「それで、何をお訊きになりたいんですか」

「当時、誠くんとどんなおつきあいがありましたかね」

「つきあいといっても、一緒に遊んだというだけですよ。私の家には漫画がたくさんあったので、よく貸してあげていました」

「誠くんは、どんな漫画が好きだったんです？」

「ＳＦ漫画が多かったと思います」

三和は記憶をたどる様子で、いくつかタイトルを挙げた。藤木もよく知っている作品ばかりだ。

「ほかに、ふたりで遊びに行ったりは？」

「それはなかったですね。僕が外で遊ぶのをあまり好まなかったので、家で漫画を読んだりゲームをしたりという感じでした。誠くんがほかの友達と、どう遊んでいたかはわかりませんが」

「誠くんは黒岩町の林で発見されました。彼は以前から隣町に出かけていたんでしょうか」

「……わかりません。聞いたことがないですけど」

そう答えて、三和はソファの背もたれに体を預けた。視線を外し、天井を見上げる。

なるほど、とつぶやいたあと、藤木はメモ帳を開いた。

「三十年前の九月六日、誠くんは三和さんの家に行くと言って出かけたそうです。その日、彼と会う約束をしていましたか？」

「いえ、していません。だからその日の夜、彼の家から電話があって驚いたんですよ」

「当時、誠くんが何かに怯えていたとか、気になることを話していたとか、そういうご記憶は？」

「三十年前にも訊かれましたが、特にないんですよね。もし彼が問題を抱えていたのなら、私に話してくれたと思うんですが……」

藤木は相手の表情を観察した。少なくとも、今の質問に関して三和が嘘をついているようには思えない。誠がトラブルに巻き込まれていたということはなさそうだ。

秀島がいくつか追加で質問をしたが、これといった収穫はなかった。

「どうもありがとうございました。参考になりました」

藤木と秀島は揃って立ち上がった。三和は思案する様子を見せたが、やがて口を開いた。

「刑事さん、私はずっとモヤモヤした気分を感じていたんです。当時の捜査員の方が、私や両親を疑うような目で見ていたものだから」

「ああ、それはすみませんでした」藤木は言った。「どなたが相手でも、警察官はまず疑ってかかってしまうんですよ。捜査に熱心だったということで、許していただけませんか」

「わかりますがね、でも不愉快だったということは伝えておきたいので」

ここで言っても仕方がないのは承知の上だろう。それでも彼は、文句を言わずにはいられなかったようだ。警察官としてその点はよく理解しなければ、と藤木は思う。

以前の自分なら、俺には関係ないことだと腹を立てていたかもしれない。しかし、時間が経っても人の怒りや悲しみが簡単には消えないことを、今の藤木は知っている。それを教えてくれたのは守屋夫妻だ。そして、それに気づくための下地は自分の中に出来ていた。

妻が亡くなったことは、それほど大きな変化を藤木に与えていたのだ。

続いて、藤木たちは大城修介《おおしろしゅうすけ》という男性を訪ねた。

同じ坂居町に住んでいる人物で、職業は建築会社の社長。大学を出たあと家業を継いだそうだ。会社は駅の近くにあるというので、藤木たちは歩いて駅に戻った。

ロータリーから一本裏に入ったところに、四階建てのビルがあった。《大城建業》という看板が出ている。

受付の女性に警察手帳を見せ、社長に面会したいと伝えた。応接室で待っていると、じきにノックの音がして、色黒の男性が入ってきた。

「お待たせしました。大城です」

身長がかなり高く、百八十センチを越えていると思われる。仕事柄だろう、がっちりした体つきをしていた。

「警視庁の藤木です。お忙しいところ、すみません」

「いえ。お仕事、大変ですね」大城は名刺を差し出した。

どうぞどうぞ、と彼は藤木たちにソファを勧める。大城修介は快活で、愛想のいい男性だった。

「大昔の事件を調べておられるとか」

「ええ。三十年前、守屋誠くんが殺害された事件です。大城さんは誠くんと同じクラスだったんですよね？」

「そうです。……あ、でもねえ、守屋くんとはあまり親しくなかったんですよ。ほら、クラスの中でもグループが出来るじゃないですか。私はサッカークラブに入っていたこともあって、外で遊ぶのが好きでね。でも彼は静かな子だったからなあ」

大城は昔を懐かしむような目をして言った。

「先ほど、三和智之さんの話を聞いてきたんですよ」

「自動車整備会社の三和くんね。そうそう、彼もおとなしい性格だったから、守屋くんとは気が合ったみたいですね」

「大城さんは、誠くんとはまったく話をしなかったんでしょうか」

藤木が踏み込んで尋ねると、大城は少し考えてから首を横に振った。

「何回か話したことはありますね。彼、学校に本を持ってきて、休み時間に読んでいたんですよ。何の本なの、と私が訊きましてね。動物図鑑だったみたいです」

守屋夫妻から、誠が動物好きだったことは聞いている。だが、図鑑を学校に持っていくほどだとは知らなかった。

「私がその本に興味を持ったと思ったんでしょうね、守屋くんは熱心に説明してくれましたよ。どうも彼、オタクっぽいところがありまして、動物について変なことをいろいろ知っていたようです。……でもほら、私はそんなに思い入れがないから、ふうん、そうなんだ、という感じでね」

誠の性格だと、この大城とは合わなかっただろうなあ、と藤木は思った。いや、もしかしたら、もう少し厄介な関係になっていたのではないか。

「誠くんはおとなしい性格だったそうですが、クラスでいじめられたりはしていなかったでしょうか」

実を言うと、大城が彼をいじめていたのではないか、という気がするのだ。だが、さすがにそこまではっきりとは訊けない。

「いや、いじめはありませんでしたよ。そんな悪い奴がいたら、私が放っておきませんから」

そんなことを言って大城は笑う。ここでは、あまり突っ込んだ話はできそうにない。

「大城さんは、多岐田雅明さんの食料品店に行ったことはありましたか？」

「多岐田さんの店？　私は行ったことがないですね。買い物のときはスーパーヒラオカに行っていたので」

「誠くんが多岐田さんの店に通っていた、という話を聞いたことは?」

「ありません。……そうだったんですか?」

どうやら、多岐田に関しては何も知らないようだ。しばらく考えてから、藤木はざっくりと訊いてみた。

「ほかに何か、誠くんのことを知りませんかね」

「彼ね、自転車でよく山に行っていたようですよ」

資料にも載っていた情報だ。藤木は相手の目をじっと見つめる。

「どこに行っていたか、ご存じですか?」

「さあ、それはわかりません。でも、坂居町の山の中に大きな家があってね。もしかしたらそこに行ってたんじゃないかって、事件のあと噂になっていたんですよ」

秀島は資料を取り出して、手早くページをめくり始めた。ややあって、該当する記録を見つけたらしい。彼は藤木に向かって目配せをした。

「山で動物を探していたんでしょうかね」藤木は大城に尋ねた。

「うん、その可能性はありますね。動物オタクが山に行っていたんだから、何か捕まえようとしていたのかも」

「それ以外に気になったことはありませんか。困っているようだったとか、怯えているようだったとか」

秀島の問いに、大城は首をかしげる。額に指先を当てて記憶をたどる様子だったが、やがてはっとした表情になった。

「関係あるかどうかわかりませんけど、彼、変なおもちゃを持っていたんですよ。耳の形をしていて、気味の悪いぶつぶつがあるんです」

「気味の悪いぶつぶつ？」

「そうとしか言いようがないんですよね。こう、耳の周りにぶつぶつが出来ていて……。それは何だと訊いたら、お守りだなんて言っていましたけど」

要領を得ない話だった。だが、もしかしたら捜査の手がかりになるかもしれない。

藤木はその情報をメモ帳に書き留めた。

さらに質問を重ねたが、誠についてこれ以上の情報は出てこないようだ。そろそろ引き揚げようか、という雰囲気になってきた。

「刑事さん、ほかの同級生の居場所はわかってますか？」

急に大城が尋ねてきたので、藤木は驚いて相手に目を向けた。

「ある程度はわかっていますが……」

「引っ越した奴も多いですからね。もしよかったら連絡先をお教えしますよ」

「え？　いいんですか」

「こう見えて私は事情通でね。町の住人のことには詳しいんです」大城は自慢げに言った。「うちの会社は不動産会社と関係が深いから、地域の情報が入ってくるんですよね。それに、実は今、イベントの計画がありまして」

「イベントというと……」

「小学四年生のときタイムカプセルを埋めたんですよ。明後日、二十一日の午後、それを掘り出すことになっていて、昔の同級生に連絡を取っているところなんです。ちょうど今、そのリストがありますよ」

「本当ですか？　ぜひ見せてください」

前のめりになって藤木は言った。こんな幸運は滅多にないだろう。大城が社交的な人物で助かった。

五分後、リストのコピーを受け取って、藤木たちは大城に礼を述べた。

2

公園で少し休憩をとることにした。

自販機があるのを見て、何か飲もうかという気になった。財布を取り出し、藤木は自販機の前に立つ。それから秀島に問いかけた。

「俺はコーヒーにするけど、君はどうする？」

「あ、いえ、先輩にそんなことをさせるわけには……。自分で買いますから」

「いいよいいよ。お近づきの印にご馳走してやる。何がいい？」

「すみません。じゃあ、お言葉に甘えて……。コーンスープってありますか？」

「え？」藤木はまばたきをしてから、もう一度自販機に目をやった。「ああ、これか」

コーヒーとコーンスープを買って、藤木はベンチのほうに向かった。

秀島はベンチの前で何かしていたが、こちらを振り返って会釈をした。右手にハンカチを持っている。

「座る場所を拭いておきました。ちょっと気になったので」

「なんだい、そんなことしなくていいよ」藤木は飲み物の缶を相手に手渡した。「君は変わってるな。繊細というか、几帳面というか……」

「よく言われます」秀島は苦笑いを浮かべる。

ふたり並んでベンチに腰掛け、それぞれ温かい飲み物を味わった。

公園には幼児を連れた母親たちがいて、砂場のそばで世間話をしていた。平日の午後、もう学校から帰ってくる小学生がちらほら見えるのだが、彼らは公園には興味がないようだ。まあ、時代の変化だろうな、と藤木は思った。

そうだ。時代の変化といえば、ひとつ気になることがある。少し迷ったが、藤木は秀島に話しかけた。

「教えてほしいんだが、君は聞き込みのとき、かなり相手に気をつかうのか」

「はい？」

秀島は缶を手にしたまま、こちらを向いた。不思議そうな顔をしている。

「俺なんかの若いころと比べたら、捜査の方法も変わってきているんだろう。ただ、思っていたより、かなり丁寧だったから……」

じきに秀島は、何かに気づいたという表情になった。

「警察官があまり低姿勢で話すべきじゃない、ということですか？」

「それと……君はずいぶん相手に詫びていたよな」

「ああ、なるほど」納得したという様子で、秀島は何度かうなずいた。「この部署に来てからですね。こういうふうになったのは」

「え……。そうなのかい」

てっきり、以前からああいう捜査方法をとっているのかと思った。藤木は話の続きを待った。

「殺人事件の捜査は、人の心に土足で踏み込むようなところがあって難しいですよね。それでも、最近起こった事件であれば関係者もまだ協力的なんですよ。みんな、早く犯人を捕まえてくれという気持ちが強いですからね。ところが未解決事件の捜査だと、そうはいきません。僕も、この半年でそれを理解したんです」

「被害者の遺族があまり協力的ではないってことか？」

「それ以外にも注意が必要です。再捜査に対しては、人によって温度差があるんですよ。何十年経っても犯人を罰してほしい、できることならこの手で……という遺族もいます。その一方で、もう昔の事件は思い出したくない、という人もいるんです」

「……まあ、そうだろうな」

「いずれにしても、未解決のままずっと放置されたことへの不満はみんな持っていますよ。捜査がストップしていたことは事実なので、僕は正直にお詫びをします。たぶん未解決事件の再捜査って、そこから始まるんですよね。……それに我々の聞き込みって、関係者の古い記憶を呼び起こすことになるでしょう。場合によっては、鍵のかかった扉をこじ開けるぐらいの乱暴な作業になります。だから普通の捜査よりも、ずっと低姿勢でいたほうがいいと思うんです」

藤木は黙ったまま相手の顔を見つめる。それに気づいて、秀島はこう付け加えた。

「まあ、今のは僕個人の考えですけどね」

「情報を手に入れるためには仕方ない、というわけか」

「僕としてはこの方法が最適だと思っています。藤木さんは、そういうやり方には反対ですか？」

彼は藤木の目をまっすぐ覗き込んできた。かなり自信を持っているようだ。

「反対なんてしないさ」藤木は答えた。「この部署では君のほうが先輩だ」

「先輩だなんてとんでもない。僕は藤木さんからいろいろ学びたいと思っているんです」

「でも支援係では、たぶん君のやり方のほうが適切なんだろう。文句は言わない」

「そうですか。なら、安心しました」秀島はうなずく。

だがな、と藤木は言った。

「俺にはまだ、そのやり方はうまくできそうにないな」

「大丈夫です。コンビには役割分担というものがありますから」

秀島は屈託のない笑顔を見せた。年上の藤木を立てているように見えて、その実、自分の意見はしっかり主張するというのが彼の性格らしい。秀島と一緒にいると、つい向こうのペースに乗せられてしまう。

それが彼の強みなのだろうな、と藤木は思った。


三十年前の九月十三日、守屋誠の遺体は隣町、黒岩町の雑木林で発見されている。

その現場は後日確認することにして、先に誠が出かけていたらしい坂居町の外れ、山のほうを調べることにした。捜査資料にも、山の中にある民家へ聞き込みに行ったことが記録されている。自然公園というのがあって、そこから林道に入れるらしい。

藤木と秀島は駅前のタクシー乗り場に向かった。幸い、客待ちの車が一台停まっている。藤木が軽く右手を上げると、後部のドアが開いた。先に乗り込んで、藤木は運転手に話しかけた。

「町の南側は山ですよね。自然公園のほうへ行きたいんですが」

「山に行かれるんですか？」

運転手は尋ねてきた。六十年配で、ワイシャツに臙脂色のカーディガンを着た男性だ。

「ええ。少し歩くつもりなんですよ」

藤木たちを見て、運転手は不思議そうな顔をした。それも当然のことだろう。こちらはスーツ姿の男性ふたりだから、公園に行ったり、登山やトレッキングを楽しんだりするようには見えないはずだ。

「じゃあ、お願いします」

「あ……はい。わかりました」

運転手は開閉装置で後部のドアを閉めた。それから白手袋を嵌めた手でメーターを操作し、車をスタートさせた。

ロータリーを出て、タクシーは青梅街道を走っていく。交通量の少ない道だから、予想より早く移動できそうだ。

五分ほど走ると車は右折して青梅街道を逸れ、山のほうに向かった。もともと少なかった民家がほとんど見えなくなり、畑が目立つようになった。じきに道はなだらかな上り坂に変わる。木々の間を抜けてタクシーは進んでいった。木漏れ日がフロントガラスに複雑な模様を描いている。

徐々にカーブがきつくなってきた。右へ左へと曲がる道を、車はけっこうなスピードで走っていく。

「何か、調査のお仕事ですか？」

急に運転手が尋ねてきたので、おや、と藤木は思った。

「おっしゃるとおり、仕事ですよ。ちょっとね、あのへんの林を見る必要があって」

「なるほど」

車は大きく右にカーブした。スピードが出ているものだから、体が左に傾いてしまう。「おっと」と藤木は言った。

「お客さん、こちらにはお泊まりになるんですか？」

「ああ、いや、帰るつもりですけどね」

「……そうなんですか」

藤木はそっと運転席の様子を窺った。運転手は、よそ見をすることなくハンドルを操作している。

いや、そうではなかった。彼はルームミラーを通して、ちらちらと藤木を見ているようだ。

藤木の怪訝そうな表情に気づいたのだろう、運転手はルームミラーから目を逸らした。その動きはかなり不自然に感じられる。

「ここが自然公園ですね」

運転手が車を停めて言った。藤木は窓の外に目を向ける。五メートルほど先に立派な門があった。看板が設置されていて、池や築山《つきやま》、アスレチックコースなどがあることがわかる。広い芝生ではピクニック気分も味わえるらしい。

一方、道路のほうはこのまま直進して、さらに山を登っていく形になっていた。

「この道を進むと隣町まで抜けられるんですが、それとは別に、あそこ、見えますかね。右手に林道の入り口があります」

そちらに目を向けると、たしかに細い林道が見えた。舗装されていないでこぼこの道だ。ぎりぎり車でも通れそうだが、タクシーに頼むのは無理だろう。

藤木は車内に視線を戻した。そのときルームミラーを通して、また運転手と目が合った。彼は何か言いたそうな顔をしている。

どういうことだろう、と藤木は思った。咳払いをして、彼に問いかけてみた。

「運転手さん、何か言いたいことがあるんなら言ってくれませんか」

「……はい？」

「なんだか、我々のことを気にしているようだったから」

「そんなことはないですよ」運転手は窓の外に目をやった。「ただ、珍しいお客さんだなあと思いまして」

少し考えたあと、藤木はポケットを探って警察手帳を取り出した。

「我々は警察の人間です。怪しい者じゃありません」

えっ、と言って運転手はこちらを向いた。藤木の手帳を数秒見つめてから顔を上げる。驚いたという様子で彼は言った。

「ああ、そうだったんですか。すみませんでした」

ほっとしたという表情に変わっている。緊張していた口元が緩んでいた。

「警察の方だったとは……。申し訳ないです。実は会社から、不審者に気をつけるよう指示が出ていまして」

「タクシー会社から？」

「はい。警察署のほうから言われているみたいです。こういう山の中ですのでね。ごみの不法投棄ぐらいならいいんですが……いや、それも困るんですが、もっとまずいこともあるようで」

なるほど、と藤木は思った。ひとけのない場所だから犯罪に利用されるおそれがある、ということだろう。実際、三十年前には隣町で少年の死体遺棄事件が起きているのだ。

「本当にすみませんでした。ほら、タクシーって町の中をあちこち走るでしょう。こんな男を乗せなかったか、とか警察から問い合わせがあるんです。私も何度か無線を受けたことがあります」

「そうですか。いつもご協力ありがとうございます」秀島が言った。「さっきみたいに警戒してくださっていると思うと、我々も安心ですよ」

「いえ、とんでもない」

運転手はしばらく笑ったあと、真面目な顔になった。

「……で、今日は捜査ですか？　最近、何かあったんでしょうか」

「最近ではないんですよ」

そう答えてから、藤木は少し考えた。この運転手が何か知っている可能性はないだろうか。

「運転手さんはいつからタクシーの仕事をしてるんです？　三十年前、この町にいましたかね」

「三十年前？　いえ、そのころはよそに住んでいましたので……」

「ああ、そうでしたか」

「ドライバーもけっこう入れ替わりがありますから」

藤木は彼にいくつか尋ねてみた。タクシー運転手という立場から見て、この町の雰囲気はどうか。これまでに何か気になる出来事はなかったか。警察の動きはどんな印象か。

特に事件性のものはないらしかった。まあ車上荒らしや空き巣などは、どこに行ってもあることだから仕方がない。

運転手はレシートを差し出しながら言った。

「帰るとき、電話をもらえたら迎えに来ますよ。そこに会社の番号が書いてありますので……。私、青梅タクシーの戸倉《とくら》と申します」

「ああ、それは助かります」

礼を言って藤木たちはタクシーを降りた。何度か切り返しをして、車は方向転換をする。軽く頭を下げてから、運転手は町のほうへ戻っていった。

「まさか我々が疑われていたとはね」秀島は苦笑いをしている。

「タクシーの運転手と理髪店の主人はチェックしておくといい」藤木も口元を緩めた。「彼らがお喋りなら、地元の情報がわかるからね」

「もし無口だったら？」

「その場合は、君が得意な話術で聞き出せばいい。いずれにしても、彼らは情報源として役に立つ」

さあ行くぞ、と言って藤木は歩きだした。

3

藤木たちは林道に入っていった。

土が剝き出しになった未舗装の道だ。ところどころ大きく窪んでいたり、木の枝が落ちていたりして、歩きにくいことこの上ない。

見上げるような木々の中、日射しは足下まで届かない。風が吹いてきて、さわさわと枝葉が音を立てた。どこか遠くで、鋭く鳥の鳴く声がする。気温がやや下がってきたのを感じながら足を進めた。

「どうなんでしょう。誠くんはこんな場所まで来たんですかね」

秀島はスマホで地図を検索している。画面に集中しているせいだろう、ときどき道の凹凸に足をとられてよろけていた。

「IT大好きな君には笑われそうだが、俺は刑事の勘というのを信じていてね」

「じゃあ、僕も信じましょう。藤木さんの勘を」

地面が水分を含んでいるのだろう、革靴の底に土がこびりついて足が重くなってきた。まいったな、と藤木は顔をしかめる。

苦労しながら十分ほど歩くと、急に開けた場所に出た。

木々が切られて、新興の造成地のようになっている。広さはちょっとした保育園の敷地ぐらいだろうか。その北寄りの一画に建物が見えた。

藤木たちは慎重に近づいていく。

観光地のロッジを思わせるような形状だが、壁がどこも真っ黒だった。火事で焼けたというわけではなく、もともと黒く塗装されていたようだ。

「ああ、この家だ」秀島が鞄から資料を取り出した。「遺体が見つかったのは隣町でしたが、当時、この家にも捜査員が訪ねてきています。住人の許可を得て屋内まで調べたみたいですね。しかし何も問題はなかった、と」

「誰の家なんだろう」

「別所賢一《べっしょけんいち》という人です。当時四十七歳、無職と記録されています」

家は二階建てで、外から見た感じ、二世帯ぐらいでも楽に暮らせそうだった。古めかしいこの洋館は、もしかしたら築六、七十年になるのかもしれない。

玄関前には汚れた木箱が積み上げられていて、人が住んでいるようには感じられなかった。ドアに近づいてみたが、表札は出ていない。チャイムのボタンを押してみる。しかし電池が切れているのだろう、音はしなかった。

敷地の北側には前庭があり、車の轍《わだち》がいくつか残っている。ここまで入ってきた自動車が、方向転換をして戻っていったのだと思われた。駐車できるスペースは四台分ほどだ。

東側に小屋があったが、窓がないから離れではないだろう。そっと扉を開けてみると、灯油のポリタンクや、砂などを運ぶための猫車、段ボール箱などが置いてあるだけだった。

さらに歩き、建物の南側に回ってみて藤木は驚いた。庭の先に低木が茂っているのだが、その向こう、十数メートル先には何もなく、どうやら崖になっているようだ。茂みに近づいてみたが、木々が邪魔で下までは見えなかった。

「崖っぷちに建っているんですね」藤木の隣に並んで、秀島が言った。「これ、夜は怖いでしょうねえ」

「もともと不便な場所だ。この家を建てた人間は相当な変わり者だと思うよ」

秀島とともに、もう一度庭をゆっくり回ってみた。建物の窓やドアを点検していく。西側の勝手口にやってきたとき、秀島が目配せをした。

「藤木さん、あそこ……」

プロパンガスのボンベが立っている。その先に腰高の窓があり、ガラスの一部が割れていた。壊れているのはちょうどクレセント錠の辺りで、そこから手を差し込めば窓を開けることができるだろう。どう見ても自然に割れたという感じではなかった。

白手袋を嵌めて、藤木は勝手口のドアに近づいた。ノブに手をかけると、容易に回すことができた。さらに力を込めてみる。ぎぎ、ぎ、と軋んだ音がしてドアは手前に開いた。

中は薄暗かったが、窓からは明かりが入っている。様子を窺っているうち目が慣れてきた。

そこは台所だった。室内には流しがあり、家具としてはダイニングテーブルや食器棚などが置いてある。流しのそばにあるのは水を溜めておくタンクだろうか。

振り返って秀島と目を見交わしたあと、藤木は薄闇に向かって声をかけた。

「こんにちは、警察の者です。誰かいますか?」

耳を澄ましてみたが、返事はない。

「ガラスが割れていました。大丈夫ですか?」

やはり応答はない。

「安否確認のため、入らせていただきますよ」

住人などいないだろうが、念のためそう呼びかけた。

藤木は鞄からミニライトを取り出し、明かりを点けて建物に踏み込んだ。床の上はごみだらけだから、土足でもかまわないと判断した。

秀島もライトを点けた。ふたつの光が上下、左右へ忙しく動き、床や壁を照らし出す。

台所から廊下へ進んだところで、はっとした。

暗がりの中に、何か白くて細長いものがある。あれは人の足ではないか？

秀島が身じろぎするのがわかった。見ると、彼は顔を強張らせている。これまで事件現場を知らずにいたわけではないだろう。だが、いきなり現れたその白い物体に、秀島はいくらか動揺しているようだ。

藤木は数メートル進み、その何かのそばにしゃがみ込んだ。

男性なのか、あるいは女性か。廊下に誰かが倒れている。裸なのだろうか？　体全体が白っぽく見えた。

「大丈夫ですか？」

藤木はその何者かに触れた。同時にミニライトの先を相手に向けた。

強い違和感があった。触ってみた手応えが、やけに硬かったのだ。そして明かりの中に浮かび上がった姿——。

床の上に倒れていたのは人形だった。サイズはかなり大きく、背丈は藤木と同じくらいだ。

「なんだ、作り物か……」

思わず声が出てしまった。秀島もその正体を知って、ほっとしたようだ。彼は藤木の隣にしゃがんで、人形を抱き起こそうとした。

突然、人形の腕が外れた。それだけではない。腹が割れて内臓が剝き出しになった。作り物だとわかっていたはずだが、秀島は思わずのけぞっていた。

どうやらこれは、よく出来た人体模型らしい。ふたりが見ている前で、今度は首が外れて転がった。人形と目が合ったような気がして、藤木は思わず顔をしかめた。

「なんでこんなものが……」秀島が小声で言った。「心臓が止まるかと思いましたよ」

そう言う彼のそばには、人体模型の心臓が転がっている。

気を取り直して、藤木たちは奥へ進んだ。一部屋ずつ覗き込み、異常がないかチェックしていく。この建物が三十年前の事件と関係あるかどうかはわからない。だが窓ガラスが割られ、勝手口が開いていたのは事実だ。もし屋内で誰かが見つかったら、適切な対応をとらなければならない。一般市民の命や財産を守るのは、警察官として最優先の任務なのだ。

ダイニングルーム、広めのリビングルーム、トイレ、浴室などを確認していく。古いわりには洒落た造りだ。別荘のようにも感じられる。

次に藤木たちが覗いたのは、書棚の設置された部屋だった。明かりをかざすと、数多くの書籍が並んでいるのがわかった。医学、薬学、解剖学、生物学などの専門書らしい。これだけ揃っているのを見ると、ただの書斎という感じではなかった。大学の研究室などを連想させる。

「藤木さん……」

秀島の声が聞こえた。藤木はライトを構えて彼のほうに近づいた。

書棚の向こうに木製の陳列棚があった。そこにいるのは小動物たちだ。小型犬や猫、イタチのようなものもいる。

こちらを振り返って、秀島が言った。

「剝製ですね」

「いったい何なんだ。さっきの人形といい、この剝製といい……」

「妙な家です。何かの研究施設でしょうか。博物館のような雰囲気もありますが」

「でも、施設なら地図に出ていそうなものだ。載ってなかったんだろう?」

秀島はこくりとうなずく。どうにも解せない話だった。

陳列棚を詳しく調べていく。ほかにもフェレットだとかアライグマだとか、いろいろな動物がいた。ひとつ意外だったのは、下のほうに置かれていた鳥の剝製だ。

「何だろう。スズメと同じぐらいの大きさだが」

「これはホオジロですよ。子供のころ、夏休みの課題で調べたことがあります」

「わざわざ剝製にするようなものじゃない、という気がするけどな」

「とにかく、バラエティに富んだラインナップですね」

藤木は剝製たちの写真を撮るよう、秀島に指示を出した。彼はスマホを使ってそれらを撮影していく。続いて、書棚も写し始めた。

横でその様子を見ているうち、藤木はテーブルの上の本に気づいた。

動物園のガイドブックだ。開いてみるとページのあちこちに折り目があり、かなり使い込まれていることがわかる。国内の有名動物園の写真が数多く載っていた。飼育されている動物たちや園内施設が紹介されている。ファミリー層向けのガイド本らしく、どの写真にも夫婦と小さい子が写っていて、楽しそうな雰囲気だった。

「この家の主はかなりの動物好きだったようだ」

「いや、藤木さん。これ、動物好きってレベルじゃありませんよ。何なんだろう……」

写真を撮りながら、秀島はぶつぶつ言っている。

住人の手がかりを探してみたが、それは見つからなかった。日記や手帳はもちろん、メモのたぐいも発見できない。転居するとき、すべて持っていってしまったのか。

「それにしては、本だの剝製だのは残されているんだよな」

研究室のような部屋を見回しながら、藤木はつぶやいた。

二階には個室が四つ、物置のような部屋がひとつあった。すべての写真を撮ったが、誰かが潜んでいるような気配はない。とりあえずは一安心だと言える。

外に出てもう一度、黒い家の周りを歩いてみた。落ち葉を踏むと、さくさくと音がする。南側の庭の向こうで、ざざ、と木々の揺れる音がした。風が一段と強くなったようだ。崖の下まではどれくらいの高さがあるのだろう。

黒い家を見上げて藤木は想像してみた。三十年前、守屋誠が自転車でここまで来た可能性はあるだろうか。もしそうだったとして、彼はここで何をしていたのか。

――いや、そうじゃない。彼はいったい「何をされた」のか、だ。

見るからに不審なこの家にやってきて、誠は事件に巻き込まれたのではないか。そう思えて仕方がなかった。


黒い家を出て林道をさらに進んだが、ほかに民家は見つからなかった。どうやら、これ以上の発見はないようだ。

徐々に辺りが暗くなってきたことに気づいて、藤木はスマホを取り出し、タクシーを呼んだ。

自然公園の前まで迎えに来てくれたのは、行きに乗せてくれた運転手だ。彼は窓から顔を出して会釈をした。

「お待たせしました。……だいぶ歩き回られたみたいですね」

「いい運動になりましたよ」藤木は苦笑いをする。

ふと見ると、秀島はその場にしゃがみ込んでいる。どうやらティッシュペーパーで靴の裏を拭いているようだ。藤木の視線に気づいて、彼は言った。

「だいぶ土が付きましたからね。タクシーを汚しちゃいけないと思って」

「あ、いえ、お客さん、気にしないでください」慌てた様子で運転手が言った。

藤木たちを乗せてタクシーは動きだした。気温の低い中ずっと歩いていたから、車内の暖房が心地いい。窓の外を見ながら、藤木は尋ねてみた。

「運転手さん、この山に黒い家があるのを知っていますか」

「民家があるということだけは聞いていますが……。そこまで行かれたんですか?」

「ええ。あの家のこと、誰か知っている人はいないのかな」

「なんだったら駅まで帰る途中、近くの人に訊いてみますか?」

「うん、そうですね。それがいい」

山道を下って町へ向かっていくと、一軒の農家が見つかった。運転手に待っていてもらって、藤木と秀島は聞き込みをした。

「ああ、別所さんの家ね」七十代とおぼしき主婦が教えてくれた。「何かの学者さんだったみたいですよ。変わり者でねえ、あんな不便なところでひとり暮らしをしていて……。でも最近、引っ越したらしいって誰かが言っていましたね。どこへ行ったのかは知りませんが」

「お会いになったことは？」

「昔、一度うちへ挨拶に来ましたよ。三十年ちょっと前かしら」

その言葉を聞いて、藤木は秀島に目配せをした。

「三十年前に小学生が殺害される事件があったんですが、ご存じですか？」

「ええ、知ってます。……あのときね、別所さんが怪しいんじゃないかって噂になってたらしいんですよ。だけど警察が家を調べて、何もなかったって聞きました」

その件については捜査資料にも書かれていたが、当時、かなり広い範囲で噂になっていたようだ。

町に向かう途中、ほかの家でも聞き込みをしてみた。だが、それ以上の情報は出てこなかった。

この時期の日暮れは早い。じきに辺りはすっかり暗くなってしまった。

「今日はここまでだな。運転手さん、駅に向かってください」

市街地から離れた場所なので、街灯が多いとは言えない。カーブも続くから気をつける必要がある。

タクシーは速度を控えめにして、暗い道を走りだした。

4

午後八時前、藤木と秀島はようやく桜田門の警視庁本部に到着した。

「お疲れさまです。今、戻りました」

秀島は明るい声を出して、支援係の部屋に入っていく。藤木は彼のうしろについていきながら、「うす」と言って同僚たちにうなずいてみせた。

部屋の中にはすでにメンバー全員が集まっていた。奥の机には黒縁眼鏡をかけた大和田係長がいる。机を向かい合わせた島のうち、向かって左側は岸と石野の席だ。岸はこちらを見て、いつものように人懐こい笑みを浮かべていた。石野は資料をまとめるのに忙しいのか、軽く頭を下げただけで、パソコンのキーボードを叩き続けている。今朝と同様、猛烈なスピードだ。

「遠いところ大変だったな」

電卓を使っていた大和田が、顔を上げて話しかけてきた。秀島は首を左右に振る。

「こういう出張も悪くありません。電車の中でいろいろ考えることができました」

秀島の隣の席に、藤木は腰掛けた。口癖で、つい「よっこいしょ」と言ってしまう。

「藤木さんはどうでした？　久しぶりの捜査は」と大和田。

「脚がもう、ガクガクですよ」藤木はため息をついた。「場所が場所だから、捜査というよりハイキングです。できれば向こうに泊まりたかったんですがね」

帰りの電車では、いつの間にか居眠りをしてしまった。思った以上に疲れていたらしい。

「なんとか頑張ってください」大和田は苦笑いをした。「しかし藤木さん、体がなまったんじゃないですか。足で稼ぐのが刑事の本分だと言っていたのに」

「人間、歳をとると変わるんです。大和田さんだってずいぶん変わったでしょう」

「そうかな……」

「昔は俺に従って、おっかなびっくり歩いていたのに、今じゃ立派な中間管理職だ。人って成長するもんだなあ、と感心します」

「そんなことがあったんですか。藤木さん、今度ゆっくり聞かせてくださいよ」

本気なのかどうなのか、秀島が興味深そうな表情で言う。それを聞いて、大和田は顔をしかめた。

咳払いをしたあと、彼は部下たちを見回した。

「昔話はいいとして、さあ、ミーティングだ」大和田はホワイトボードの前に立った。「今日の捜査報告をしてもらおう。まずは藤木組」

藤木は隣にいる秀島を見て顎をしゃくった。うなずいて、秀島は報告を始めた。

「我々は青梅市坂居町を訪ねて、事件の被害者・守屋誠くんの情報を集めました。まず近隣の聞き込みをしてから、誠くんの両親に会って……」

一日の活動内容をみなに伝えていった。大和田は要点をホワイトボードに列挙していく。岸は腕を組んで話に耳を傾け、石野は真剣な顔でメモをとっていた。

「……なお、最後に見つけた黒い家については明日、法務局で現在の所有者を調べます。近隣住民によると別所賢二という学者が住んでいたそうですが、身元がわかり次第、会って話を聞くようにします」

「今のところ、守屋誠がその家に行ったという情報はないわけだよな？」

大和田はマーカーを手にしたまま尋ねた。

「ええ、確証はありません。ですが、可能性はあると思っています」秀島は記憶をたどる表情になった。「誠くんの自宅からあの家までは、自転車で三十分ぐらい。決して近いとは言えませんが、かといって遠すぎる距離でもありません」

「あるいは……」藤木は横から口を挟んだ。「誰かに連れられて、黒い家まで行ったのかもしれませんね」

藤木の意見を聞いて、みな黙り込んだ。もしそうだったとしたら少年を誘導したのは誰なのか、と考えているのだろう。

「推測の上に推測を重ねることになるが」大和田はホワイトボードの《黒い家》とい

う項目に丸を付けた。「その別所賢一が守屋誠を連れていったのかもしれない。そして殺害し、隣町の雑木林に遺体を埋めた。そういう筋読みもできるな」

「俺もそう思います」藤木はうなずいた。「ただ、捜査員が家の中を調べているんですよ。当時の捜査本部としても、怪しいと踏んで調べに入ったわけですから、手抜きはしなかったはずです」

「疑わしくはあるがグレーだよ、と……。そういうわけですね」

岸が腕組みをして、低い声で唸った。

ホワイトボードを見つめて、大和田も難しい顔をしている。

秀島の報告が終わると、次は岸組の番になった。指名を受けて岸が説明を始めた。

「ええと……我々は多岐田雅明のことを調べています。監視をする傍ら、友人・知人にも聞き込みをしているところです。三十年前、青梅事件のあと多岐田は行方をくらましていましたが、その間のことがわかりました。奴は暴力団などと関係を持ち、違法薬物の運び屋や闇カジノの手伝いなどで生活費を得ていたようです。ほかにもヤバい仕事を多数経験していたとのこと。組織の仲間に助けられ、数年ごとに転居を繰り返していました。現在は三鷹市の一軒家に住んでいますね」

「三十年前の事件当時は、家業の食料品店を手伝っていたんだよな」

大和田が資料を見ながら言った。そのとおりです、と岸は答える。

「買い物にやってくる子供たちと、よく雑談していたそうです。店番をしている、少し年上のお兄ちゃん、という感じだったんでしょうね」

「守屋誠が行方不明になった日、多岐田はどうしていた？」

「すみません。当日のアリバイについては現在、再捜査していますが、なにぶん古い話なのではっきりしなくて……」

だろうな、とつぶやいて大和田は眼鏡のフレームを押し上げた。それからホワイトボードの《黒い家》という項目をじっと見つめる。

「この黒い家と多岐田の関係も、まだ不明だな？」

「ええ、その件も念入りに調べていこうと思います」

「わかった。よろしく頼む」

マーカーにキャップを嵌めてから、大和田は部下たちのほうを向いた。リーダーらしく、はっきりした口調で彼は言った。

「三十年という時間はとんでもなく長い。町も住人も変わっているだろうし、証拠品はおおかた失われているだろう。しかし、ひとつだけたしかなものがある」

「それは？」藤木は尋ねた。

「人の記憶――つまり関係者の証言だ。今回の捜査は、過去を知る人間をどれだけ見つけられるかで成否が決まる。些細な発言も聞き逃さず、情報収集を進めてほしい」

大和田は部下たちを見回した。その視線を受けて、岸が口を開いた。

「ここで実績を挙げれば、我々の存在意義を周りに示せますよね。そうなれば寄せ集め部隊だの、窓際部署だのと言われることもなくなる。そういうことですね」

「……いや、そこまでは言われていないが、まあ、認めてもらえるチャンスなのは間違いない。成果が出れば予算も増える。もっと経費も使えるようになる」

「本当ですか。だったら全力を尽くさなくちゃ。俄然、やる気になりましたよ」

珍しく岸が真剣な表情になっている。彼は彼なりに、自分の立場というものを理解しているのだろう。

明日の行動予定をそれぞれ確認して、支援係のミーティングは終了となった。


日比谷公園の向こう側、新橋駅寄りのビルに行きつけの店があるという。

週に何回か、岸や石野、秀島が飲みに行っているのは知っていた。藤木も何度か誘われたのだが、毎回断ってきたという経緯がある。だが今、一緒に捜査を始めたからには、つきあっておいたほうがいいだろうと思った。

多国籍料理店というのだろうか、何でもありという感じのレストランだ。メニューはイタリア料理、スペイン料理、中華料理などがカテゴリーごとに並んでいる。

「節操がないというか、なんというか」藤木はメニューから顔を上げた。「本当にこの料理、全部作れるんだろうか」

「そう思って、ランダムに頼んだことがあるんですよ」秀島が言った。「でも全部出てきました。想像していたものとは、ちょっと違っていたりしましたけどね」

四人が案内されたのは店の奥にある個室だ。フロアの端にあるため、ほかの客からはだいぶ離れている。なるほどな、と藤木は納得した。だから秀島たちはこの店をよく利用しているのだ。

まず、ビールで乾杯をした。料理は比較的早く出てくるのでありがたい。藤木が頼んだのは焼き鳥とソーセージだ。量が多いから、みなで分け合うことにした。ほかのメンバーは和洋中とさまざまな品を頼んでいる。

「しかし、今日は疲れた……」藤木は深いため息をついた。「まいったよ」

向かいに座った岸は、手を拭くついでに紙ナプキンで額を拭いている。彼は藤木に尋ねてきた。

「大変でしたよねえ。ちゃんと準備運動しました？」

「ああ……それはしなかったなあ」

「藤木さんは運動不足なんですよ」秀島はプロシュートの皿を引き寄せた。「刑事たるもの、足で稼いでなんぼでしょう？」

「昔も今も捜査の基本は足だよ。でも、やっぱり俺も歳をとったんだな」

藤木はビールを一口飲んで、椅子にもたれかかった。両脚の太ももやふくらはぎにかなり疲れが溜まっている。

「この際、トレッキングでも始めてみたらどうですか」岸は隣に座っている相棒を指差した。「石野なんかは登山をするんですよ」

「流行りの山ガールなんだよな？」と秀島。

「あ、いえ、そんなお洒落なものでは……」慌てた様子で石野は答えた。「私、学生のころから、キャンプが好きだったものですから」

「へえ。誰かと行くのかい」

藤木が尋ねると、石野はなぜだか口を尖らせた。

「ち……違いますよ。ひとりです、いつも」

「友達、いないもんな」

そんなことを言って、岸はくっくっと声を出して笑う。石野は小さくうなずいて、ビールのグラスをじっと見ている。

藤木はこの小柄な女性刑事に興味を抱いた。これまで執務室で聞こえていた会話によると、彼女はかなり気が弱く、どう見ても活動的な印象はなかった。だがひとりでキャンプをするというのなら、思ったより行動力があるのかもしれない。

「そうか、キャンプはいい趣味だ」藤木は明るい声で話しかけた。「でも変な話だけど、危なくはないのかい。ひとりだと心細かったりしないか？」

「その心細さがいいんです」石野は顔を上げ、藤木を見つめた。「山の中でただひとり……。もしかしたら、寝ている間に事件に巻き込まれるかもしれない。そんなリスクのある中、無防備なテントで眠るんです。スリルがありますよね。ぞくぞくします」

何を思ったのか、石野は笑みを浮かべている。だが藤木の視線に気づいて、すぐに表情を引き締めた。

「すみません。私のこと、変な奴だと思いましたよね？」

「いや、まあ警察官なんだし、それも修業だと考えればいい……のかな？」

「あ、修業といえばですね」石野は身を乗り出してきた。「実はキャンプの醍醐味は火を焚くことなんですよ。真っ暗で寒い中、ゆらめく炎を見ていろんなことを考えるんです。煙を吸ってむせたり、火の粉で洋服焦がしたりしながら、私こんなところで何やってるんだろう、と思ったりもするんですが……」

「ああ、うん、それは大変だ」

「でも藤木さん、聞いてくださいよ。自然の脅威や、他人の悪意の恐ろしさを感じてこそ、自分の弱さがわかるんです。このままじゃいけない、欠点を克服しなくちゃいけないって思えるんです。ソロキャンを通して、私は自分を見つめ直し、鍛え直しているんです」

早口で喋ったあと、彼女は唐揚げとフライドポテトを食べ始めた。小柄なのだが、食欲は旺盛らしい。

「変人なんですよ」ししゃもに箸を伸ばしながら岸が言った。「でも何か調べさせたり、資料を作らせたりすると迅速だし、正確なんです。……だよな？」

そう問われて、石野ははっとした表情になった。紙ナプキンで口の周りを拭く。

「捜査のときは岸さんにご迷惑をかけています。すみません。なるべく頑張りますけど、できれば、いいところを褒めて育てていただければと……」

自分で言うことではないと思うのだが、ふたりの間にはそういう関係が出来上がっているのかもしれない。

疲れているせいか、いつもより早く酔いが回ってきたようだ。料理を食べて腹も膨れている。藤木は腰のベルトを少し緩めた。

「これが普通の捜査本部だったら、署に泊まり込みだよな」

「でしょうね」と秀島が答えた。「昔が懐かしいって話ですか？」

「いや……。支援係ってこんな感じなんだな、と思って」

「僕らは本庁の人間ですけど、やっていることは所轄の捜査に近いですよね。昔の事件を調べるわけだから捜査本部は設置されない。ミーティングが終われば一杯やって帰ることもできる」

「だよな。そこがちょっとな」

「ああ、はいはい、なるほどね」岸が納得したという顔をした。「殺しの捜査をしているのに、おまえたち真剣味が足りないんじゃないかって言いたいんでしょ?」

「まあ、そういうことだ。今まで捜査を免除してもらっていた俺が、君らに言えることじゃないけどね」

支援係に来てから約三週間、藤木は内勤を続けてきた。その間、ほかのメンバーの仕事ぶりを見ていたが、殺人班のようなシビアな雰囲気はほとんど感じられなかった。

「昨日今日起こった事件じゃないですからね」ネクタイを緩めながら岸が言った。「人数を集めて、わーっと行う捜査ではない。まあ、慌てても仕方ありません」

「岸の言うとおりだと思う。でも、何だろうな。俺が殺人班に長くいたせいだろうか。少し焦りがあって……」

「あんなに捜査を嫌がっていたのに?」

秀島が突っ込みを入れてきた。藤木は顔をしかめたあと、小さく息をついた。

「やるとなれば手抜きはできないさ。それに……今日、被害者の両親から話を聞いていろいろ思ったんだ。あの人たちにとっては、事件はまだ終わっていない。時が止まったままなんだって」

「おう、いいですね、それ。かっこいい」と岸。

「かっこいいかどうかは知らんが、俺はあの人たちの気持ちを思ったんだよ。だって三十年だぞ？　俺なんか、妻が亡くなってからまだ半年しか経っていない」

「……そうですね」秀島がうなずく。

「しかも、あの人たちは病気で子供を亡くしたわけじゃないんだ。息子を誰かに殺害されて、地面に埋められて、それからの三十年だよ。どれだけ苦しんできたと思う？」

酔いのせいだろう、自分はだいぶ感傷的になっているようだ。胸が詰まり、目頭が熱くなってきた。

気がつくと、みな黙り込んでいた。場の空気がひどく重くなっている。いや、これはいかん、と藤木は後悔した。

「すまんすまん。最近、涙もろくなって困るよな」みなに笑ってみせる。「だけど、君たちだっていずれはこうなるぞ。ドラマを見ただけでも号泣するからな」

「俺はもう、そうなりかけてますよ」岸が首をすくめた。「嫌だなあ、歳はとりたくないなあ」

まだ四十四歳なのだが、岸はそんなことを言う。本人としては、すでに若手ではないという自覚があるのだろう。

「時間、かかりますよね」

ぽつりと石野が言った。おや、と思って藤木は彼女のほうを向いた。

「どういうことだ？」

「私はこの部署で半年、コールドケースの捜査をしてきました。凍りついたものを溶かすにはどうしても時間がかかる、というのがわかりました。今回は三十年経ってしまった事件ですから、情報を集めるのも大変です。じっくり、焦らず、時間をかけて取り組んでいくべきだと思います。だから……」

藤木たちは石野をじっと見つめる。彼女はわずかに身じろぎをしてから、こう付け加えた。

「仕事一辺倒じゃなく、自分の生活も大事にしたいなと……。仕事のあと、お酒を飲んでも許されるんじゃないでしょうか。駄目ですかね」

秀島が岸と顔を見合わせている。藤木は腕組みをして彼女に言った。

「石野とは話が合いそうだ。ゆっくり飲もうじゃないか」

二時間ほど飲んで、岸や石野の話をいろいろ聞くことができた。

岸は宝くじが好きなのだそうだ。各種ジャンボのほか、ロトやナンバーズなどもやっているという。ほかのギャンブルはどうかと訊くと、珍しく岸は口ごもった。どうやら、時間のあるときはパチンコ店に出入りしているようだった。

石野のほうは先ほど聞いたとおり、登山やキャンプが趣味だという。気弱な性格ながら、外で自分を鍛えようとする姿勢は立派だと思える。

腕時計をちらりと見てから、藤木は言った。

「さて、明日の捜査も頑張っていこう。俺と秀島は引き続き、青梅に行って事件当時の証言を集める。例の黒い家のことも調べたい」

「ええ、あんな酔狂な家に住んでいた人を、ぜひ見てみたいですね」と秀島。

「まだ捜査は始まったばかりだが、俺はあの家がくさいと思うんだよ。たぶん事件に関わっているはずだ。賭けてもいい」

藤木がそう言うと、岸が身を乗り出してきた。目を輝かせてこちらを見ている。

「いいですね！　何を賭けます？」

「え？　そうだな……。ビール三本ぐらいでどうだ？」

「それじゃ面白みがないなあ。藤木さん、自信があるんでしょ？　だったら、もっと派手にいきましょうよ」

岸もだいぶ酔っているのだろう、椅子に掛けたまま両手を大きく広げてみせた。

「派手にって何だい？」藤木は首をかしげる。

「給料一カ月分とか」

「なんだそりゃ」

藤木は肩を揺らして笑った。岸は黙ったまま、ひとり不満げな顔をしている。横から石野が言った。

「気をつけたほうがいいですよ。岸さんは案外本気だったりしますから」

「それは怖いな。……まあ、我々は警察官だし、変な賭け事はやめておこう」

藤木の言葉を聞いて、岸は残念そうだった。彼は酔うと気が大きくなって、妙なことを言いだすタイプらしい。

「じゃあ今夜はお開きにしましょう」秀島が椅子から立ち上がった。「みなさん、明日の捜査もよろしくお願いします」

岸さん、行きますよ、と石野が声をかけている。わかったわかった、と岸は面倒くさそうにうなずく。

藤木は財布の中身を確認した。あまり余裕はないのだが、今日は初めて参加させてもらった飲み会だ。最年長だということもあるし、多めに出してやったほうがいいだろう。

財布と伝票を持って、藤木はレジカウンターに向かった。

第三章　耳と指

1

喉の渇きで目が覚めた。

枕元の時計を手に取ってみる。十月二十日、午前六時二十分になるところだ。もう少し寝ていたかったが、それはできないのだと気がついた。

十月になってからの三週間、藤木はずっと内勤だった。鬱々とした気分の日には、体調不良を理由にして休むこともできた。だが、昨日からは事件の捜査を命じられている。限られた人数での仕事だから、藤木ひとりが欠けても迷惑がかかるだろう。

――それに、あの人たちのこともあるしなあ。

藤木は守屋誠の両親を思い出していた。三十年前、息子の遺体を見たときのショックは大きかったはずだ。葬儀のあと、彼らは夫婦ふたりで生活していかなければならなかった。ふとしたときに襲ってくる悲しみは、少しずつ、しかし確実に、遅効性の毒のように両親を苦しめたのではないか。

状況は違うものの、どうしても自分と重ねてしまうところがある。同じように身近な者を亡くした身として、藤木は彼らに同情した。

こうした感情が湧いてくるとは、かつての自分では考えられないことだった。以前の藤木は事件の解決だけを目指し、かなり強引な捜査を行っていた。証言を引き出すためなら関係者の心情などは斟酌《しんしゃく》しないこともあった。今になってみれば恥ずかしい行動だったと思う。人というのは本当に勝手なものだと反省することしきりだ。

大きく伸びをして、ベッドから起き上がった。無意識のうちにまた「よっこいしょ」と言ってしまった。

いつものことだが朝は調子が悪い。特に昨夜は他人とテーブルを囲んで飲みすぎた。それに加えて体がだるい。久しぶりに聞き込みをしたり、林道を歩いたりしたせいだ。

台所に行き、冷蔵庫からペットボトルを取り出した。冷たいお茶を一口飲む。それから、深いため息をついて椅子に腰掛けた。

家の中はひどく散らかっていた。テーブルの上にはレシートや電気料金の明細票、投げ込まれたチラシ、ダイレクトメールなどが無造作に置かれている。床には雑誌と古新聞の山。そのほか、まとめ買いしたビールやカップ麺の段ボール箱があちこちに積まれていた。

ごみ箱を覗けば、惣菜や弁当の空容器がいくつも突っ込まれている。次のごみの日は何曜日だっけ、と藤木は考えた。

もう一口冷たいお茶を飲んだが、気分の悪さは変わらない。朝食抜きはいつものことだ。

藤木はテーブルの向こうの席に目を向けた。そこには妻の——裕美子の遺影が置いてある。卵形の顔に細い目、やや長めにしたストレートの髪、右耳のそばにほくろがひとつある。穏やかな微笑が印象的だ。撮影したのは三回目の入院の前で、まだやつれた感じはない。ただ、このころはもう髪を染めていなかったから、あちこちに白髪が交じっていた。

告別式から戻ってきたとき、藤木はそこに妻の写真を置いた。こうしておけば食事のとき裕美子の顔を見ていられる。彼女と同じテーブルについているような気分になれる。実際、最初のころはテレビを見て「旨そうな料理だよなあ」とか、「たまには温泉に行きたいなあ」などと遺影に話しかけていた。

だがそれを続けるうち、徐々に虚しくなってきた。妻がいなくなって一番こたえたのは、返事をしてくれる相手がいないということだ。それに気づいてから、藤木は遺影にあれこれ話しかけるのをやめた。

遺影は眺めているだけでいい。幸い、額の中の裕美子は穏やかな目をしている。こういう写真が残っていて本当によかった。

流し台のそばに行って、水に漬けたままになっている食器を洗った。きれいになった皿や箸、ビアグラスなどを洗いかごに入れていく。

洗いかごには赤い箸とコーヒーカップが残っている。最後に彼女がこれを使ったのはいつだろう、と考えてみた。食事がとれなくなったのは、亡くなる三週間ほど前のことだ。それ以来、彼女の箸とコーヒーカップはここに置かれたままになっていた。

たぶん、これはずっと処分できないだろうな、と藤木は思った。


着替えをしようと、寝室の衣装箪笥の前に立った。

すぐそばに机がある。たまにパソコン関係の作業をしたり、書類を読んだりするのに使っているワークデスクだ。この机の上もかなりひどい状態だった。雑誌や文庫本、目薬、ボールペン、親戚や友人・知人の住所録などが置いてある。

それらに交じって、一台のスマートフォンがあった。白地に青い花模様をあしらった、小ぎれいなケースに入っている。藤木のスマホの黒いケースとは対照的に、華やかなデザインだった。

裕美子が使っていた携帯電話だ。

本来なら持ち主が死亡したあと、すぐに解約しなければいけないものだろう。だが、なかなかそれができなかった。

亡くなる少し前、痛み止めの副作用で、裕美子はいろいろなことを考えるのがしんどくなったようだった。それで藤木にパスワードを伝え、何かあったら自分の代わりにスマホを見てほしい、と言ってきた。

妻のスマホには何年分にも及ぶ写真と、夫婦でやりとりしたメッセージ履歴などが残っている。データの整理や保存は可能だろうが、藤木はその気になれなかった。後回しにしているうち、もう半年経ってしまった。

実を言うと、これを生かしておいてよかった、と思えることもあった。妻の友人が電話をかけてきたり、メールを送ってきたりするのだ。親しい人たちには訃報を伝えたが、そこから漏れた知り合いがいたらしく、たまに連絡が入ってくる。その都度、藤木は事情を説明した。不義理を詫びたあと、妻の死を相手に打ち明けた。

詳しく事情を知りたいという人にはブログがあることを伝えた。裕美子は十年ほど前から身の回りの出来事をブログに綴っていて、途中からそれは闘病日記になったのだ。亡くなる三週間前まで、彼女はスマホで更新し続けていた。正直な話、がんで弱っていく様子を読むのはとても辛い。だが、そこに書かれていることがもっとも正確な情報だと言える。闘病の経緯を知ってもらうため、藤木は大和田係長にもそのブログの存在を伝えていた。

ごく少数ではあるが、久しぶりに連絡をとってくる人はたしかにいる。一周忌ぐらいまでは電話を残しておいたほうがいいかもしれない、と藤木は考えている。そこで、なんとはなしに白いスマホケースを手に取り、液晶画面を確認してみた。

おや、と思った。

メールが一通届いている。

いくらか緊張しながら、そのメールを開いてみた。

《藤木裕美子様
大変ご無沙汰しています。大西美香《おおにしみか》です。以前、藤木さんがタザワ印刷さんに勤めていらっしゃったころ、お仕事をお願いしました。雑談するうち趣味が合うとわかって、食事もご一緒させていただきましたよね。
あのとき盛り上がった推しのことなんですが、二年の活動休止期間を終えて、久しぶりにお芝居に出ます（もうご存じでしたらすみません！）。実はそのチケットが奇跡的に二枚取れたんです。それで、もしよかったら藤木さんをお誘いしたいと思っています。東京中央劇場で来月二十四日、夜の部なんですが、いかがでしょう？　久しぶりですので、藤木さんといろいろお話もしたいと思っています。どうぞよろしくお

願いします》

大西という女性のことは記憶になかったが、タザワ印刷は知っている。裕美子は以前、ＤＴＰ――デスクトップパブリッシングの仕事をしていた。営業担当者の指示を受け、チラシやカタログなどの版下をパソコンで作っていたそうだ。派遣社員としていろいろな会社で働いていたが、その中のひとつがタザワ印刷だった。たしか三年ほど在籍して、今から五年前には別の会社に移ったはずだ。

このメールによると、大西美香はタザワ印刷に何かの印刷物を依頼した人、つまりクライアントだったらしい。どこかの会社の社員として、タザワ印刷へ打ち合わせにやってきたのだろう。そして裕美子と会い、雑談をした。「推し」というのは俳優かタレントのことに違いない。たまたまふたりの趣味が一致したので、その話題で盛り上がり、食事までしたようだ。

藤木は腕時計を確認した。出かける時間まで、まだしばらく余裕がある。

椅子に腰掛け、妻のスマホに返事を打ち込んでいった。

《大西美香様

お世話になっております。裕美子の夫の藤木靖彦です。メールを拝見しました。裕美子なのですが、実は今年三月に病気で亡くなりました。ご連絡が漏れていたようで大変失礼いたしました。

裕美子がタザワ印刷さんで三年ほど働いていたことは、私も聞いています。そのとき大西様と趣味の話をさせていただいたのですね。お芝居のお誘い、恐縮です。それを聞いたら妻もきっと喜んだだろうと思うのですが……。わざわざのご連絡、本当にありがとうございました。裕美子にも報告しておきたいと思います。

時節柄、体調を崩されませんようどうかご自愛ください》

文章を打ち終えたあと、藤木は腕組みをして考え込んだ。

訃報を知らない人からの連絡は、今後もまだいくつか来るに違いない。それらのメールは、こうして一件ずつ返信していくしかなかった。事務的な作業だと言えなくもない。

だが、心に引っかかるものがあった。もう一度メールの画面を開いて、文章を追加することにした。

《大西様、もしよろしければ、裕美子とどんなことを話していたのか、教えていただけませんでしょうか。妻の思い出が増えるとしたら、こんなに嬉しいことはありませ

ん。どうかよろしくお願いいたします》

メールを送信して、藤木は立ち上がった。

ワイシャツを着てから、いつものようにグレー系のスーツに手を伸ばす。だがそこで考え直した。今日はグレーではなく紺色のスーツにしよう。ネクタイは赤がいい。一通のメールで気分が変わることもある。

藤木は鏡に向かって、手早く身支度を整えていった。

2

荻窪駅から電車に乗り、そのまま青梅市に向かった。

捜査二日目となる今日は、昨日の続きを行うことになる。場所が東京西部だから、桜田門に出勤していては時間が無駄になってしまう。現地に直行することは、昨日のうちに大和田係長に伝えてあった。

ＪＲ拝島駅の改札口を出ると、藤木は迷わず切符売り場のほうへ歩いていった。券売機のそばに秀島が立っている。彼は壁に寄りかかってスマホの画面を見ていた。

「おはよう。待たせたかな」

藤木が声をかけると、秀島は慌てた様子で顔を上げた。

「ああ、おはようございます。……藤木さん、なんだか顔色がよくないですね。ちゃんと朝食とってきてます？」

「食欲がなくて駄目だ。昔から朝はそうなんだ」

「刑事は体が資本ですから、しっかり食べないと」

昨日の朝、岸にもそんなことを言われたな、と藤木は思った。どうやら支援係のメンバーは、みなしっかり朝食をとるタイプらしい。

「君はずいぶん元気だな。昨日けっこう飲んでいたのに」

「セーブしていましたからね。僕が本気で飲んだら、あんなものじゃ済みませんよ」

そんなことを言って秀島は笑った。

タクシー乗り場へ行き、客待ちをしていた車に乗り込む。髪が真っ白になった高齢の運転手がこちらを向いた。眉まで白くなっていて、どことなくヤギを連想させる。

「どちらまで？」

「福生《ふっさ》市にある、法務局の西多摩支局までお願いします」

藤木が言うと、はいはい、と答えてヤギのような運転手はハンドルを握った。昨日乗った車の運転手も六十代ぐらいに見えた。タクシー業界は高齢化が進んでいるようだ。

法務局が業務を始めるのは午前八時半だと聞いている。藤木たちはその五分ほど前に庁舎へ到着した。時間が無駄にならず、幸先のいいスタートだ。

手続きを行い、登記情報を取得した。

例の黒い家には別所賢一という男性が住んでいたことがわかっている。確認したところ、現在の所有者も彼だった。住所は羽村市となっている。

「羽村市は今我々がいる福生市の北側ですね」秀島がスマホを見ながら言った。「その先が青梅市です。ああ、これは移動するのに好都合かもしれません」

「ありがたい。今日は調子よく捜査が進みそうだ」

法務局を出ると、藤木たちはタクシーを探して道を歩きだした。

辺りを見回しながら進んでいくうち、工務店の建物が目に入った。藤木は、昨日会った大城修介という男性を思い出した。彼は守屋誠の同級生で、現在は父親の建築会社を継いでいる。事情通で町の住人のことに詳しいと話していたから、もしかしたら黒い家について何か知っているかもしれない。

藤木は大城の会社に電話をかけてみた。社長に取り次いでもらう。

「おはようございます。刑事さん。どうしました？」大城の声が聞こえてきた。

「ちょっと教えてください。自然公園の先、山の中に黒い家があるんですが、ご存じですか」

「はい、知っていますよ。昨日話しましたけど、守屋くんが行ったかもしれない、と噂になっていた建物ですよね。別所礼二《れいじ》さんのお兄さんの家です」

「ああ……きょうだいがいるんですか」

「別所礼二さんというのは町の名士なんです。そのお兄さんが賢一さんです」

さすが事情通だ。町のことにはかなり詳しそうだった。藤木は重ねて尋ねた。

「賢一さんは学者だったらしいですね」

「そうです。元は研究所か何かに勤めていたはずですけど」

「実は、これから別所賢一さんに会おうと思っているんですよ。住所は羽村市の……」

先ほど調べた所番地を伝えてみた。すると大城は、すぐにそれを否定した。

「賢一さんはそこには住んでいませんよ。今は老人ホームに入っているはずです。住所はですね……」

同じ羽村市にある高齢者施設だそうだ。これはありがたい情報だった。このタイミングで大城に電話をかけておいてよかった。

「大城さん、もうひとつお願いなんですが、弟の礼二さんと連絡をとれないでしょうか。礼二さんに立ち会っていただいて、賢一さんと面会したいんです」

無理な頼みかと思ったが、幸い大城は難色を示すこともなく、請け合ってくれた。

「わかりました。……うちの父親は、礼二さんが若かったころ手助けしたことがあるんですよ。だから、礼二さんも無下には断れないと思います」

「助かります。今は大城さんだけが頼りです」

「これも捜査のためなんですよね？　守屋くんの事件が解決するのなら、協力を惜しむ人なんていませんよ。特に、事件当時からこの町に住んでいる人だったら、絶対に力を貸してくれるはずです」

「心強いですよ。感謝します」

大城によく礼を言って、藤木は電話を切った。


今日、二台目のタクシーに乗って、藤木と秀島は羽村市に向かった。

老人ホームに着くと、藤木は受付に声をかけた。警察手帳を呈示して来意を伝える。

「はい、うかがっています」女性職員は手元のメモに目をやった。「別所賢一さんへの面会ですよね。弟さんもお見えになるということで……」

「そうです。まずは弟さんと、ここで落ち合うことになっています」

「では、談話室でお待ちいただけますか」

廊下を進み、藤木たちは広い部屋に案内された。

駐車場に面した大きな窓から、明るい陽光が射し込んでいる。テーブルと椅子が多数用意されていて、そのうちのひとつを三人の男女が使っていた。八十代と見える女性が入居者で、残りの男女は面会者だろう。高齢女性は背中を丸めているものの、意外としっかりした調子で話し、ときどき声を上げて笑っていた。面会に来た男女の顔にも、自然な笑みがある。日の光の穏やかさもあって、幸せな物語の一シーンのように見えた。

部屋の隅のテーブル席で、藤木たちは約束の時間になるのを待った。

そのうち、広い窓の向こうに一台の乗用車が現れた。外国メーカーの高級車で、こういう場所には不似合いに感じられる。停まったその車から、ふたりの男性が降りてきた。ひとりは運転手で、黒いスーツに緑色のネクタイという恰好だ。もうひとりは白髪が目立つ男性で、年齢はおそらく七十代前半。顎が細く、少し冷たい印象がある。彼もまたビジネススタイルだったが、スーツはストライプの入ったグレー、ネクタイは濃い茶色だった。

ふたりは一旦建物の陰に入って見えなくなった。だが、やがて女性職員に案内され、談話室の入り口にやってきた。

藤木と秀島は椅子から立って、三人が近づいてくるのを待った。

「こちらです」女性職員はうしろのふたりに話しかけた。「私は賢一さんをお連れしますので」

「頼みます」意外と高い声で、高齢男性は言った。

職員が廊下に出ていくのを見送ってから、その男性は藤木たちのほうに向き直った。

「お待たせしました。別所礼二です」男性は言った。「一緒にいるのは秘書兼ボディーガードの木之内《きのうち》といいます」

斜めうしろにいた黒服が、黙ったまま会釈をした。吊り上がった目で油断なく辺りに注意を配っている。

「警視庁捜査一課の藤木です」

「同じく、秀島です」

ふたり揃って警察手帳を相手に見せた。

自己紹介が済むと、藤木と秀島、別所礼二はそれぞれ椅子に腰掛けた。黒服の木之内は礼二の背後に立ったままだ。

「お忙しいところ、おいでくださってありがとうございました」

藤木が言うと、礼二は鷹揚に首を振って、

「いや、大事なことですからね。警察の捜査だというのなら、ぜひ協力しなければ」

「助かります。ええと……礼二さん、年齢とご職業を教えていただけますか？」

「今、七十三歳です。農業機械メーカー、エスケン工業の会長です」

「ほう、農業機械ですか。コンバインとかトラクターとか？」

「そうです。若いころに会社を設立しましてね。徐々に業務内容を広げていって、今では従業員五百人の規模になりました」

「それはすごいですね」

藤木が感心したという顔をすると、隣にいた秀島が口を開いた。

「地元の名士でいらっしゃるとか。建築会社の大城さんからうかがいました」

ああ、と礼二はうなずく。

「大城さんのお父さんに頼まれましてね。それでここにやってきました。兄について
お訊きになりたいんですよね?」

そう話しているところへ、女性職員が車椅子を押して入ってきた。車椅子に座って
いるのは、白髪を短く刈った男性だ。彼が別所賢一だろう。

だがテーブルのそばに礼二の隣にやってきても、賢一はぼんやりと宙を見つめたま
まだった。どこか遠いところへ心を置いてきてしまったように見える。

職員の女性が去っていくと、礼二は兄の顔を覗き込んだ。

「兄さん、久しぶりだね。警察の人が来ているよ。訊きたいことがあるらしい」

しかしはっきりした返事はない。兄の耳元に口を近づけて、礼二は少し声を強めた。

「警察の人だよ。兄さん、わかるかい?」

すると賢一は驚いたという様子で、礼二の顔を見た。今、初めて他人の存在に気づ
いたというような反応だ。彼は弟に向かって言った。

「ああ……うん。ご苦労さんです」

「いや、警察の人はあっち」礼二は藤木たちを指差した。「ほら、刑事さんたちのほうを向いて」

「うん……はい」

わかっているのかいないのか、賢一は藤木のほうを向いて軽く頭を下げた。

「よろしくお願いしますね、別所賢一さん」藤木も、普段より声を大きくして言った。

「賢一さんは独身ですか？」

「ああ……ええ」

「ここに来る前はどこに住んでいたんですか？」

「はい……どこかにねえ」

「どんな家に住んでいましたか。そこにはどれくらいの期間、いたんですか？」

「うん……そうですか。ありがとう」

まったく要領を得なかった。戸惑いを感じながら、藤木は礼二のほうに顔を向ける。

申し訳ありません、と礼二は言った。

「認知症の症状かと思います。兄は脳出血の後遺症でこうなってしまいました。今年の三月、急に電話がかかってきたんですよ。ろれつの回らない声で助けを求めてきましてね。私が駆けつけたときには、兄は床に倒れていました」

「そういうことですか……」

質問に答えられないとなると、賢一から証言を得るのは難しい。少し考えたあと、藤木は礼二に質問することにした。

「お兄さんはおいくつなんですか」

「私の四つ上ですから、七十七ですね」

「賢一さんの経歴を教えていただけませんか」

「兄は若いころ結婚していたんですが、三十代後半で離婚しましてね。子供はいません。自然環境や動物に関する研究財団に勤務していましたが、四十五歳のときだったかな、急に仕事を辞めてしまった。そのあと中古の家を買って、ひとりで研究を続けていたようです」

なるほど、と藤木は思った。それであの黒い家には、動物の剝製などが大量に残されていたのだ。床に転がっていた人体模型も、何らかの研究で必要だったのだろう。

「あの家に引っ越したのは……三十二年前ということですね。しかしあの場所では、何かと不自由だったんじゃありませんか」

それを聞いて、礼二は不思議そうな顔をした。

「刑事さん、兄の家を知っているんですか?」

「昨日見つけました。……あの家は、中古で買ったとおっしゃいましたね」

「前に兄からそう聞きました。元は誰か外国人の別荘だったんだとか。おっしゃるとおり不便なんですが、建物が凝った造りで、兄はとても気に入っていました。何か仕掛けでもありそうな家ですよね。兄は倒れるまで車を運転していましたから、町へ出ていろいろ買い物もできたんです」

藤木は家の様子を頭に思い浮かべた。立地から考えると、まるでキャンプ場の併設施設のようだった。たまに泊まるのは楽しそうだが、住み続けるのは大変だったのではないか。

そのうち、ひとつ許可を得なければいけないことを思い出した。

「昨日、誰かが中にいるような形跡があったので、私たちは家に入ってしまいました。事後報告になって申し訳ありません」

「本当ですか？　でも、どうやって中へ……」

「窓ガラスが一枚割られて、勝手口の鍵が開いていたんです」

礼二は眉をひそめて、じっと考え込む。

「じゃあ、先に誰かが忍び込んでいたわけですね。まあ、三月からずっと放置しているからなあ。そろそろあの家も処分すべきなのか……」

他人のことではあるが、藤木もそうすべきではないかと思った。ただしあの環境だから、売るといっても買い手がつくかどうかわからない。

「なあ兄さん」礼二は賢一に話しかけた。「兄さんの好きだったあの家、もう処分するしかないと思うんだ。仕方ないよな？」

「ああ……そうかねえ」とろんとした目で賢一は答える。

一応返事はするものの、やはり話の内容はよくわかっていないようだ。礼二は兄の表情を窺いながら、小さくため息をついた。

「ひとつよろしいでしょうか」秀島が右手を軽く挙げた。「賢一さん、今から三十年前、守屋誠くんという小学生が殺害されたのを知っていますか？」

ゆっくりと、はっきりした声で秀島は質問した。

藤木は賢一をじっと見つめる。あの黒い家の主人。動物の剝製や専門書などを大量に集めていた研究者。その行動には何か不穏なものが感じられる。

「はい……ええ……うん」と賢一。

「三十年前の九月六日、小学生の男の子があの家にやってきませんでしたか？」

「そうですか……ありがとう」

これまでと同じ調子だった。何度か質問を繰り返したが、情報を得ることはできそうにない。低い声で唸って、秀島は腕組みをした。

「小学生殺害事件……。ありましたね」礼二は記憶をたどる表情になった。「私はニュースで見ただけですが、あれは痛ましい事件でした」

そこまで言ってから、礼二ははっとした様子で身じろぎをした。

「刑事さん、もしかして、兄がその事件に関係しているというんですか？」

「まだわかりません」秀島は首を横に振る。「何とも言えませんね」

「いくらうちの兄が変わり者だからといって、小学生を殺害するなんて……」

礼二の顔が険しくなっていた。歳をとったとはいえ、彼にとって賢一は大事な兄なのだ。その兄が警察に疑われた。侮辱されたも同然だと感じているのかもしれない。

「こんな状態の兄を犯人扱いするというんですか。そういうおつもりなら、私にも考えがあります。うちの会社では弁護士も雇っていますよ」

「ああ、すみません。どうか落ち着いてください」宥めるように秀島は言った。「もし関係ないとおっしゃるのなら、それを証明するよう努めるべきだと思うんですよ。今の時点で何が問題かというと、すべてがグレーだということです。ひとつひとつ可能性をつぶしていかなくてはなりません。……礼二さん、一緒に疑いを晴らしていきませんか。そのために我々は捜査をしているんです」

ゆっくりと噛んで含めるように話す秀島を、礼二は怪訝そうな顔で見つめている。

「でも、三十年も前の話ですよ」礼二は椅子の背もたれに体を預けた。「今から真相なんてわかるんですか？　証拠だって、もうなくなってしまっただろうし」

悔しいが、礼二の言葉には説得力がある。どう答えたらいいかと、秀島は思案しているようだ。

彼が発言する前に、藤木は言った。

「すぐにはわからないかもしれません。ですが、私たちは粘り強く捜査を行います。三十年間、事件の解決を待っているご遺族もいるわけですから」

「まあ、それはたしかに……」腕組みをして礼二はつぶやく。

「青梅市で起こった事件です。手がかりは必ず青梅市にある。それを探して捜査を続けます。これからもご協力をお願いします」

藤木は礼二に向かって深く頭を下げた。横にいた秀島もそれにならった。

車椅子の上で、賢一は何か不思議なものでも見るような顔をしている。

「ああ……はい、すみませんねえ」

のんびりした口調で、賢一はそう言った。


面会を終えて、藤木と秀島は施設の外に出た。

普段の聞き込みに比べると、なんと重いものであったことか。賢一の状態がよくなることはたぶんないだろう。だとしたら、黒い家があの事件に関わっていたかどうか調べるのは非常に難しくなる。証言を求めるのではなく、何か別のアプローチを考えなくてはならない。

「どうします？　タクシーを呼びましょうか」

秀島が尋ねてきた。彼の声も今までとは違って、少し沈んでいるようだ。

「仕切り直しだな。黒い家のことは一旦おいて、もう一度、誠くんの関係者を当たっていくか……」

藤木がそうつぶやいたとき、スマホの着信音が流れだした。慌てて藤木はポケットを探る。いや、鳴っているのは自分の携帯電話ではない。

秀島がスマホを取り出し、通話ボタンを押した。

「はい、秀島です。……いえ、今一段落したところで、これから仕切り直そうかと。……なるほど、そういうことですか。……了解しました。そちらに向かいます」

何かあったようだ。藤木は息を詰めて、秀島の横顔をじっと見る。

通話を終えて、秀島は藤木のほうを向いた。

「岸さんから連絡がありました。今回の捜査のきっかけとなった多岐田雅明に、動きがあったそうです」

多岐田といえば三十年前、実家の食料品店を手伝っていた男だ。守屋誠とも面識があったという。彼は事件のあと行方をくらまし、今日まで自由に過ごしてきた。

「多岐田は何をした？」

「三鷹の自宅を出て、立川に移動したそうです。駅で男性ふたりと落ち合いました。

今、三人で食事をしています。奴らを尾行するのに応援がほしいそうです」

「わかった。こちらの捜査は中断して、岸たちのところに行こう」

至急タクシーを呼ぶよう、藤木は秀島に指示を出した。

多岐田はもっとも疑わしい人物だ。彼を追えば、何かわかるかもしれない。どんな小さな手がかりでもいい。とにかく今は、新しい情報をつかむ必要があった。

3

途中、渋滞がなかったのは幸いだ。車は三十分ほどで立川駅に到着した。

藤木と秀島はタクシーを降り、電話で聞いていた場所へと急いだ。目的の中国料理店はすぐに見つかった。遠くから見ても、外装の豪華さやショーウインドウの大きさから、高級な店だというのがわかる。

道路を挟んで店の斜め向かい、自販機のそばに岸が立っていた。藤木と秀島は急ぎ足で彼のほうに向かう。

「急にお願いしちゃってすみません」岸は拝むような仕草をした。「奴ら三人組で店に入ったもんですから、手が足りなくて……」

「わりと近い場所でよかったよ」藤木はうなずいた。「移動に時間がかかると、食事が終わってしまうだろうからな」

「入店直後に様子を窺ったら、三人で飲み始めてたんですよ。最低でも一時間は食事をしているだろうと踏んで、藤木さんたちに応援を求めました」

おや、と藤木は思った。お調子者のように見えたが、岸は意外としっかり計算していたわけだ。これがもし町中華などの店なら、長くても三十分で食事は終わってしまうだろう。そうであれば、わざわざ藤木たちを呼んでも無駄になってしまう可能性があったのだ。

「石野はどこにいます？」

秀島が尋ねると、岸は店の建物に目をやった。

「正面のほか、裏にもうひとつドアがあるから、そこを見張らせている。出入り口はその二カ所だけだ」

「中にいるのはマル対と、ほかに二名ですね？」

「そう。監視対象者の多岐田雅明と、茶髪の男、スーツを着た眼鏡の男だ。眼鏡の男が、多岐田と茶髪を店に案内してきた」

単なる知り合い同士なのか、それとも何か裏稼業の仲間なのか。いずれにせよ昼前から酒を飲み始めたというのなら、普通の勤め人ではない可能性が高い。

岸と相談した結果、裏口はこのまま石野に任せ、表は秀島に監視させることになった。中に入るのは岸と藤木だ。

「けっこう高そうですからね。藤木さんと俺が適任ですよ」言いながら岸は口元を緩めた。「秀島や石野みたいな若い連中じゃ、店の中で浮いちゃうから」

「たしかにそうだ」

藤木は五十歳、岸は四十四歳だ。高級店で食事をしても、違和感はまったくないだろう。

自動ドアを抜けて中に入る。店内には三組の客がいた。

「二名様ですか」すぐにウエイターがやってきた。「こちらへどうぞ」

ウエイターは出入り口のそば、窓際の席へ案内しようとする。岸は彼を呼び止めた。

「すみません。あそこがいいなあ」

「あ……はい、それではどうぞ」

岸が選んだのは店の中ほど、右手の壁際にあるテーブルだった。一方、マル対たちのテーブルは左手の奥にある。フロアを頻繁にウエイター、ウエイトレスが移動するから、自然な形でマル対たちを観察できそうだ。

席に着き、空いている椅子に鞄を置く。世間話をするようなふりをして、藤木は早速、奥のテーブルに目を向けた。

事前に写真で確認した人物がいた。多岐田雅明、現在、五十三歳。もともと痩せ形ではないと思われるが、この年齢になって一段と頰や腹に肉がついたようだ。視線が鋭いため酷薄そうに見える。着衣は黒いズボンに青いブルゾン。彼はグラスでビールを飲んでいた。

多岐田の向かいに座っているのは、四十代ぐらいの茶髪の男だ。迷彩柄のジャンパーを着て、全体的に若作りしているように感じられる。彼もビールを飲んでいたが、多岐田とは違って中ジョッキだった。

最後のひとりはおそらく五十代。髪が薄く、茶色いフレームの眼鏡をかけている。スーツを着ているせいもあって、ぱっと見たところ営業マンのような印象だった。飲み物も、彼だけはアルコールではなくウーロン茶だ。このあとまだ仕事があるのではないか、と想像できる。

「ふたりとも、今までの資料には出ていなかった人物です」岸が小声で言った。「でもあの様子だと、親しい間柄って感じですよね」

「あの眼鏡が多岐田たちを接待しているのかな」

「そうですね。眼鏡の男は、ほかのふたりに気をつかっているみたいです」

ウエイターがやってきたので、藤木たちは会話を中断した。岸はメニューを広げて、さっと目を通す。

「何にします？」岸が尋ねてきた。

「君と同じものでいいよ」

「わかりました。……すみません、ランチのコースなら時間はかからないよね？」

岸に問われて、ウエイターは軽くうなずく。

「はい、すぐにご用意できます」

「じゃあAコースをふたつ。あと、瓶ビールを一本ね」

「かしこまりました」

ウエイターが去っていくのを待ってから、藤木は眉をひそめて岸に尋ねた。

「ビール飲むのか？」

「形だけですから。もし長居することになったら、飲み物がないと不自然でしょ？」

そう言って岸はくっくっと笑う。こいつ本当に飲む気じゃないのか、と藤木は怪しんだ。先ほどはしっかりしている男だと思ったが、実はちゃっかりしている男だったのかもしれない。

仕事の話をするように装いながら、藤木たちは奥のテーブルに注意を向けた。途中、岸は店の奥のトイレに行った。数分後に戻ってきた彼は、渋い顔をしていた。

「何か、つかめたか？」

「そばを通りましたけど、趣味の話で盛り上がってましたよ。誰々ちゃんは可愛いとか、食べちゃいたいとか、まったくもってくだらない話題です」

多岐田が堅気でないことはわかっている。だとすると一緒にいるふたりも、暴力団やマフィア、窃盗団などと関わっている可能性があった。茶髪の男はいかにもそんなふうに見えるが、スーツの男は何者なのだろう。

やがてランチが運ばれてきたが、その内容に藤木は目を見張った。小さいながらもフカヒレの煮込みや上海ガニ、牛フィレ肉の焼き物などが並んでいる。

慌ててメニューを調べてみて、藤木は思わずまばたきをした。

「なんでこんな高いのを選んだんだ」

「いやあ、疑われないためにはこうするしかなかったんですよ」わざとらしい口調で岸は言った。「俺は会社の営業担当。取引先である藤木さんに食事をご馳走するという設定です。だったら、ちゃんとしたものを注文しないと恰好がつかないから」

「それにしたって、一番高いやつにしなくてもいいじゃないか」

「任務ですから仕方ありません。さあ、冷めないうちに食べますよ。マル対はいつ店を出るかわからないんだし」

「……まあ、それはそうだが」

岸は早速料理に手をつけている。藤木も箸を取ったが、料理を見て気後れしてしまった。昼間からこんなに高いものを食べるのは、いつ以来だろう。

岸はフカヒレを頬張ったあと、ビールの瓶を持って藤木のコップに酌をした。続いて自分のコップにもビールを注ぐ。

「ビールを頼んでおいて、コップに注がないのはおかしいですからねえ」と岸。

「おい、飲むなよ。さすがにそれは見逃せないぞ」

「ああ、はい、わかってますって」

早めに食べてしまおうと、藤木は上海ガニに手をつけた。一口食べて、声が出た。

「旨いな、これ……」

「でしょ？ 遠慮せずに食べてください。激務なんだから栄養をつけないとね」

たしかにそうなのだが、岸に言われるとどうもイラッとする。

それから四十分ほどのち、多岐田たちのテーブルで動きがあった。食事を終えて引き揚げる雰囲気になったようだ。茶髪の男がトイレに向かう。

「いつでも出られるよう、先に会計を済ませよう」

「ああ、じゃあここは俺が」財布を手にして岸が立ち上がった。

「え……。どうして？」

「昨日飲んだとき、藤木さんには多めに出してもらったでしょう。お返しですよ」

「いや、そういうわけにはいかない」

「遠慮しないでください。実は俺、一昨日パチンコでかなり勝ちましてね」

それで気が大きくなって高いものを注文した、ということだろうか。気前がいいのはけっこうだが、あとで何かあるのではないかと気になってしまう。とはいえ、固辞するのも悪いからご馳走になることにした。

会計から戻ってくると、岸は藤木にささやいた。

「石野と秀島に電話しておきました。このあとの行確ですが……」

今後のプランを立ててくれたようだ。対象者の行動確認について、藤木は岸から話を聞いた。

そうこうするうち、茶髪がトイレから戻ってきた。多岐田と眼鏡の男も立ち上がる。彼らより一足早く、藤木と岸は店を出た。

道の向こうで待機していた秀島に目配せをする。向こうもうなずき返してきた。藤木は少し離れた場所から、店の正面入り口をじっと見つめる。

じきに多岐田たち三人が出てきた。彼らは駅のほうに歩いていくようだ。いまだに話が弾んでいるらしく、げらげら笑う声が辺りに響いている。

藤木は慎重に尾行を開始した。それとなく後方を確認すると、秀島だけでなく石野の姿も見えた。

三人のうち、多岐田と茶髪はＪＲの改札を抜けて構内に入った。まず、岸がそのあとに続く。数秒後、石野も改札に向かった。藤木たちのほうを見て、石野は小さくうなずいた。あとはよろしくお願いします、ということだろう。

最後のひとり、スーツを着た眼鏡の男は改札の外に立っている。多岐田たちを見送ってから、ようやく彼は踵《きびす》を返した。タクシーにでも乗るのかと思ったが、壁際に立ってポケットからスマホを取り出した。

眼鏡の男は電話で誰かと話し始めた。最初のうち彼はずっとにこやかだった。スマホを持っていなければ、揉み手をしそうなぐらいの雰囲気だ。ところが次にかけた電話では急に不機嫌な顔になり、相手を怒鳴り始めた。こうした行動から、彼の性格がおおまかに読み取れた。取引先などには笑顔で接するが、部下や身内には高圧的なのだろう。

十分ほどのち、眼鏡の男は電話を終えて腕時計を見た。それから先ほどのふたりと同じようにJRの改札内に入った。行動開始だ。藤木と秀島は男のあとを追った。

男は上り電車に乗り、都心方面に向かった。藤木は同じ車両に乗り込み、十メートルほど離れた場所から対象者を観察する。秀島は隣の車両の連結器付近に立って、慎重に様子を窺っている。

眼鏡の男はシートに腰掛け、ずっとスマホを見ていた。画面に集中しているようで、辺りを見回すことはない。藤木は吊り革につかまりながら、駅が近づくたび対象者に注意を払った。

中野駅でその男は下車した。遅れないよう藤木も電車を降りる。ちらりと見ると、隣の車両から秀島もホームに出ていた。彼と視線を交わしたあと、藤木は男を追跡した。秀島もあとからついてくる。

改札を抜けて、対象者は駅の南側に出た。ロータリーを左手に見ながら歩きだす。途中で右へ曲がり、五分ほど行ったところで古いマンションに入った。オートロックなどは付いていない建物だ。外から様子を見ていると、彼がエレベーターに乗るのがわかった。藤木は秀島を手招きして、エントランスを指差す。

「何階でかごが止まるか見てきてくれ」

「了解です」

秀島はエントランスに入っていった。

その間に藤木は道路を進み、マンションの共用廊下が見える場所を探した。幸い、隣にある広い駐車場から、マンション全フロアの廊下を見渡すことができた。自販機の横に立ち、藤木はマンションに注目する。

数秒後、三階の共用廊下を歩く人物が見えた。先ほどの男だ。彼は一番奥の部屋まで行って鍵を開け、ドアの中に消えた。

藤木はマンションの前まで戻り、エントランスで秀島と合流した。エレベーターのボタンの横には《3》と表示されている。

「三階に止まりましたよ」

「外からも確認できた。一番奥の部屋だ」

エレベーターの前に集合式の郵便受けが設置されていた。三階には四つの部屋があり、そのうち三つは個人名だが、301号室だけは会社らしい。《有限会社 的場《まとば》企画》と書かれている。

非常階段を使って三階まで上がってみた。念のため各部屋の番号をチェックしていく。眼鏡の男が入ったのは、やはり301号室だとわかった。

マンションを出て、藤木たちは自販機の陰に移動した。

秀島がスマホを操作してネット検索を行う。しばらく画面をタップしていたが、やがて何かわかったらしく、彼は顔を上げた。

「ありました。的場企画は芸能事務所ですね」

「芸能事務所？」藤木は首をかしげた。「こんなマンションの一室でやっているのか」

「会社のホームページに載っている事務所は、あそこで間違いありません。所属タレントはこんな感じです」

秀島は画面をこちらに向けてくれた。掲載されているのは、小学生から大学生ぐらいまでの男女の写真だ。下のほうにスクロールしていくと三十代、四十代ぐらいのタレントもいたが、それはほんの数人だけだった。

「会社の設立は十年前。所属タレントは若い人が多いですね。子役中心という感じなのかな。タレントの出演歴を見ると、教育番組にバラエティ、映画……いろいろあります。ああ、企業や自治体の広報ビデオに出た人もけっこういますね」

代表者挨拶というページに、社長・的場静雄《しずお》の写真があった。藤木たちが追ってきた男に間違いない。

そうすると、先ほど的場が会っていたのは仕事の関係者だろうか。多岐田は違うかもしれないが、茶髪の男はその可能性がある。

秀島は再びネット検索を始めた。

「今、評判を調べていますが……。ああ、やはりそうです。子役の養成に強い事務所だと書いてあります」

「悪いクチコミはあるかな」

「ええと……高いレッスン料を払ったのに仕事をくれなかったとか、事務所の先輩タレントにいじめられたとか、けっこう書かれていますね。まあでも、芸能関係はいろいろあるって聞きますから」

「そうなのか？　華やかな部分ばかりが目立つけどなあ」

「光あるところには、必ず影もあるんですよ」

「なんというか、夢のない話だな」

藤木は自分のスマホを取り出し、岸に架電した。しばらく呼び出し音が続く。尾行中で電話に出られないのかと思ったが、じきに相手の声が聞こえた。

「はい、岸です。お疲れさまです」

「藤木だ。眼鏡の男の身元がわかった」

的場静雄という名前であること、的場企画という芸能事務所の社長であることを報告し、事務所の所在地も伝える。

「ありがとうございます。いやあ、助かりましたよ」

「どうする？　もし必要なら、もう少し張り込むけど」

「そこまでわかれば充分です。あとは私と石野で調べますので」

「じゃあ、俺たちの役目はここまでだな」藤木は電話を切ろうとしたが、慌てて付け加えた。「さっきはご馳走さま。旨かったよ」

「人間って、わりと単純ですからね。旨いものを食べれば元気が出るんです」

電話の向こうから、くっくっという笑い声が聞こえてきた。そのまま電話は切れた。

「あ、岸さんに奢ってもらったんですか？」秀島が尋ねてきた。「あの人、ギャンブルで勝っても、金が身につかないタイプなんですよ。人に奢ったり金を貸したりして、すぐ散財しちゃってね」

「ギャンブル好きとは聞いていたが、そうなのか……」

「まあ、給料一カ月分賭けるとか、変な話は無視してかまいませんから」

そんなことを言って、秀島は口元を緩めた。

4

秀島に昼食をとらせたあと、中野駅からJRに乗って青梅市へ移動した。坂居町に近い駅で電車を降り、藤井と秀島はタクシー乗り場に向かう。客待ちしていた一台に近づいていくと、運転手が察して後部のドアを開けてくれた。車に乗り込み、藤木はメモ帳を見ながら運転席に声をかける。

「すみません、坂居町の公民館まで行ってください」

その公民館の近くに、次の聞き込みの相手が住んでいるのだ。

「あ、刑事さん……」

声をかけられ、藤木はメモ帳から顔を上げた。振り返ってこちらを見ていたのは、昨日、黒い家の近くまで乗せていってくれた運転手だ。今日も臙脂色のカーディガンを着ている。

「ああ、偶然ですね。昨日はお世話になりました」

「狭い町ですから、タクシー自体あまり多くはないんです」運転手は笑顔を見せた。

「ええと、公民館でしたね」

「その近くです。公民館が目印だと言われたもので」

運転手は白手袋を嵌めた手で、バックミラーを指差し確認する。それから車をスタートさせた。

「今日は昼からですか？」運転手が尋ねてきた。

「朝一番でよそへ行きましてね。午後からは坂居町で仕事です」

「今夜はこちらにお泊まりでしょうか」

そう言われて藤木は少し考えた。電車で長時間移動するのは疲れるし、できることなら一泊したいところだ。しかし安易に宿泊すると、また予算がどうのと大和田に言われるだろう。

「いや、今日も帰りますよ。たぶん」

「そうですか。もし一泊なさるときは、うちの会社にお電話ください。いいホテルをご紹介できると思います」

提携しているホテルがあるのだという。風呂が大きくてリラックスできると聞き、この捜査期間中、一度は泊まってみたいものだと藤木は思った。

公民館の前で車を停めてもらう。予想していたより近かったようだ。これなら歩いてもたいしたことはなかったかもしれない。

料金を払ってタクシーを降り、藤木は辺りを見回した。

二階建ての公民館の中から、女性たちの歌声が聞こえてくる。地域のサークル活動で、市民がコーラスをやっているのだろう。

「こっちです」秀島がスマホを見ながら歩きだした。「ああ、もう見えていますね。あそこの家ですよ」

聞き込み先は比較的新しい二階家だった。壁はクリーム色で屋根はオレンジ色。なかなかお洒落な配色だ。

玄関のチャイムを鳴らすと、インターホンから応答があった。

「はあい」女性の声だ。

「先ほどお電話を差し上げた、警視庁の者です」

「ちょっとお待ちくださいね」

じきにドアが開いて、六十歳前後と見えるぽっちゃりした女性が顔を出した。焦げ茶色に染めた髪をショートカットにしている。タレントが使うような丸い眼鏡をかけていた。

「どうぞ、お上がりください」

彼女は笑顔になって、藤木たちを応接間に案内してくれた。

ソファに腰掛け、藤木は室内を観察する。壁際に大きな書棚があった。下のほうの段に、大判のアルバムが数十冊並んでいるのが目を引いた。

女性はテーブルで緑茶を用意していたが、藤木の視線に気づいたようだ。

「卒業アルバムですよ。長く勤めていたものだから、あんなに増えてね」

懐かしそうな目をして彼女は言う。

藤木は警察手帳を相手に見せ、あらためて自己紹介をした。

「警視庁捜査一課の藤木といいます。電話でお話ししましたが、我々は三十年前の小学生殺害・死体遺棄事件を調べています。宮本《みやもと》先生は当時、守屋誠くんの担任だったんですよね。青梅第八小学校、四年二組の……」

ええ、そうです、と宮本泰子《やすこ》は答えた。

「あの年の九月、ご両親から警察に連絡が行って、私のところにも問い合わせが来ました。警察の方が捜してくれたんですが、林の中であんな姿になって……」

宮本は顔を曇らせた。テーブルに置いた自分の湯呑みを、じっと見つめる。

「誠くんについて覚えていることを教えてもらえませんか」

「おとなしい子でしたよ。クラスの中では、積極的なほうではなかったと思います。でも自分の好きなことには熱中するタイプだったみたいでね」

「動物が好きだったと聞いたんですが」

「ああ、そうですそうです。図書室で動物の本をいろいろ借りていました。理科で生き物のことを教えたときは、珍しく手を挙げていたし」

「友達は多くなかったとか……」

「何人かいましたけど、みんなの輪の中に入っていくことはなかったですね」

誠の両親や友人から聞いていたイメージと相違はなかった。これまで藤木が思い描いてきた被害者像を、ここで変更する必要はなさそうだ。

お茶を一口飲んでから、宮本は「ああ、そうだ」と言った。

「あのころクラスの別の子から聞いたんですが、守屋くんはオカルトにも興味があったみたいなんです。まあ、あの年ごろの子には多いんですけど」

「オカルトといったら吸血鬼とか宇宙人とかでしょうか？」秀島が尋ねた。

「私が知っているのは、もっと別のものです。たとえば口裂け女とか人面犬とか……」

「はいはい、ありましたね。トイレの花子さんとか？」

藤木が言うと、宮本は「そうそう」と大きくうなずいた。

「ほかに人体模型がどうとか、壁に掛かっている肖像画がどうとか。子供たちはそういうのが大好きでね」

「なるほど、懐かしいなあ」

しばし藤木と宮本との間でオカルト談義が続いた。横で聞いている秀島は、あまりぴんとこないようだ。

「そちらの刑事さんは、まだお若いんでしょう？」

「三十一です。……やっぱり、世代によってオカルトの流行りも違うんでしょうか」

「私は五十ですが、先生は？」

藤木が問いかけると、宮本は苦笑いを浮かべた。

「女性に歳を訊くもんじゃありませんよ。……六十ですけどね」書棚のアルバムに目をやりながら、彼女は続けた。「あの事件から、もう三十年ですか。私も歳をとるわけだわ」

ため息をついている宮本を前に、藤木は少し考えた。やや生々しい話になるが、一応訊いておきたいことがある。

「誠くんは右耳を切られていました。その件について、思い当たることはありませんか」

「耳の件は私も聞きました。ひどいことをねえ……」そこまで言って、宮本は何かを思い出したようだ。「守屋くんね、あのころ奇妙な絵を描いていたんですよ」

「奇妙な絵？」

「人の顔なんですが、耳から血が出ているみたいだったんです。ノートにそういう気味の悪い絵をいくつも描いて……。漫画のキャラクターなのかと思ったんですが、ほかの生徒に訊いてもわからなくてね」

たしかに気になる話だ。遺体の耳が切られていたことと何か関係あるのだろうか。

そういえば、と藤木は思った。昨日、クラスメートだった大城修介に会ったとき、誠が「気味の悪いぶつぶつがある耳のおもちゃ」を持っていた、という証言を聞いた。これもまた耳の話だ。

ほかに何か覚えていることはないか、と宮本に訊いてみた。

彼女は立ち上がって書棚を調べ始めたが、やがて古いノートを持ってきた。

「守屋くんのことはあまりメモが残っていなくて……。ああ、彼をないがしろにしていたわけじゃないんです。教師って、どうしても手のかかる子に時間を使ってしまうので」

「誠くんはあまり手のかからない子だったわけですね」

「本当はすべての子をきちんと見てあげなくちゃいけないんですけど……」

老眼鏡をかけて、宮本はノートのページをめくっていく。そのうち、ふと手を止めた。前後のページを確認したあと、彼女は顔を上げた。

「そうだわ。守屋くんが二年生だったときの担任が、佐々木《ささき》先生という人だったんです。ええと……佐々木克久《かつひさ》先生。私より三つ下だったから、三十年前は二十七歳だったと思います。守屋くんは四年生になってもこの先生を慕っていましてね」

「何か理由があったんでしょうか」

藤木が首をかしげると、宮本は姿勢を正して駒を指すジェスチャーをした。

「佐々木先生は将棋クラブの顧問をしていたんです。守屋くんはそのクラブに入っていたから、学年が上がっても放課後に先生と会っていたんですよ」

「ああ、なるほど」

将棋が好きだったという情報は初めて出てきた。藤木はメモ帳にペンを走らせる。

「でも佐々木先生は、事件のあと何年かで教員を辞めてしまったんですよね」

「え？　そうなんですか」

「私、退職後も何年か年賀状のやりとりをしていたんですが、佐々木先生はご実家に戻ったみたい。住所は国分寺だったと思います」

「教員を辞めるなんてもったいない気がしますけど……。安定した職業でしょう？」

秀島が尋ねると、宮本は眉をひそめてみせた。

「ええとね、佐々木先生はいい人だったんですよ。性格が穏やかで、押しが弱いというか、生徒に厳しくできなかったの。だから教育の現場には合わなかったんじゃないかと」

「それもまた不思議ですね」秀島は腕組みをした。「佐々木先生だって、子供が好きで教員になったんでしょうに」

ええ、そうなんだけどね、と宮本は言う。

「教員の仕事って、合わない人は本当に合わないんですよ。鬱病みたいになって辞めていく先生がけっこういますから」

　話を聞くうち、その佐々木という教師の姿が想像できるような気がした。おそらく教育大学などでの成績はよかったのだろう。子供と接するのが好きで、採用試験にも合格し、晴れて小学校の先生になれた。ところが理想と現実はかなり違っていた。現実の子供たちは天使などではないからだ。

「誠くんの事件があったとき、佐々木先生はまだ教員をやっていたんですよね？」

「ええ。守屋くんが亡くなったと知って、相当ショックを受けていました」

　そうであれば三十年前、警察は佐々木にも事情を訊いているだろう。だが、もしかしたら当時は話せなかったことがあるかもしれない。会ってみたい、と藤木は思った。

「佐々木先生の住所を教えていただけませんか」

「まだ国分寺に住んでいるかどうか、わかりませんけど……」

　宮本は引き出しを開けて中をごそごそやり始めた。やがて、古い年賀状の束を持ってこちらへ戻ってきた。葉書を見せてもらって、藤木は佐々木の住所をメモする。

「ありがとうございました。行ってみます」

「今、何をしているのかしらねえ。もし佐々木先生に会えたら、私が気にしていたと伝えてもらえますか」

　にっこり笑ったあと、宮本は湯呑みを手に取った。

宮本の三つ下ということは、佐々木克久は現在五十七歳のはずだ。

その年齢だと両親はかなり高齢だから、もしかしたら国分寺の家は佐々木に代替わりしているかもしれない。あるいは、すでに土地を売り払ってどこかへ転居してしまっているだろうか。訪ねてみないことにはわからなかった。

行きは公民館までタクシーで来たのだが、それほどの距離ではないとわかった。帰りは駅まで歩いていきましょう、と秀島が提案してきた。

「誠くんの家からここまで、自転車で十分ぐらいかな。彼がこの辺りを通った可能性は高いですよね。だったら、何かヒントが見つかるかもしれません」

「そうだな。歩いてみよう」藤木はうなずく。

住宅街を進んでいくうち、突然知っている場所に出た。昨日の聞き込みのとき通った道だ。前方に郵便局と文房具店が見える。

「なるほど。ここへ出るんだ……」感心したように秀島が言った。「知っている道に出ると、なんだか嬉しくなりませんか」

「知らない土地だから、ちょっとした探検気分だよ」

文房具店の隣には書店があった。《小峰《こみね》書店》という古い看板が掛かっている。藤木は店のシャッターに注目した。昨日は閉まっていたのだが、今日は営業しているようだ。秀島とともに店に入ってみた。

「こんにちは。ちょっとよろしいですかね」

本を整理していた人物に呼びかける。こちらを振り返ったのは、七十代ぐらいの男性だった。薄いセーターにニット帽というスタイルだ。

「はい、いらっしゃい」

「警視庁の者です。三十年前に起こった、小学生殺害事件をご存じですか」

「……知ってますけど」男性は驚いたという表情になった。「それが何か」

「我々は今、その事件を調べているんです。……こちらのご主人でしょうか？」

「ええ。小峰周治《しゅうじ》といいます」

「被害者の守屋誠くんを知っていますか？　こういう子なんですが」

藤木はポケットから少年の写真を取り出し、相手に見せた。小峰は写真を確認するまでもないという顔で答えた。

「その子なら、よく本を買いに来ていましたよ。おとなしい子でしたね」

そうか、と藤木は思った。図書室で借りるばかりではなく、誠は小遣いで本を買っていたのだ。小学生ではあまり遠くまで行けないから、買うとすれば近所の書店だったというわけだ。

「何を買いました？」

「動物の図鑑なんかを買っていきましたね。あと、UFOとかツチノコとか、そういう本も好きだったみたいです。……三十年前にも刑事さんに話したんですけど、行方不明になった日の夕方五時ごろかな、そのときもうちで本を買っていったんです」

「それ、どんな本ですか？」秀島が勢い込んで尋ねた。

「オカルトっぽい本でしたよ。死んだ人間が甦るとか、そういうやつ」

藤木は眉をひそめた。何者かに殺害される前に、誠はそんな本を買ったというのか。はたして偶然の出来事だったのだろうか。それとも何か意味があったのか――。

「誠くんが動物やオカルトに興味を持っていたのはなぜですかね。何か理由を話していませんでしたか？」

「ああ……これも三十年前、警察の人に話しましたけど、人や動物の解剖図鑑を買ったとき、その子はこんなふうに言ったんです。『おじさん、耳と指とどっちがすごいと思う？』って」

「耳と指？」

この言葉は気になった。誠の遺体は右耳を切断されていた。しかし指のほうはどうだったか。たしか、遺体の指に損傷は認められなかったはずだ。

――子供の言うことだから、意味などなかったのか？

おそらく当時の捜査員はそう考えたのだろう。だから古い捜査資料に、その発言は記録されていなかったのだと思われる。

だが、本当に無視してしまっていいのだろうか。

耳と指。耳と指。口の中で繰り返しながら、藤木はじっと考え込んだ。

5

今日は移動の多い日だ。西へ行ったり東へ行ったりと、かなり忙しい。

藤木と秀島は国分寺駅で電車を降り、南口から外に出た。スマホの地図を見ながら歩いていく。大きな公園の横を通り、さらに進んで住宅街に入った。

目的の家は木造の古い二階建てだった。庭に面した掃き出し窓の部分に、あとからサンルームを増築したようだ。冬には温室並みに暖かくなるのではないだろうか。

《佐々木》と書かれた表札を確認してから、藤木はチャイムを鳴らした。しばらくすると、インターホンから男性の声が聞こえてきた。

「はい、どちらさん？」

「警視庁の者です。少しお話をうかがいたいんですが」

藤木がそう言うと、相手は数秒黙り込んだ。警戒したのだろうか。

「……警察が何の用？」

やはりそうだ。警視庁と聞いて身構えているようだった。藤木は相手に安心感を与えるよう、声の調子を和らげた。

「私たちは三十年前に起こった事件を調べていましてね。青梅市で小学生が殺害された事件です。その子のことをご存じだと思うので、佐々木克久さんにお会いしたいんです」

「三十年前の事件……」

「ええ。当時、克久さんは青梅第八小学校で先生をやっていらっしゃったと聞いたものですから」

次の瞬間、いきなり通話が切れてしまった。様子を窺っていると、やがて玄関のドアが開いて高齢の男性がぬっと出てきた。歳は八十前後だろう。髪の薄くなった頭。ぎょろりとした目。眉間には皺が寄っている。絵に描いたような頑固者という印象だ。

「克久さんのお父さんですか？」

「そうだよ。佐々木源太郎《げんたろう》だ」

「今、克久さんはここにお住まいではないですか？　もし、よそにいるのでしたら住所を教えていただけませんか」

藤木の言葉を聞いて、源太郎の表情が大きく変わった。これまでは相手を警戒するという感じだったが、今、彼の顔には明らかな不快感が見て取れた。

「克久は死んだよ。今年の二月にな」

思わず藤木は声を上げそうになった。克久は五十七歳だ。その若さで死亡したとは、いったいどういうことなのか。

慎重に言葉を選びながら、藤木は尋ねた。

「それは存じませんで、大変失礼しました。……ご病気か何かで？」

「病気だった。……でも殺されたんだ」

「えっ」

今度は本当に声が出てしまった。隣で、秀島も目を見開いている。

「……詳しく聞かせていただけないでしょうか」

「あんたら警察の人なんだろう？　自分のところの資料を見たらいいじゃないか」

苛立っているのがよくわかる。源太郎の言うとおりだと藤木も思った。殺人事件だというのなら、詳細な捜査記録が残っているはずだ。

だがここで、はいわかりましたと引き下がるわけにはいかなかった。資料を確認したとしても、おそらくもう一度ここを訪ねることになるだろう。ならば今、できるだけ情報を得ておきたい。

とはいえ、目の前にいる男性は被害者の父親だ。ぶしつけな質問をしたら、ドアを閉められてしまうおそれがある。そこまでいかないにしても、息子の死という辛い記憶を掘り返したとき、彼の心にはかなりの負担がかかるだろう。

事件の情報を引き出すというのは、そういうことなのだ。以前、半ば強引に事情を訊いて回っていた藤木には、それがまったく理解できていなかった。しかし今は、聞き込みひとつにしても配慮が必要だというのがよくわかる。

――感傷に流されているのは、自分でも承知しているが……。

ひとり身になっていなければ、こんな考え方はしなかっただろう。警察の仕事を二十五年以上やってきて、ようやく自分は気がついた。おそらくこれから、自分の捜査スタイルは大きく変わるだろうなと思う。実際、人間というのは単純なものだ。

「佐々木さん」藤木は真剣な表情で話しかけた。「私たちの部署では、過去に起こった事件を再捜査しているんです。今、三十年前の小学生殺害・死体遺棄事件を調べています。被害者のご両親は、あなたと同じように悲しみや憤りの中で生活しています。ご両親の気持ちを考えて、どうか捜査に協力していただけないでしょうか」

心を尽くして説得に当たったつもりだった。だが源太郎の次の一言で、藤木は戸惑うことになった。

「だったら刑事さん、うちの息子の事件も調べてくれよ」

「というと……」

「克久を殺した犯人は、まだ捕まっていないんだ」

藤木は言葉を呑み込み、秀島と顔を見合わせた。今年二月に発生した事件が、十月になった今も解決していない——。となると、捜査本部はもう解散されているか、残っていたとしてもかなり小規模になっているだろう。下手をすれば、そのまま未解決事件となってしまうのではないか。

「やりましょう、藤木さん」隣にいた秀島が口を開いた。「未解決事件なら、僕たちで捜査ができるかもしれません」

「いや、しかし、それを決めるのは我々じゃなく……」

「あとで係長と相談です。とにかく今は、お父さんから詳しい話を聞かせてもらいましょう。……佐々木さん、よろしいですよね？　どうか僕らに再捜査のチャンスをください。お願いします」

勢いのある秀島の言葉に、源太郎は気圧《けお》されたようだ。ためらいの表情が窺えたが、それでも気持ちは届いたものと見える。ぎこちない動きで源太郎はうなずいた。

「わかったよ。入ってくれ」

「ありがとうございます。感謝します」

秀島は源太郎にそう答え、爽やかな笑みを見せた。

藤木と秀島はリビングルームに通された。源太郎は自分の部屋の中を見回し、軽くため息をついている。カーペットの上には新聞や雑誌、畳んだ衣類などが置かれていた。もう客を招き入れてしまったから、今さら片づけるのは諦めたようだった。

座卓を挟んで、藤木たちは佐々木源太郎と向かい合った。

「女房が入院しちゃってね」源太郎は言った。「前はきれいに片づいてたんだよ。でもひとり暮らしだと、あっという間にこの有様だ」

「よくわかります」藤木は深くうなずいた。「実は、私もひとりになってしまいましてね」

「どういうことだい？」

「この三月に妻が病気で亡くなりまして」

「え……。ああ……そうなんだ。それはお気の毒に」

源太郎の表情が変化するのがわかった。さすがにこういう話題が出ると、どんな人でも態度が変わる。正直、ずるいやり方だと藤木自身も思うのだが、この際、使えるものは何でも使おうという気になっていた。

「この歳でひとり身になるというのも、なかなか厳しいものですね」と藤木。

「だろうなあ。お子さんは？」

「いないんです」

「それは寂しいなあ。何というか……。しんどいねえ、刑事さん」

妻のおかげで、相手をこちらのペースに引き込むことができた。裕美子に感謝しなくては、と藤木は思う。その流れのまま質問に入った。

「克久さんのこと、本当にご愁傷さまです。いったい何があったんですか？」

「二十五年ぐらい前までかな、あいつは小学校の先生をやっていたんだ。子供が好きだったからね。でも仕事がきついと言って休みがちになってさ、結局、辞めちゃった。アパートに住んでいたんだけど、こっちで面倒見てやるからって説得して、この家に戻らせた。しばらくスーパーなんかでアルバイトをして、そのあと府中市の学習塾に就職が決まってね。賃貸マンションに引っ越したんだ」

「そうでしたか。学習塾なら佐々木さんに合っていそうですね」

「生活指導をやらなくていいから、学校の先生より楽だったみたいだよ。あいつなりに充実していたと思うけど、まあ性格なのかな、いつになっても結婚はしなかった。……それでさ、去年になって肝臓の病気が見つかってね。発見が遅かったせいで、どうもよくない状態らしかった。それでも通院しながら仕事は続けていたんだよ」

「責任感のある方だったんでしょうね」

そうねえ、とつぶやいてから、源太郎は記憶をたどる表情になった。当時を振り返れば、いいことも悪いことも頭に浮かぶだろう。きっと複雑な思いがあるに違いない。

「ある日、出社しないので上司が連絡をとろうとしたそうだ」源太郎は続けた。「でも電話が通じなかった。その日は忙しかったので、翌日になってから上司はマンションを訪ねた。不動産屋に鍵を開けてもらったら、中は血の海だったらしい」

血の海というありきたりな表現が、この話の流れではひどくリアルに感じられる。職業柄、藤木は凄惨な事件現場をいくつも見てきた。それらに匹敵するような、大量の血で汚された現場だったのではないだろうか。

「克久は刃物で刺されて死んでいた。部屋が荒らされていたから金目当ての犯行だろうって、刑事さんが話していたよ。実際、財布やスマホ、預金通帳なんかが見当たらなくなっていたらしい。そしてそのまま事件は迷宮入りになってしまった」

そう言って、源太郎はゆっくりと首を左右に振った。

はたして犯人が捕まる可能性はあるのか。彼はこれまでに何度も考えたことだろう。遺族としてはもう諦めたほうがいいのか、それともまだ期待できるのか。警察からの連絡を待つだけの身では、なんとも判断がつかなかったに違いない。

「警察官のひとりとして不甲斐なく思います」藤木は声のトーンを落として言った。「息子さんの無念を、なんとしても晴らさなくてはいけませんね」

「そうだよ。克久のことがショックで、女房は倒れちまったんだからさ」

「ああ、奥さんが……。本当にお辛いですよね」

「くそ……。犯人を見つけたら、この手で殺してやりたいよ」

彼は物騒なことを言う。それから右手の拳を、左の手のひらに打ちつけた。何度もそうして、ちくしょう、ちくしょう、と繰り返している。

藤木は咳払いのあと、別の質問をした。

「日記とか手帳とかは残っていませんでしたか」

「調べたけど、見つからなかったな」

「パソコンはどうでした？」秀島が尋ねた。

「ノートパソコンを持っていたみたいだが、部屋にはなかった。金目のものは犯人が持っていっちまったんだろう」

いや、それは違うかもしれない、と藤木は思った。日記も手帳もパソコンもなかったということは、犯人が意図的に情報を隠そうとしたのではないか。スマホも見つからないそうだから、その線は強いように感じられる。

「克久はね、小学校の先生になって、いじめを撲滅するって張り切っていたんだよ。それは果たせなかったけど、次に就職した学習塾では一生懸命仕事をしていた。子供の教育に役立つよう努力していた。あいつは頑張ったよ」

「そうでしょうね。わかります」

共感して、藤木はゆっくりとうなずく。源太郎は鼻を啜った。近くにあったタオルを取って何度も顔を拭いた。

「だから俺は悔しいんだ。仕事が充実しているとき、あんな病気になってさ。それどころか誰かに殺されてしまった。恨みを買うような子じゃなかったのに……」

あとは言葉にならなかった。源太郎は座ったまま肩を震わせ、悔し涙を流している。

そんな彼の姿を見て、藤木はもらい泣きしそうになった。秀島たちにも話したが、最近、涙腺が緩くて仕方がない。テレビを見ていても動物や子供、病気のエピソードを見ると確実に涙が出る。刑事としてふさわしいとは思えないが、もう感性が変わってしまったのだからどうしようもない。

ほかにもいくつか質問を重ねたが、これ以上の収穫はなさそうだった。克久が住んでいたマンションの所番地を教わったあと、礼を述べて藤木たちは辞去した。

駅のほうへと歩きながら、秀島が藤木をちらちらと見ていた。

「どうした。何だよ」藤木は口を尖らせて尋ねる。

「藤木さん、ずいぶん同情していましたね」

「歳をとると、そうなるんだよ。まして俺の場合は……わかるだろ？」

「ええ、それはもちろん」

「捜査員として相手に共感しすぎるのはまずい、と言いたいのか？　でも君だって、警察を代表して詫びるみたいなことをしていたよな」

藤木が抗議する口調で言うと、秀島は慌てて首を横に振った。

「同情、共感、大いにけっこうです。たぶんそういう人のほうが、この部署には合っているんですよ。僕は半年の捜査でようやくそれに気づいたんですが、藤木さんは最初から相手と気持ちを通わせることができる。これはすごいことですよ。すばらしい」

秀島をじっと見つめたあと、藤木は顔をしかめた。

「君に言われると、どうも馬鹿にされたような気分になる」

「とんでもない。いつだって僕は真剣です。この目を見てください」

「いいか、君だっていずれは歳をとって、俺みたいになるんだからな」

「悪くない歳の取り方じゃないですか」秀島は微笑を浮かべる。

若い相棒の横顔を見ながら、藤木は小さくため息をついた。

人間というのは案外単純だ。歳をとり、いろいろなことを経験すると、尖ってはいられなくなる。そしてこんなふうに情を優先するようになる。

もしそれが駄目だと言われたら、そのときはいよいよ辞めどきだろうな、と藤木は思った。

6

長いこと電車に揺られて、ようやく警視庁本部に戻ってきた。

座っていればいいとはいえ、昨日今日と長距離の電車移動が続いている。これはさすがにこたえる。

「明日あたり、向こうに一泊できないかなあ」エレベーターを待ちながら藤木はぼやいた。「こう移動が多いんじゃ、時間がもったいない」

「でも経費の問題がありますからね」秀島は考えながら言った。「係長に相談してみますか？」

「やむを得ない事情があればいいんだよ。重要な聞き込みをしていて帰れなくなりました、と報告したらどうだろう」

「じゃあ、何か大きな成果を挙げなくちゃいけませんね」

「そうだなあ。期待してるよ、相棒」

秀島の背中をぽんと叩いて、藤木はエレベーターのかごに乗り込んだ。

午後八時から支援係のミーティングが行われた。

ホワイトボードの前に大和田係長が立ち、藤木・秀島組、岸・石野組はそれぞれ机の上に資料を広げる。まず岸が捜査内容を報告した。

「今日、多岐田雅明は知人らしき男性二名と落ち合い、立川駅近くの中国料理店に入りました。飲酒を伴う食事をして約二時間が経過。そのあと藤木さんたちに応援してもらって、男性二名の身元を特定しました。ひとりは芸能事務所の社長、的場静雄、五十三歳」

藤木たちが尾行して事務所を突き止めた男だ。眼鏡にスーツという出で立ちで、営業マンのような振る舞いをしていた。

「もうひとりは浅田聡《あさださとし》、四十五歳。ビデオ制作会社の部長ですね。イベント企画なども請け負うようです」

迷彩柄のジャンパーを着た茶髪の男だ。あんな恰好をしていながら、肩書きは部長だというので驚いた。ごく少人数で仕事をしている会社なのかもしれない。

「仕事の相談をしていたのか、それとも昼間から飲んでいただけなのか……。とにかく三人の関係を明らかにする必要があります。今後、的場と浅田の調べを進めます」

「そうしてくれ」

大和田はホワイトボードにふたりの名前を書き、丸を付けた。それを見つめて彼はしばらく思案していたが、やがて藤木たちのほうを向いた。

「そっちはどうだ？」

藤木は秀島に目配せをした。それを受けて秀島は立ち上がる。

「うちの組からの報告です。まず、昨日見つけた黒い家の所有者、別所賢一に会いました。彼は現在、老人ホームにいて……」

別所兄弟に会ったこと、守屋誠の担任だった宮本泰子から話を聞いたこと、佐々木克久という元教員が今年二月に殺害されたことなどが説明された。

「なるほど。今日はずいぶん情報を集めてきてくれたな」大和田はうなずいている。

秀島の報告が一段落したところで、藤木は口を開いた。

「俺はその佐々木という元教員が気になります。彼は守屋誠くんが二年生だったときの担任です。それ以降も将棋クラブを通じて、誠くんとの関係が続いていました。……そしてその佐々木が何者かに殺害された。気になりますよね、大和田さん」

「佐々木が何か知っていた可能性はあるかもな。しかし彼が殺害された事件は、守屋誠と関係あるだろうか。三十年も経っているんだぞ?」

「何年経っても人の恨みは消えませんよ。埋《うず》み火《び》みたいにずっと残り続けるんです。そいつが何かの弾みに、ぶわっと燃え上がる。きっかけは些細なことだとしても、一度大きくなった火はそう簡単には消えません」

事件について話しているのだが、藤木の頭に浮かんでいるのは自分自身の体験だった。恨みというほどではないにせよ、ずっと心に引っかかっていることがある。妻を看護・介護したあの期間の中で、納得のいかない出来事がいくつもあった。こちらは医師や看護師に頼るしかない立場だから、言いたくても言えないことがあったのだ。

大和田はマーカーを使って、ホワイトボードに要点をまとめた。

◆青梅事件（小学生殺害・死体遺棄事件）
・守屋典章／守屋郁江
・多岐田雅明／的場静雄（芸能事務所・社長）／浅田聡（ビデオ制作会社・部長）
・別所賢一（動物学者）／別所礼二（農業機械メーカー・会長）
・宮本泰子（四年時の担任）
・佐々木克久（二年時の担任・将棋クラブ顧問・学習塾講師）

◆府中事件（佐々木克久殺害事件）
・佐々木克久

ホワイトボードを見ているうち、藤木は確信を得たという気分になった。

「やはりこの佐々木がキーパーソンですよ。俺の考えを聞いてください」

「刑事の勘ですか？　まあ聞こう」と大和田。

「三十年前の誠くん殺しに、おそらく佐々木は関わっていたんでしょう。その件で関係者から恨まれ、殺害された。疑わしいのは被害者の遺族です」

つまり佐々木殺害の容疑がかかるのは、守屋誠の両親や親戚ということになる。父・守屋典章の苦しげな表情が頭に浮かんできた。彼を信じたいという気持ちはもちろんある。だが藤木は警察官だ。動機があるのなら、誰であっても一度は疑わなければならない。

「わかりやすい説明だ。だが、わかりやすすぎる」大和田は唸った。「さっきも言ったが、問題は三十年という年月だ。仮に復讐だったとして、なぜ今になって事件が起こったのか」

「それをこれから調べようってことですよ」

藤木は腕組みをした。誰がどう見てもそれが正解だろう、という自信がある。

そんな藤木を見ながら、大和田は渋い表情を浮かべた。

「佐々木克久の事件の捜査本部は、もう解散しているはずです。調べるなら、うちの係でやるしかない。藤木さん、かなり負担が増えることになるが……」

「やりますよ。佐々木の事件を調べなければ、誠くんの事件は解決できないと思います。賭けてもいい」

お、と岸が言った。身を乗り出すようにして、顔を輝かせている。

「いいですねえ、藤木さん。何を賭けます?」

「こういう話になると、君は食いついてくるんだな」

「張り合いがほしいじゃないですか。さあどうします?」

「じゃあ事件が解決したあと、昼飯三日分でどうだ」

「よし、乗った」

ちょっと待ってください、と秀島が口を挟んできた。

「こういう場でギャンブルの話というのは感心しませんね。岸さんも岸さんですが、藤木さんも藤木さんですよ。我々は警察官なんですから」

「ああ、そうだな、すまんすまん」

藤木は首をすくめた。それをちらりと見てから、岸は秀島のほうを向いた。

「あのなあ秀島」岸は言った。「何事にもモチベーションってものが必要なんだよ。昼飯三日分となればおまえだって、頑張ろうって気になるだろ？」

「なりませんよ。僕は岸さんとは違って堅実なんです」

「ふん、この優等生め」岸は含み笑いをする。

やれやれ、といった調子で大和田は自分の席に戻った。それから彼は、部下たちの行動予定を確認し始めた。


ミーティングのあと、また四人で飲みに行くことになった。

昨夜と同じ他国籍料理の店に入り、個室を使わせてもらう。部屋はいくつかあって、予約なしでもたいてい大丈夫らしい。

好きな料理を頼み、まずはビールで乾杯する。四人ともアルコールに強いというのは、昨夜の会食ですでにわかっていた。

「あの……藤木さん」

アルコールのせいで口が滑らかになったのか、珍しく石野が話しかけてきた。

「ミーティングで出た埋み火の話ですけど……」

「うん。あれがどうかしたかい」

「私にもよくわかります。人を恨みたくなる気持ちって誰にでもありますよね。なかなか消えないし、何かのときフラッシュバックみたいになって、うわあ、どうしよう、みたいな……」

「パニックに陥るとか？」

「ええ。だから駄目なんですね、私は。何をするにも自信がなくて」

石野はそう言ったあと、ビールのジョッキを見つめた。たしかに彼女を見ていて、自信がなさそうだと感じることは多い。性格によるものかと思ったが、もしかしたら心の傷のようなものがあるのだろうか。

「加害者側って罪の意識がなかったりしますよね」石野は続けた。「でも、やられた側はずっと忘れませんから」

「あまり気にしないほうがいいんじゃないかな。こうして飲んでいれば、少しは気分も変わるんだろう？」

「一時的にはそうですけど、あとで我に返るときってないですか。すごく虚しくなってしまって……」

「気にしすぎだって俺も思うんですけどね」イカリングをつまみながら岸が言った。「とはいえ、石野の気持ちもわかります。たしかに恨みっていうのは爆発的に燃え上がることがある。そうなるともう自分でも止められない。そういうもんでしょ」

隣で石野が、うんうんと何度もうなずいている。

ふたりとも何らかの遺恨を持っているようだ。まあそうだよな、と藤木は思った。人間、誰しも嫌なことを経験してきているはずだ。結局のところ、人を突き動かす感情の中でもっとも強いのは、怒りや憎しみなのだろう。

「岸は意外と熱くなるタイプなのかな」藤木は尋ねた。

「自分じゃなかなか気がつかないけど、そうみたいですね。前に秀島にも言われたことがあります」

急に自分の名前が出て、秀島は驚いたようだ。

「あのときは、質問されたから答えたんですよ。『俺の金の使い方は荒いように見えるか』って岸さんが言うから、『そうですね、賭け事となると尋常じゃない目つきになりますよね』って答えたんです」

「秀島は、はっきりものを言うからなあ」と岸。

「いやいや、答えろっていうから答えただけですけど……」

不本意だという顔で、秀島は岸を見つめている。

「藤木さん」再び石野が話しかけてきた。「今まで遠慮してきたんですけど、その……奥さんのことって、やっぱり訊かないほうがいいですか？」

「その件か」藤木は少し考えてから言った。「親戚や知り合いには、かなり細かいことまで説明したよ。ただ、職場ではあんまりね」

「ああ……じゃあ、無理に訊かないほうがいいですね」

石野は申し訳なさそうに目を伏せる。それを見ていると、こちらが悪いことをしたように思えてきた。

「別に、隠すようなことでもないんだが……。妻は大腸がんだったんだ。二年ほど闘病して、最後は自宅で俺が看取った。世話をするのに休みをもらって、そのあとは復帰するつもりだった。でも、それができなかった。結局、半年以上も仕事に出られなかったんだ」

「そうですか。ご自宅で……」石野は顔を上げて藤木を見た。「大変でしたね」

「初めてのことだから戸惑うばかりでね。……まあ慣れている人なんて、そうそういないと思うけどさ」

藤木が苦笑いしてみせると、岸が真剣な顔をして言った。

「うちの姉が、旦那のお母さんを介護したそうなんですよ。あれは辛かった、相談できる相手がいなくてしんどかった、と話してましたね。……藤木さんも、相当きつかったんじゃないですか」

「振り返ってみれば、あっという間だったよ。あの当時は、よけいなことを考えている暇もなかったし」

そうでしょうね、と秀島が言った。彼もまた、しんみりした表情になっている。

湿っぽい雰囲気になってしまった。藤木はビールのジョッキを空けてからメニューを開いた。飲もう飲もう、と後輩たちに声をかけ、店員の呼び出しボタンを押した。

7

岸と石野は帰り仕度を始めたが、藤木はまだ飲み足りない気分だ。

「すまないが、俺はもう少し残るよ」

そう言って岸たちを見送った。

気をつかってくれたのか、秀島はまだつきあってくれるという。藤木は冷酒を、秀島はグラスワインを新たに注文した。つまみもほしくなり、藤木は辛子明太子を選んだ。秀島はチーズとピクルスにするそうだ。

日本酒とワインをそれぞれ飲みながら、しばらく雑談をした。普段、藤木はひとり寂しく晩酌しているから、話し相手がいてくれると張り合いがある。

そのうち、秀島が声を低めて尋ねてきた。

「何か、もっと話したいことがあるんじゃないですか？」

「……何かって、何だい」

「奥さんのこととか」秀島はワイングラスをテーブルに置いた。「僕でよければ聞きますよ。ああ、もちろん守秘義務は忘れません」

後輩の意外な申し出に、藤木は少し戸惑った。話せば自分の気は紛れるかもしれない。だが相手にとって楽しい話題ではないだろう。どうすべきか、としばらく考えた。

「コンビを組んだのも何かの縁でしょう。相棒のことは知っておかないとね」

「つまらないかもしれないぞ。おまけに俺の話はすごく長い」

「大丈夫ですよ。面白い話を求めているわけじゃないですから」

ふん、と笑って藤木は日本酒を一口飲んだ。特に興味があるわけではないだろうに、こうして話を聞いてもらえるのはありがたい。そこは素直に感謝すべきだろう。

藤木は話しだした。

「二年半前に妻の大腸がんが見つかったんだ。あれは厄介でね。痛いとか苦しいとか、そういう自覚症状がほとんどないから発見が遅れることが多い。じゃあなぜ見つかったかというと、ものを食べたときに腹で音がすると言うんだ。ポコポコだかボコボコだか、そういう音だ。病院に行って調べてみたら大腸に腫瘍が出来ていて、食べた物が通りにくくなっていた。それで音がしていたわけだ」

思ったよりもすらすらと言葉が出てくる。この半年、親戚や知人たちに何度も説明してきたせいだろう。

藤木は右手で、宙に図を描くような仕草をした。

「アップルコアサインというらしいんだが、りんごの芯みたいに、きゅっと大腸が狭くなっている像を見せてもらった。腫瘍のせいだ。詳しく調べた結果、妻はステージⅢだと診断された。実際にはステージⅣに近かったと思うんだけどね。……意味はわかるかい？」

いいえ、と秀島は首を横に振った。彼の顔から、余裕の笑みは消えている。

「簡単に言うと、ステージⅣはほかの臓器への転移がある状態だ。妻の場合は、まだそこまでは行っていないという見立てだった。ばたばたと準備をして、すぐ手術ということになった。このとき俺はけっこう大きな事件を抱えていて、周りを気にしながら何日か休みをもらった。入院の日と手術の日とその翌日だ。あとは捜査の途中、ときどき抜けさせてもらって夕方、見舞いに行ったりした」

「大変だったでしょう。もう少し休めなかったんですか」

「頼めば休めただろうが、言い出しにくい雰囲気があるからな。わかるだろう？」

少し考えてから、「ええ、まあ」と秀島はうなずいた。

「でも、捜査は個人でやるものじゃありません。そういうときこそ周りがフォローして、藤木さんを休ませてあげるべきだったと思います。少なくとも、僕だったらそうします」

秀島は不機嫌そうな顔で言った。こうあるべき、こうすべき、という話になると彼はやや感情的になりがちだ。

「手術の結果、がんは取り除かれた」藤木は続けた。「大腸のうち十五センチか二十センチ切り取ったようだ。二週間で退院して、妻はうちに戻ってきた」

「うまくいったわけですね」

「少し経ってから抗がん剤をのみ始めた。副作用があるんだが、まあ、それはなんとか乗り切った。腫瘍マーカーの数値も落ち着いているので、次は三カ月後に来てくださいと言われた。薬をやめると体が楽になる。俺が休みの日には、車で一緒に買い物に行けるぐらいになった」

なるほど、と秀島は相づちを打つ。だが、その顔は明るくはない。この話の結末は決まっているのだ。望ましいエンディングにならないことは誰にでもわかる。

「調子がいいように見えたが、三カ月後に診察を受けると、腫瘍マーカーの数値が上がっていた。がんの再発ということだった。のみ薬では効果が期待できないと判断したんだろう、医者はCVポートを作ると言った」

「CVポート？」

「胸の皮膚の下に小さい装置というかな、そういうものを埋め込むんだ。今度の抗がん剤は液体だった。その薬を全部入れるには四十六時間もかかる」

「え……。丸二日ですか？」

そうなんだ、と藤木はうなずいてみせる。

「薬のポンプがあって、それを首からぶらさげておく。CVポートに針を刺して、静脈に薬を入れるんだ。……二、三週間ごとにその投与を繰り返していた。病院では毎回、血液検査をする。腫瘍マーカーの結果を見るのがいつも怖かった。体の中がどうなっているのかわからないが、数字を見れば悪くなっているのは確実だったからね」

当時を思い出すと、みぞおちの辺りが苦しくなる。人に話せば話すほど辛くなるのだが、それでも途中でやめることはできなかった。この半年間、藤木はそういう経験を何度も繰り返してきた。一通り語らなければおさまらない、という気分だった。

「手術から一年ぐらい経ったころかな、妻は胃の辺りが痛むと言った。正確には胃なのか、その周辺なのかわからない。腹膜にがんが散るというのもあるが、厄介なのはリンパ節でね。そこを通って、大腸から遠いところにもがんが転移してしまう。妻の場合は胃の周りや肺に飛んでいたようだった。

がんが大腸に留まっているうちは、切ればなんとかなる。でもあちこちに散ってしまうと、もう手の打ちようがない。妻は抗がん剤の効き目があまり出なくて、進行を遅らせるのもうまくいかなかったんだ。日が経つうち痛みが強くなってきたので、麻薬系の鎮痛剤をのむようになった。その量がまた、どんどん増えていくんだ。八時間おきに錠剤をのみ、それでも突発的な痛みが出たときは追加でレスキュー薬をのむ。ほかにも胃の薬や便をやわらかくする薬、血圧の薬、睡眠導入剤……一日に十錠も二十錠も、のまなければいけなかった」

山のように処方された薬のことが頭に浮かんでくる。妻と一緒に薬を分類し、一日分ずつ小袋に分けて管理した。スマホのアラームをかけて、のみ忘れがないよう注意していた。

「四十六時間の抗がん剤も、ずっと続いていたわけですよね」

「いや、その薬も効かないというので、別ののみ薬になった。でも医者としては、新しい薬も大した効果はないと思っていたんだろうな。まったく……」

思わず舌打ちをしてしまった。それから、眉をひそめて藤木は言った。

「あの医者には恨みがある。腫瘍マーカーの数値や痛みのひどさを見れば、今どれぐらいの状態なのかわかっただろうと思うんだ。この先何が起こるのか、妻は今どのへんの段階にいるのか、俺が知りたいのはそこだった。それなのに、医者は余命について何も言わなかった。言われなければ俺も妻も、この状態がしばらく続くと思うじゃないか。薬は辛いが、低空飛行のまま生きていけると考えるだろう？」

「その医師は説明を避けていた、という感じなんでしょうか」

「わからない。もしかしたら、普段から余命宣告なんかしていなかったのかもしれない。まあ高齢の患者なら仕方ないと思うよ。もう充分に生きて、社会とも関わりがなくなっているのならこのまま最期を待てばいい。そういう考え方もあるだろう。でも、うちの妻はまだ四十七だったからね。死ぬ前に会っておきたい人もいただろうし、物の整理、契約関係の整理だってしなければいけなかった。それなのに、あの医者は……」

毎回、話がこの部分に差し掛かると、藤木は強い憤りにとらわれる。どうしても主治医のことを悪く言ってしまう。

「妻はだんだん食欲がなくなってきた。なんとか歩くことはできたが、段差のあるところは危険だった。そのうち足のむくみも出てきた。腹水というんだろうか、お腹も膨らんできた。俺はネットでいろいろ調べたが、不安になるばかりだったよ。妻の病気がどれくらい進行しているのか知りたかった。それで俺はあるとき、妻が処置室で栄養の点滴を受けている間に、医者に尋ねたんだ。妻はあとどれぐらい頑張れるでしようか、と。……それまではいつも妻と一緒に医者と会っていて、訊くことができなかったからね」

「それで、どういう話になったんですか」

「食べられなくなったら、あと一カ月ぐらいだろうと言われた。たぶん来月にはそうなるだろう、と。俺は、えっ、と声を上げてしまった。そんなに切迫した状態なんですか、そこまで悪いとは聞いていませんでしたよ、と言った。医者はパソコンの画面を見ながら、抗がん剤を三種類目に変えたときからもうだいぶ悪かったんだと説明した。いや、それならどうして早く教えてくれなかったんですか、と俺は訊いた。俺の言葉が気に入らなかったんだろう、医者は苛立った様子で、このあと手術だからと話を切り上げてしまった。……今なら食ってかかるところだが、そのときは混乱してしまって何もできなかった。待合室でしばらくぼんやりしていたよ。あの日のことは今でも忘れられない」

藤木は日本酒をぐいと呷《あお》った。頭を働かせているせいか、今夜はなかなか酔いが回ってこない。

秀島は厳しい表情を浮かべていたが、そのうち声を低めて尋ねてきた。

「……そのこと、奥さんにはどう伝えたんですか」

「そう、本当に困ったよ。だって妻も俺も、まだ半年や一年はこのままの状態が続くと思っていたんだ。それなのに、来月にはもう駄目かもしれないなんて知らされたわけだからね。……その日の夜、妻の脚をマッサージしてやっているとき、彼女が言ったんだ。いろいろ世話をしてもらって申し訳ない、このままずっと負担をかけるのは心苦しい、とね。それで俺は思い切って打ち明けた。医者が言うには、食べられなくなったら数カ月かもしれない、ということだった。とはいえ栄養分を点滴で体に入れているから、すぐということはないはずだよ……。そんなふうに説明した。あと一カ月ぐらいかもしれない、とはどうしても言えなかった」

「奥さんは何と？」

「本当にそう言われたの？　そんなに早いの？　と驚いていた。でも取り乱すようなことはなかった。何を気にするかと思ったら、寝室にたくさんある洋服を整理しなくちゃ、と言うんだよ。俺は妻を椅子に座らせて作業監督をしてもらいながら、洋服の整理をした。……でも結局、片づけられたのは三割ぐらいだったな。そのあと急に具合が悪くなって、三週間後には、今までより強い鎮痛剤を腹から皮下に入れるようになった。もう起き上がれなくて、ベッドに寝たきりになってしまった。薬のせいで訳がわからなくなって、そこにいない人が見えるようになった」

「ああ……。譫妄《せんもう》というやつですね」

「その先はあっという間だった。寝たきりになってから九日目、久しぶりに天気がよかったから俺は洗濯をした。作業を終えて、妻のベッドの横で薬を数え、病状のメモをとっていた。すごく穏やかな日でね。今日は譫妄もないし、静かに寝てくれているなあと思った。おむつはどうかな、と近づいて様子を窺った。そこで初めて、妻が息をしていないことに気がついた」

言葉を切って、藤木はまた日本酒を飲んだ。辛口の酒だ。もっと酔いが回ってくれればいいのに、と思った。

「そんなに早かったんですか……」秀島は椅子の上で身じろぎをした。「でも、最期まで藤木さんに面倒を見てもらえて、奥さんは嬉しかったんじゃないでしょうか」

「みんなそう言ってくれるんだが、どうだったんだろう。……亡くなるまで、妻はずいぶん痛がったんだよ。もっとうまく世話をできなかったのかと、後悔ばかりしている」

そこまで話して、藤木は深呼吸をした。何かが変わったわけではないが、聞いてもらえていくらか気持ちが楽になったように思う。

気を取り直して、藤木は言った。

「君には退屈だっただろう。すまないな」

「とんでもない。勉強になる話でした。僕なんかにはとても真似できないし……」

「真似なんかする必要はないよ。この先、君が誰かと結婚して、夫婦で歳をとったら、そのときふたりで考えればいいことだ」

「ああ……。僕、この先もう結婚はしませんよ」

秀島がそう答えたので、藤木は思わずまばたきをした。さらに、次の言葉を聞いて目を見張った。

「僕、三年前に離婚してるんです」

「えっ。……いや、今までそんな話、していなかったよな？」

「まあ、訊かれなかったですし」

「それはそうだが……。しかし、これからも結婚しないというのは、どういうことなんだ？」

藤木が勢い込んで訊いたせいか、秀島は苦笑いを浮かべた。

「とにかく幻滅したんですよ。昔は女性に対する憧れみたいなものがあったんですが、何年か一緒に暮らしてみて、どうも思っていたのとは違うなと気づいたんです。ひとりでいるほうが楽だとわかったので、もうこの先、結婚はしなくていいかなと」

「たまたま前の奥さんとは合わなかった、ということじゃないのかい」

「いえ、僕なりに研究をしたんですよ。いろいろな女性から話を聞いてみて、やはりそうかと納得しました。どの女性も、別れた妻と同じような考え方をしていたんです」

どうも話が呑み込めない。遠回しはやめにした。

「奥さんと別れた理由は何だったんだ？　性格の不一致というやつか」

「まあそうなんですが、詳しく言うと、問題解決に対する意識の持ち方の違い、でしょうか」

「……何だ、それは」

「結婚したあと、妻は食品メーカーでパートとして働いていたんですよ。ところが毎日毎日、食事のとき愚痴をこぼすんですよね。会社のルールどおりに仕事をしているんだけどすごく効率が悪いとか、ふたりいる主任の仲が悪くて業務に支障が出ているとか、別のパート従業員が何度もトイレに行って作業をサボっているとか、そんな話です。僕は妻に、これこれこうしたらいいんじゃないかとアドバイスをしました」

秀島らしいな、と藤木は思った。何事にも真面目で熱心。あるべき姿に向かって邁進していくのが、おそらく彼のスタイルなのだ。

「ところが妻は、その後もずっと同じ愚痴を繰り返すんです。よく聞いてみると、僕がアドバイスしたことは何ひとつ実行していないのがわかりました。なぜ言うとおりにしないのかと訊いたんですが、はっきりした返事はありませんでした。それで僕は、表を作って彼女がやるべきことをステップごとにまとめていきました。この順番で行動していけば上司もわかってくれるし、会社の業務改善ができるはずだから、と妻に話しました」

「それで、奥さんは？」

「驚いたことに、それでも妻は行動しようとしませんでした。結局、彼女には問題を解決しようという意志がなかったんです。それなのに、毎日愚痴をこぼし続けるわけですよ。いったい何なんだと僕は怒り、そうすると彼女も感情的になって、何度も口論が繰り返されました」

ああ、なるほど、と藤木は思った。そういうことだったのだ。

「君と奥さんとでは、考え方の違いがあったわけだよな」

「でもおかしいと思いませんか。僕にいろいろ相談してくるからアイデアを出してあげたのに、改善の努力を何もしないなんて」

「たぶん、奥さんは君に相談していたわけじゃないんだよ」

え、と言って秀島はまばたきをした。どういうことですか、と彼は尋ねてきた。

「俺も昔、勘違いしていたんだが、愚痴はそのまま聞いてあげるのが一番なんだ。否定してはいけないし、無理に解決策をアドバイスしてもいけない。おそらく、奥さんは解決策を求めていたわけじゃない。ただ、話を聞いてほしかっただけなんだ。大変だね、苦労しているね、君は頑張っているね、と言ってあげるのが正解だったと思う」

秀島は眉をひそめて、記憶をたどる表情になった。

「それは変じゃないですか？　努力すれば解決できるものを放っておくなんて……。現に、毎日愚痴をこぼしたくなるぐらい、妻は不満を持っていたわけだし」

「波風立ててまで解決したくはなかったんだろう。それより君に話をして、同情してほしかったんだと思うよ。愚痴はコミュニケーションの一環だと考えるべきだ」

「いや、よくわからないですね。まったくわかりません」

秀島は口を尖らせている。まあそうだよな、と藤木は思った。あるべき論で言えば、彼のアドバイスは有益だったに違いない。だが、何度もそれを押しつけられたら、彼の妻はストレスだと感じたはずだ。それが繰り返されるうち、関係がこじれてしまって離婚に至った、ということなのだろう。

「とにかく、そういうわけで、もう結婚はこりごりだと思ったんです」

鼻息荒く秀島は言う。なるほど、と藤木はうなずいた。

「やっぱり君は真面目だな。真面目すぎて、生きづらくはないか？」

「前の職場でもそう言われました。たしかにね、僕がいろいろ言うものだから、上司が僕を嫌って異動させたらしいんです。でも、自分は正しかったと思っていますよ。だってあの人、裏金を貯め込んでいたんですから」

それを直接指摘したのなら、上司に嫌われるのも当然だろう。どうやら秀島は、処世術という言葉を知らないようだ。

「そうか。君も大変だったんだなあ」

「さすがの僕も、あのときはだいぶ心が荒みましたよ。何もかも面倒くさくなって、いっそ辞表を書こうかと思いました。……書きませんでしたけどね」

苦笑いをしながら秀島はワインを飲んだ。藤木も冷酒のグラスに手を伸ばしたが、思い直して顔を上げた。

「しかし、もったいない気がするな。君は丁寧で誠実な捜査をするから、聞き込みに行った先でも、女性に人気があるんじゃないかな。このままもう二度と結婚しないというのもなあ……」

「僕のことはいいんですよ。それより藤木さんの奥さんの話です。世の中にはそういう夫婦もいるんだとわかって驚きました。奥さん、いい人だったんでしょうね」

辛子明太子を口に運びながら、藤木は考えた。同じ独身者であっても、自分と秀島とではずいぶん考え方が違うようだ。秀島は今後、女性とは深く関わりたくないらしい。では藤木はどうだろう。自分が望むのなら、何年か経って誰かと再婚などということもあるのだろうか。

これぱかりは、いくら考えても答えが出そうになかった。

地元、荻窪に戻ってコンビニに立ち寄った。

もうかなり遅い時間だが、店内には数組の客がいた。弁当の棚の前で、夫婦らしい男女が何か相談している。歳は三十代だろうか。ふたりとも普段着だから、家でくつろいでいるうち、何か買いに行こうという話になったのかもしれない。

ふたりを見ているうち、みぞおちの辺りが苦しくなってきた。おにぎりがほしかったのだが、諦めて弁当の棚から離れた。

以前の藤木は、コンビニに寄る際にはいつも妻に電話をかけていた。牛乳や卵は買わなくていいか、パンはあるか、デザートはどうか。そんなことを尋ねて、必要なものを買って帰ったものだ。

だが今、藤木には電話をかける相手がいない。

――こういう生活にも、だんだん慣れていくしかないのか。

無意識のうちに、ため息をついていた。

結局、今日は何も買わないままコンビニを出た。

家に帰り、テレビでニュースを見ながら茶漬けを食べた。ときどき興味を引くものが画面に映る。これは面白いなあ、と口に出してみても返事はない。テーブルの上には妻の遺影がある。彼女は少し口元を緩めていて、穏やかそうに見えた。だがこの写真を撮ったころには、毎日鎮痛剤をのんでいた。笑顔を作ろうとしているが、決して気分よく撮影できたわけではなかっただろう。

テレビを消し、茶碗と箸を流しに置く。脱衣所で歯を磨きながら、藤木は洗濯かごの中を確認した。以前に比べると洗濯物の量は半分以下になってしまっている。洗剤や石鹼が減るのも遅くなった。

藤木は寝室に向かった。

机に腕時計を置いたとき、白地に青い花模様の付いたスマホケースが目に入った。妻の電話だ。

手に取ってメールを確認してみる。新着が一件あった。

タイトルと送信者を見て、藤木ははっとした。大西美香。今朝、こちらから返事を送った相手だ。彼女からまたメールが届いたのだ。

いったい何と言ってきたのだろう。社交辞令的な挨拶だけだとしても、妻の知り合いからの連絡は貴重だ。どんな形であれ、裕美子の思い出とまだ繫がっていられる。そのことが藤木を励ましてくれる。

メールを開いて、本文に目を走らせた。

《藤木様

何も知らずにメールをお送りしてしまい、申し訳ございませんでした。裕美子さんが亡くなられたとのこと、本当に驚き、言葉もありません。ご主人様、お力落としのことと存じます。心からお悔やみを申し上げます。

以前、私は裕美子さんとお仕事をさせていただきました。とても明るく、責任感のある方で、みんなから信頼されていました。裕美子さんは派遣社員という立場でしたが、誰よりもDTPの仕事に詳しかったと思います。私がお願いした案件でも、期待以上のものを作っていただけました。

昨日のメールにも書いてしまいましたが（本当にすみません）、裕美子さんと私は同じタレントを応援していて、とても話が合いました。それで仕事とは別に、プライベートで一緒にお食事をしました。話題が豊富で、明るくて、裕美子さんは本当にすてきな方でした。今、あの楽しい時間を思い出しています。

藤木様、こんなことは失礼かとも思うのですが、差し支えのない範囲で、裕美子さんの闘病のご様子などお聞かせいただけないでしょうか。今は仕事で動けないのですが、いずれお線香をあげさせていただければ、とも思います。お手透きのときでけっこうですので、ご返信どうぞよろしくお願いいたします》

ありがたい、と藤木は思った。この大西という女性には感謝しなければなるまい。

看護・介護中は忙しかったし、なぜ妻がこんな病気になったのかという、やり場のない怒りがあった。そういう精神状態では、あれこれ訊かれたり、専門家ぶってアドバイスされたりするのが嫌だった。あのころ、自分は周囲に対して壁を作っていたのだと思う。

だが今となっては、そんな気持ちはすっかり消えていた。話し相手もなく、相談相手もいない寂しい毎日だ。仕事をしていても、まだ力を発揮できてはいないと感じる。聞き込みの途中でもふと妻を思い出してしまい、情緒が不安定になる。

そうした中、裕美子のことを知っている人物が現れた。まるで救いの手が差し伸べられたかのようだ。このチャンスを逃してはいけない、という気持ちがある。

椅子に腰掛け、藤木は妻のことをメールに綴り始めた。

第四章　地中の箱

1

店内にはコーヒーのいい香りが漂っている。

藤木は自宅でもコーヒーを飲むが、いつもインスタントばかりだ。普段はそれで満足している。しかしカフェに来ると、やはり香りが違うというのがよくわかる。

「藤木さん、コーヒーだけでいいんですか？」

テーブルの向こうから秀島が尋ねてきた。彼の前にはモーニングセットのトレイがある。トーストとスクランブルエッグ、それに少しばかりのサラダ。コーヒーはアメリカンの大きいサイズだ。

フォークを使って優雅にスクランブルエッグを食べる姿は、海外の映画に出てくる貴族のようだった。やはり秀島は育ちがいいのだろうな、と藤木は思う。

「言ったろう。朝は食欲がないんだ」

「食べたほうがいいですよ。今日もまた聞き込みで歩くんですから」

「この歳になると、カロリーはあまり必要ないんだよ」

「燃費がいいんですね」

そんなことを言って秀島は笑う。白い歯を見せる彼の顔は、実に爽やかだ。

「君はもてるだろう」

「何です？　急に」

「男の俺から見ても、充分に魅力的だよ。それなのにずっとひとりでいるなんて……」

昨夜の話が頭に浮かんできた。秀島は今後も独身を通すつもりらしい。だが相手の考え方によっては、つきあっていける場合もあるのでは、という気がする。

「何だろうな。ひとり身になったと聞いて、俺はちょっと共感したんだよ。でもその一方で、君と俺とでは考え方がまったく違う。君はもう二度と結婚はしないと言っていたよな。そこに何というか、もやもやしたものを感じる」

「僕は藤木さんを困らせていますかね？」

「別に困ってはいないけどさ」

意見は平行線のままだ。ここで決着がつくわけではないだろうから、藤木は口をつぐんだ。

そろそろ移動すべき時間だった。藤木は伝票を持って椅子から立ち上がる。太ももやふくらはぎに違和感があった。

「脚が痛いよ。一昨日、昨日と歩き回ったからだな」

「あれ？　昨日は大丈夫そうでしたけど」

「歳をとると、時間が経ってから疲れが出るんだよ」

それは大変ですねえ、と言って秀島はまた笑った。

会計を済ませてカフェを出る。

十月二十一日、捜査を始めてから三日目だ。今日は府中に直行し、駅近くのカフェで待ち合わせをした。このあと不動産会社を訪問することになっている。

不動産会社の営業開始は午前十時だ。ちょうどその時間に到着し、表のドアを開けた。

まだ机の拭き掃除をしていた女性社員が、藤木たちのほうを向いた。

「いらっしゃいませ」

「すみません、警察の者です。ちょっとお話をうかがいたいんですがね」

えっ、と言って彼女はまばたきをする。それから慌ててカウンターの向こうへ行き、上司らしい男性に報告をした。

ロゴ入りのブルゾンを来たその男性は、怪訝そうな顔をして近づいてきた。

「葛原《くずはら》と申します。どういったご用件で……」

歳は四十代半ばだろうか。身長は百六十センチぐらいと小柄だが、姿勢がよく、はきはきした喋り方をする人物だった。

「警視庁の藤木といいます」

警察手帳を呈示したあと、ほかに客がいないのを確認してから藤木は続けた。

「今年の二月、佐々木克久さんという方が事件に巻き込まれました。ご存じですか」

「あ……。その件ですか」

どうぞ、と勧められて藤木と秀島はカウンター席に腰掛けた。

営業用なのだろう、葛原は穏やかな表情を浮かべていたが、緊張していることはひとめでわかる。藤木は早速、本題に入った。

「事件が起こったのは府中市内の賃貸マンションです。こちらの不動産会社で管理していた物件だと聞きました。そのことでお話をうかがいたいんです」

「ええと、警察の方には何度もお話ししましたが……」

彼の言うとおり、当時、捜査本部の刑事たちがいろいろと事情を聞いている。その内容については昨日、すでに確認してあった。事件の概要に関しては、一通り頭に入っているのだ。だが藤木は当事者から話を聞いておきたいと思った。

「我々は事件を洗い直していましてね。お手数ですが、あらためてお聞かせください」

はあ、わかりました、と言って葛原は席を立ち、キャビネットから資料ファイルを取って戻ってきた。

「入居者の方と連絡がつかないと言われて、私、マンションの部屋を見に行ったんですよ」

「ああ、葛原さんが第一発見者ということですか」

それは好都合だ。事件現場の様子を詳しく訊くことができる。

藤木は当日の出来事を話してくれるよう促した。

「入居していたのは佐々木克久さん。学習塾に勤める方でした」葛原は資料に目を落とした。「上司の方がここに来てくださって、ふたりでマンションに行ったんです。マスターキーでドアを開けると、室内がひどく荒らされていました。刃物で刺されたらしく、佐々木さんは血だらけで……」

現場の様子を思い出したのだろう、葛原は顔を曇らせた。

「たしか財布やスマホ、通帳などがなくなっていたんですよね？」

「警察の人がそう言っていました。金目当ての犯行だろうということでしたが、それにしては……」

「何です？」

「あそこまで執拗にやる必要があったのかな、と思ったんです。本棚の本をすべて引っ張り出していたし、引き出しもクローゼットも念入りに調べたようでした。普通、財布や通帳を見つけたらすぐに逃げませんか？　山の中の一軒家ならともかく、マンションですから、ほかの住人に気づかれるおそれがありますよね」

葛原は記憶をたどって首をかしげている。一般市民にしては、かなり穿った考え方をする人のようだ。

「ほかに何か覚えていることはありませんか」

「耳が……」

「え？」

ひとつ呼吸をしてから、葛原は続けた。

「私、かなり動転していましてね。でも、おかしなものです。恐ろしくて目を背けたいのに、じっと佐々木さんのご遺体を見つめてしまいました。そのとき気がついたんです。耳が血で汚れていたんですよ」

「右ですか、それとも左？」

「両方です」

藤木は秀島と顔を見合わせた。それから、自分の鞄を探って資料を取り出した。ページをめくって、現場の状況記録を確認する。

「当時の捜査資料によると……」藤木は言った。「たしかに、体のあちこちに血液が付着していたようですね。でも、耳に怪我をしていたという記録はありません」

「指にも血が付いていたんですよ。亡くなる前、自分で耳に触ったんじゃないでしょうか」

耳といえば思い出すことがある。三十年前、守屋誠の遺体からは右耳が切り取られていた。

――もしかして、佐々木克久は何かを伝えようとしたんじゃないか？

不自然な形で耳に血が付着していたとなると、その可能性は否定できないだろう。やはり誠の事件と佐々木の事件は、関係があるのではないか。そう思えた。

最後に、事件のあった賃貸マンションについて教えてもらった。駅から歩いて十分ほどの場所にあるという。

葛原に礼を言って、藤木と秀島は不動産会社を出た。

横断歩道を渡り、住宅街のほうへ歩いていく。

午前十時半過ぎの町には、のんびりした雰囲気があった。仕事が休みなのだろう、若い両親が男の子を連れて歩くのが見えた。子供はまだよちよち歩きで、三人はしっかりと手を繋いでいる。そのうち左右にいる両親が、腕に力を込めて男の子を持ち上げた。ふわっと体が宙に浮く。男の子はきゃっきゃと騒いでいる。

また、みぞおちが苦しくなった。

自分にも、ああいうふうになる可能性があったのだろうか。妻との間に子供はなかった。藤木は捜査のことでいつも頭がいっぱいだったし、裕美子も派遣の仕事に力を注いでいた。記憶している限りでは、子供がほしいという話が裕美子から出たことはなかった。それぞれ自由に生活しよう、ということで合意はできていたのだと思う。

精神的にも肉体的にも充実していた二十代、三十代を、藤木は仕事最優先で過ごした。気がついたときには四十を過ぎていた。そのころになって子供のことが少し気になったのだが、もう遅かったようで妊娠には至らなかった。病院に行って特別なことをするのも面倒だから、そのままにしてしまった。

子供がいなければいないでいい、と藤木は思っていた。そういう夫婦はいくらでもいる。今の時代、別におかしなことではないのだ。むしろ育児をしないことで若々しくいられるのではないか、などと考えたりした。教育のための費用も必要ないし、老後は海外旅行でも楽しもう、とふたりで話していた。

だが、そういう将来は訪れなかった。

四十七歳で裕美子は、目の前からいなくなってしまった。藤木はひとりになった。

結局、俺はこの世に何も残さず死んでいくんだなあ。そんなふうに思うと、虚しくなることがある。自分の判断は間違っていたのだろうか。生活が苦しくなろうが、育児のストレスで夫婦仲が悪くなろうが、若いうちに子供をもうけていたほうがよかったのか。今となってはどうしようもないのだが、町で親子連れを見かけるたび、藤木の気分は重くなる。まったく、人間というのは勝手なものだ。

「どうかしましたか？」

秀島が尋ねてきた。藤木がずっと黙っているので気になったようだ。

「ああ、すまない。ちょっと考えごとをな」

「今夜の食事のことですか？　少し贅沢をして、旨いものを食べたほうがいいですよ。それから風呂です。あまり熱くしすぎないで、時間をかけてゆっくり入ってください」

彼のアドバイスは的確だ。具体的で実にわかりやすい。

「やっぱりそうだ」藤木は言った。「君はいつも、問題解決に熱心なんだよな」

不動産会社を出てから約十分、目的のマンションが見えてきた。

六階建てで、一階には測量会社が入っている。二階から上には各フロア四部屋ずつ、合計二十世帯が住めるようになっていた。

佐々木克久が二月まで住んでいたのは503号室だ。エレベーターで五階に上り、部屋の表札を確認する。《小久保《こくぼ》夏子《なつこ》》と書かれていた。不動産会社の話では現在四十三歳、家具メーカーに勤務しているということだった。

藤木がチャイムを鳴らすと、インターホンから応答があった。

「はあい……」

「警察の者ですが、ちょっとお話を聞かせてもらえませんかね」

「え？　警察？」

数秒後に玄関のドアが開いた。中から現れたのは、怪訝そうな顔をした女性だ。短めの髪にピン留めを付け、トレーナーの上下を着ていた。

「警視庁の藤木といいます」警察手帳を呈示する。

女性は手帳から藤木へ、さらに秀島のほうへと視線を動かした。

「あの……何かあったんでしょうか」

藤木は相手をじっと観察してから、ひとつ咳払いをした。

ここへやってきたのは事件現場の位置や、周辺の雰囲気を知っておきたかったからだ。だが今、藤木の前には、それらよりよほど重要な問題があった。至急、確認しなければならない。

「あなたは小久保夏子さんですか？」

「……そうです。小久保です」

「本当に？」藤木は彼女の顔を覗き込んだ。「小久保さんは四十三歳だと聞いています。あなたはどう見ても三十代前半という感じですが」

女性は何か言おうとしたが、その言葉を呑み込んでしまった。彼女は藤木たちから視線を逸らし、目を伏せた。動揺していることは明らかだった。

「正直に話していただけますか。本当のお名前は？」

「……植草佳子《うえくさよしこ》です」

消え入りそうな声で彼女は答えた。藤木は重ねて尋ねた。

「なぜ小久保さんのふりをしたんです？」

「すみません。普段からそうしているもので……」

「つまり、小久保さんはここにはいないわけですね？」

そうです、と植草は言った。観念した様子で、彼女はこう説明した。

「私、市民サークルでヨガをやっているんです。同じサークルに小久保さんがいて、親しくなりました。今年の六月、私がお金に困っているのを知って、小久保さんはこの部屋を貸してくれました。その……又貸しですから、不動産会社には内緒ということで」

「なるほど。それで、小久保さんは今どこに？」

「交際相手のところです。横浜だと言っていました。同棲することになったらしくて、それで私に部屋を貸してくれたんですよ。私が小久保さんに払っている家賃は、相場より二万円ぐらい安いと思います。それじゃ申し訳ないと思ったんですが、かまわないと言ってくれて……。すごくいい人なんですよ」

少し考えたあと、藤木はゆっくりとした口調で言った。

「おそらくこの部屋は、もともと格安だったんだと思いますよ」

「どういうことです？」

「実は、二月にこの部屋で殺人事件があったんです。男性が殺害されて、部屋の中がひどく荒らされました」

「本当に？」植草はまばたきをした。「小久保さんはそのことを知っていたんでしょうか」

「不動産会社が告知したでしょうから、知っていたはずです」

「なんで私に教えてくれなかったんだろう……」

それはですね、と藤木は言おうとした。だがその前に秀島が口を開いた。

「小久保さんは、あなたを怖がらせたくなかったんだと思いますよ。事件のことを知ってしまったら、あなたが気味悪く感じるでしょうから」

「ああ……まあ、たしかにそうですね」

植草は納得したという表情になった。

だが実際には別の理由があるはずだ、と藤木は考えていた。おそらく小久保は、部屋を又貸しすることで小遣いを稼いでいたのだろう。元が格安の部屋だから、相場より二万円安く貸しても差額が手に入るというわけだ。そういう計画で借りた部屋かどうかはわからないが、いずれにせよ、植草が言うほどいい人ではなさそうだった。

「ただね……」秀島は続けた。「僕は警察官として、あなたに大事なことをお伝えしなければいけないと思っています」

「大事なこと？」植草は首をかしげる。

秀島は共用廊下の左右を確認してから、小声で言った。

「最近は物騒ですからね。人に聞かれないほうがいいお話です。僕たちとしても、植草さんの安全を守りたいと思っていますので」

「なんだか怖いですね。……わかりました。どうぞ中へ」

植草は藤木たちを部屋に招き入れてくれた。

リビングダイニングで、三人はテーブルを挟んで椅子に腰掛けた。植草は落ち着かない様子だ。秀島は穏やかに、しかし真剣味のある声で話し始めた。

「ここに住むようになってから、不審な人物を見かけませんでしたか。誰かがこの部屋を見張っていたとか、近所で話を聞いているようだったとか」

「気がつきませんでしたけど、どうしてそんな……」

「殺人事件の犯人はまだ捕まっていないんです。もしかしたら、この部屋のことを調べに来るんじゃないかと思いまして」

テーブルの向こうで植草はまばたきをした。

「そんなことってあるんですか？」

「事件現場に戻ってくる犯人はけっこういるんです。そうですよね、藤木さん」

急に話を振られて面食らったが、藤木は深くうなずいた。

「犯行現場がどうなったか、気になるらしいんですよ」藤木は説明した。「窃盗犯でも強盗犯でも、そういうケースはあります」

「やだ……。怖い」

「どうでしょう、思い出せませんか。そういえば変な男がいたなあ、とか」

植草は必死に記憶をたどっているようだ。緊張してきたのか、貧乏ゆすりをしている。口の中でぶつぶつ言っていたが、やがて何かに思い当たったようだった。

「関係あるかどうかわからないけど」彼女は言った。「私、宅配便を共用廊下のパイプスペースに入れてもらうことが多いんです。それでこの前気がついたんですが、そのスペースの奥のほう、パイプの隙間に封筒があったんですよ。まるで隠しておいたみたいに……。電話してみたら、小久保さんも知らない封筒だと言っていました」

気になる話だ。藤木は植草に問いかける。

「その封筒、まだ持っていますか？」

「ええ。中に変な写真が入っていて……。気味が悪いんです」

彼女は椅子から立ち、隣の部屋に入っていった。引き出しを開ける音が聞こえてくる。

二分ほどで植草は戻ってきた。定形外サイズの封筒を手にしている。彼女はそれをテーブルの上に置いた。

藤木は白手袋を嵌めてから、「失礼」と言って封筒を確認した。

中から二枚の写真が出てきた。だいぶ古いものらしく、少し色あせている。

秀島とともに一枚目をじっと見つめた。小さな瓶が写っている。その中に入っているのは何かの液体と、複雑な形をした平たい物体だ。これはいったい何なのか。

「耳だ……」

秀島が言った。ぎょっとして、藤木はもう一度写真に注目した。

まさか、と思った。だが秀島が言うとおり、たしかに耳のように見える。刃物で切り落とされたような痕跡があった。この形状からすると、おそらく右耳だ。

藤木は思い出した。三十年前、守屋誠の遺体から切り取られていたのはどちらの耳だったか。そう、右耳だ。

――ここに写っているのは、守屋誠の耳なのか？

そうだったとして、その右耳がなぜ液体とともに瓶詰めされているのだろう。もしかしたら、これはホルマリン液に浸けられているのではないか。

続いて、二枚目の写真に目を向けた。こちらは人物写真だ。ひとめ見て、はっとした。写っているのは、みな知っている人物だったのだ。かなり昔の撮影だと思われるが、顔の特徴などから当人たちだとわかる。

ひとりは黒い家の持ち主である別所賢一だった。動物学者だったということだが、今は老人ホームで余生を送っている。認知症を発症したのか、話が通じない人物だ。

ふたり目は多岐田雅明だった。三十年前の小学生殺害・死体遺棄事件のあと行方をくらまし、最近になって居場所がわかった男。現在、岸・石野組が監視を続けているはずだ。

そして三人目。これは佐々木克久本人に間違いない。守屋誠が小学二年生だったときの担任で、将棋クラブの顧問でもあった。学習塾に再就職すると同時に、この部屋に引っ越してきた。病気治療を続けていたが、今年の二月、部屋で殺害されてしまった男性だ。

「三人は面識があったんですね」秀島がささやきかけてきた。「一緒に耳の写真もあります。ということは……」

おそらくな、と藤木はうなずく。三人は知り合いだった。そして、ここには右耳の写真もある、この三人が守屋誠を殺害した犯人グループだったのではないだろうか。

何か察したという様子の藤木たちを、植草は怪訝そうな目で見ていた。今や彼女にとって、この部屋の何もかもが不気味と感じられることだろう。

写真を預からせてほしいと彼女に伝えたあと、藤木はひとつ息をついた。それから秀島のほうを向く。あえて明るい調子で、藤木は相棒に話しかけた。

「こういうことがあるから、足を使うのは大事なんだよな」

「……ですね」と秀島。

藤木は写真を鞄にしまったあと、あらためて植草に言った。

「ありがとうございました。あなたのおかげで、重要な証拠品が見つかりました」

「刑事さん、あの……」彼女は拝むような仕草をした。「私が小久保さんじゃないこと、黙っていてもらうわけには……」

「ああ、はい、我々は聞き込みに来ただけですのでね。……それより、今後、不審者を見かけたら連絡をもらえませんか。ご協力よろしくお願いします」

携帯電話の番号をメモして、藤木は相手のほうに差し出す。

植草はおずおずとそれを受け取り、小さく頭を下げた。

2

佐々木克久が教職を辞したのは二十五年前だった。

父親の話では、そのあとスーパーなどでアルバイトをしたが、のちに学習塾で働き始めたという。彼の心情を想像することは容易だった。

憧れの小学校教諭を長く続けることができず、実家に戻った。とりあえずアルバイトを始めたが、なかなか慣れなかったのではないか。ほかの就職先を探し始め、その結果、学習塾に採用されたのだろう。塾であれば子供にものを教えたいという希望は満たされる。適性から考えても、本人は納得して勤務できたに違いない。

「連絡がつきました。このあと訪ねても大丈夫だそうです」

電話をかけていた秀島が、こちらを向いて言った。彼はそのままスマホを使って、移動経路を調べてくれた。

「佐々木さんが勤めていた教室は、このマンションと同じ府中市内にあります。バスでも行けますが、乗り継ぎが面倒ですね」

「わかった。タクシーで行こう」

道を流していたタクシーをつかまえ、藤木たちは乗り込んだ。運転手に行き先を告げると、同じ市内だからすぐにわかってくれたようだ。

学習塾に到着したのは、約十分後のことだった。

中学生、高校生を対象とした塾らしく、昼前のこの時間帯、生徒は誰もいない。しかし教室自体は開いていて、何人かの講師が授業の準備をしているところだった。

藤木たちが受付のカウンターに向かうと、部屋の奥から男性の声が聞こえた。

「ああ、警察の方ですよね。お待ちしていました」

歳は五十過ぎだろうか。眉の太い男性がこちらにやってくるのが見えた。

「警視庁の秀島です」ここでは彼が質問する手はずになっている。

「室長の岩尾《いわお》です」

彼は秀島に名刺を手渡した。それから、どうぞどうぞと奥へ案内してくれた。

岩尾は空いていた教室に入り、椅子を勧めてきた。藤木と秀島は授業用の長机を挟んで、彼と向かい合った。机の上には生徒の落書きなどがあって微笑ましい。

「早速ですが」秀島が質問を始めた。「佐々木克久さんについてお訊きしたいと思います。ご遺体を発見したのは、佐々木さんの上司の方だったんですよね？」

「そうです。私です」岩尾は顔を曇らせて答えた。「連絡がつかないので、マンションを訪ねまして……」

岩尾の話は、事前に藤木たちが調べておいた捜査資料と一致していた。

「遺体の耳が血で汚れていた、という証言があったんですが、気がつきましたか？」

「すみません、私は現場をよく見ていないんです。佐々木先生が倒れているのを見て、気が動転してしまって……。それで、ずっと共用廊下にいました。不動産会社の人はけっこう平気だったようで、玄関から部屋の中を見ていましたけど」

藤木は先ほど会った、不動産会社の葛原を思い出した。彼が事件現場を見ても動転しなかったのは、職業柄そういうことに慣れているからだったのか。それとも、個人的に冷静さを失わない性格だったからか。

秀島は質問の内容を変えた。

「佐々木さんはどんな方だったんでしょうか」

「真面目な人でしたよ。教え方が丁寧なので、生徒からの評判もよかったですね。……ただ、佐々木先生はちょっと消極的な性格でね。いろいろ気に病むことも多かったようです」

小学校教諭時代にも人間関係で苦労したと聞いている。とにかく佐々木は気の弱い人物だったのだろう。

「誰か、特定の生徒とのトラブルなどはありませんでしたか」

「それはなかったと思います。一部の生徒からはかなり慕われていましてね。子供たちに人気がある漫画やアニメをよく調べていたようで」

「なるほど。生徒たちとのコミュニケーションを大事にしていたんですね」

納得したという顔で秀島はうなずく。

「ですから、病気になる前は、本当に何の問題もなかったんです」

「ああ……。佐々木さんのお父さんからうかがいました」秀島は声のトーンを落とした。「去年、病気が見つかったらしいですね。かなり難しい病状だったとか」

「そのようです。休みが多くなってきたので、私も心配になりまして……。でも、デリケートな問題ですから、病気についてあまり詳しくは訊けませんでした」

一定の期間、仕事を休むという選択肢はなかったのだろうか。訊いてみたい気もしたが、藤木は黙っていた。それは仕事の内容にもよるだろうし、会社の事情にもよるだろう。半年以上も休ませてもらえた自分は、おそらく幸運だったのだ。

「病気以外に、佐々木さんが何かで困っていたとか、そういうことはありませんでしたか」

秀島に問われて、岩尾は首をかしげた。

「どうですかね。ちょっと記憶にありませんが……」

ほかにも質問を重ねてみたが、これといって思い出すことはないようだ。

藤木は腕組みをして考えを巡らした。そうしているうち、窓の外の人影に気がついた。同僚の講師だろうか、ジャケットを着た三十歳ぐらいの男性だ。藤木と目が合うと、彼は慌てたように廊下を去っていった。

ありがとうございました、と岩尾に礼を述べ、藤木と秀島は立ち上がる。

教室を出て、岩尾の案内で出入り口のほうへ戻っていく。その途中、右手に休憩室が見えた。飲み物の自販機があり、白い丸テーブルがいくつか置いてある。先ほどの男性が椅子に腰掛けているのが見えた。

「岩尾さん、ちょっとよろしいですか」藤木は言った。「あの方は？」

休憩室を覗いて、岩尾は「ああ」とうなずいた。

「栗山《くりやま》先生です。そういえば、たしかあの人は佐々木先生と親しかったですね」

「少し話を聞きたいんですが、かまいませんよね」

藤木たち三人が休憩室に入ってきたのを見て、男性講師は驚いたようだ。彼は顔を強張らせ、椅子の上で身じろぎをした。

「栗山さんですね？」藤木は足早に近づいていった。「警視庁の藤木といいます。さっきこちらを見ていましたよね。私たちが何をしに来たか、ご存じなのでは？」

「あ……ええと、僕は……」

彼は言い淀み、舌の先で自分の唇を舐めた。緊張しているのがよくわかる。だが、先ほど藤木たちを見ていた彼の表情には、何か言いたそうな気配があった。

「我々は佐々木克久さんの件でお邪魔しているんです」

「はい。室長先生から聞きました」

彼は岩尾をちらりと見ながらうなずいた。栗山の振る舞いには自信のなさが感じられる。類は友を呼ぶ。佐々木と親しかったこの男性は、佐々木と同じようにおとなしく気弱な性格なのではないか。

「勘違いだったらすみませんが、もしかしたら、何か我々に話したいことがあるんじゃないですか？」

その質問が栗山の気持ちを後押ししたようだ。彼はもう一度岩尾の様子を窺ったあと、藤木に向かって深くうなずいた。

「僕なんかがよけいなことを言っちゃいけないと思ったんです。でも、佐々木先生の件で刑事さんが来ると聞いて、気になってしまって……」

「ぜひ聞かせてください。あなたの情報で、捜査が進展するかもしれません」

栗山はまだ少しためらう様子だったが、やがて口を開いた。

「ここに就職してから、僕は佐々木先生のお世話になってきました。先生とは気が合って、よく食事に誘ってもらっていたんです」

「そうだったんですか」話がスムーズになるよう、藤木は相づちを打った。「いい先輩だったんですね。どうでした？　何か個人的な話もありましたか」

「佐々木先生から、肝臓の病気のことを聞きました」

そこで栗山は黙り込んでしまった。当時のことを思い出して心を痛めているのか。それともほかの理由があるのか。いずれにせよ栗山は口の重いタイプのようだから、呼び水が必要だろう。

「お父さんから、佐々木さんの病気はだいぶ悪かったらしいと聞いています。佐々木さんはあなたに、何か具体的なことを打ち明けませんでしたか？」

「いえ、詳しいことまでは……。でも愚痴というんですかね、佐々木先生はぽつりぽつりと話してくれました。薬をのんでいるけれど、それは治療のためじゃなかったそうです。目的は延命なんだと言っていました」

「そんなに悪かったんですか……」

無意識のうちに、藤木は小さくため息をついてしまった。詳しいことはわからないが、がんであればステージⅣだろう。もはや外科手術などでは対処できず、進行を遅らせる薬をのみ、痛みがあれば鎮痛剤を使う。そうやって残り少ない命を延ばす。すでに彼は末期の状態だったのだ。

こういう話になると、どうしても亡くなった妻のことが頭に浮かんでくる。痛みをこらえる辛そうな顔が脳裏をよぎる。また、ため息が出そうになる。

いや、気持ちを切り替えなければ、と藤木は自分に言い聞かせた。個人的なことは一旦おいて、目の前の仕事に集中しなければならない。

「……佐々木さんは仕事を休みがちだったと聞きました」

そう言ったのは秀島だった。藤木の質問が途絶えたので、話を継いでくれたのだ。

「栗山さんから見て、佐々木さんは辛そうでしたか？」秀島が重ねて尋ねた。

「仕事の途中、薬をのんでいるのを見ました。食事のときに聞いたんですけど、終活っていうんでしょうか。佐々木先生は人生の整理のようなことをしてるって話していました」

　これは予想外の情報だった。佐々木はそんなことまで同僚に話していたのだ。

「何をどう整理しようとしたんでしょうか。たとえば、身の回りのこととか？」

「いえ、もっと別の……たぶん昔のことだと思います。ひどく滅入った様子で、こう言っていました。『罪を犯した人間には、やっぱりバチが当たるんだね』と。それから、これは聞き違いかもしれないんですが、『十三階段を下りたら、そこは墓場だ』というようなことをつぶやいていました」

　藤木は隣にいる秀島と顔を見合わせた。正確な情報かどうかはわからない。だが、かなり気になる話だった。

「二月、佐々木さんが亡くなってすぐ、警察の人がこの学習塾に来ました」栗山は言った。「そのとき僕は気が動転していて、たいしたことは話せなかったんです。でも、あとでいろいろ考えているうち、そういえば、と思い出して……」

「それで今、話してくれたわけですね。感謝します」

　藤木が目礼をすると、栗山は戸惑うような表情を見せた。

「正直、迷いました。『罪を犯した人間』なんて話は、たぶん佐々木先生にとって不名誉なことですよね」

「だからこそ、はっきりさせる必要があります」藤木は相手にうなずきかけた。「過去に不名誉なことがあったとしても、それを明らかにしなければ、佐々木さんを殺害した犯人は見つかりません。ですから栗山さん、あなたは立派なことをなさったと思いますよ」

「僕は、佐々木先生に恨まれたりしませんかね」

「大丈夫。あとは警察に任せてください」

不安そうな栗山に向かって、藤木はそう言った。


念のためほかの講師たちにも話を聞いたが、これといった情報はなかった。

午後一時を過ぎたころ、藤木たちは学習塾を出た。昼飯にしようと、飲食店を探して歩きだす。秀島はたまたま見つけた天ぷらの店がいいと言ったが、藤木のほうは脂っこいものが得意ではない。先輩の権限で、蕎麦屋に入ることにした。幸い単品の天ぷらもあるから、秀島の希望も満たされるだろう。

店内には客がふたりしかいなかった。彼らから離れたテーブル席で、藤木たちは遅めの昼食をとった。

「さっきの話だがな」声を低めて藤木は言った。「佐々木克久が過去、罪を犯していたことは間違いなさそうだ」

「そのせいで病気になってしまった、と思っていたわけですね。落ち着いて考えれば、そんなはずはないとわかるでしょうに」

「気持ちが弱ってくると、そうなるんだよ。何を見ても因果だと感じてしまう。……俺だってそうだった。振り返ってみれば、殺人班時代の俺はずいぶん配慮のない人間だった。あるときは、泣いて謝る被疑者を家族の目の前で逮捕した。別のときには、夫を亡くして取り乱す奥さんに対して、いらいらしながら事情聴取をしてしまった。そういうことが積み重なって俺の妻は病気になり、亡くなったんだと、真剣に思ってしまったよ」

天ぷらをつまむ箸を止め、秀島は小さくうなずいている。

ああ、またやってしまったな、と藤木は後悔した。

「……すまない。何かというと、すぐ女房の話をしてしまうな。よくない癖だ」

藤木は軽くため息をついたあと、鴨南蛮を啜った。慌てていたせいで、つゆがワイシャツの袖に跳ねた。ああ、ちくしょう、と藤木は舌打ちをする。お冷やを紙ナプキンに少し垂らして、ワイシャツの袖を拭いた。

「変なことを言っていいですか」秀島は箸を置いた。「たぶん、奥さんがまだいるんですよ、藤木さんのそばに」

「え？　何だよ、急に」

「たびたび思い出すのは、奥さんの気配がまだあちこちにあるからでしょう。気にするのは、むしろ自然なことだと思います」

藤木はしばらく考えたあと、口を開いた。

「俺は幽霊とか霊魂とかは信じない人間だった。……でも何だろうな、今になってみると、君の言うようなこともありそうな気がする」

「そうでしょう？　藤木さんが忘れずにいる限り、奥さんはずっと見守ってくれていますよ」

「ありがたいね。涙が出てくる」藤木は苦笑いを浮かべた。「俺なんかには一番似合わない話だ」

人というのはずいぶん変わるものだ、と藤木は思う。それは歳をとってみて、そして伴侶を亡くしてみて初めてわかることだ。

電話の着信音が鳴りだした。藤木はポケットを探ってスマホを取り出す。席を立ち、トイレに続く廊下の辺りまで移動した。

液晶画面を確認すると、上司の名前が表示されていた。

「はい、藤木です」

「大和田です。今、話せますか」

「大丈夫ですよ。食事中ですから」

「ちょっとおかしなことが起こりました。警視庁のウェブサイト経由で、警察にメールが届いたんです」

「メール？　いったい何ですか」

「三十年前の小学生殺害事件について書かれていました。青梅市という地名と、守屋誠という個人名が書いてあって……」

えっ、と藤木は声を上げそうになった。慌てて口元を右手で押さえ、スマホに向かってささやくように言った。

「誰が送ってきたんですか」

「発信者は不明。サイバー犯罪対策課に調べてもらっていますが、突き止めるのは難しそうです」

「……メールの本文は？」

「読みますよ。『今日、青梅第八小学校へ行け。重大な事実がわかる』とあります」

「青梅第八？　それって誠くんが通っていた小学校ですよ」

藤木はまばたきをした。そのメールの情報はあまりにも細かく、そして正確だ。

「メールの送り主は、三十年前の事件に関係あるのかもしれない。藤木さん、その小学校には聞き込みに行きましたっけ？」

「当時の担任には会いましたが、小学校には行っていません。三十年経って、もう先生も生徒も入れ替わっているから意味がないと思って」

「今日その小学校に行けというんですが、何かあるんだろうか……」

大和田に問われて、藤木は記憶をたどった。そうだ。自分たちは一昨日、守屋誠の同級生からある情報を得ている。

「誠くんの同級生に大城修介という男性がいます。建築会社の社長なんですが、彼が言っていました。今日、タイムカプセルの発掘イベントがある、と。三十年前、彼らが小学四年生のとき埋めたものだそうです」

「守屋誠が殺害された年か……」

「ええ、その年にカプセルを埋めたんです。事件の前かあとかはわかりませんが」

話を聞いて、大和田はすぐに決断したようだった。

「至急、秀島と一緒に小学校に行ってもらえますか。犯罪の予告ではないが、何か起こるおそれがある。警戒してください。もし人員が必要なら早めに連絡を。その場合、俺から所轄に応援を要請します」

「わかりました。このあとすぐ現地に向かいます」

電話を切って、藤木はスマホの画面をじっと見つめた。

そのイベントに参加するため同級生たちに声をかけている、と大城は話していた。

三十年ぶりに友人たちが集まるのだ。もし犯罪者が何かを企んでいるのなら、今日のイベントをひとつのチャンスだと考えるのではないか。

ふと目をやると、店の隅から秀島がこちらを見ていた。怪訝そうな表情だ。

藤木はスマホをポケットにしまって、テーブル席に向かった。

3

タクシーを降りて、藤木たちは校門へと走った。

腕時計を確認すると、まもなく午後一時四十分になるところだ。土曜の午後なので授業は行われていない。校庭に生徒たちの姿はなく、がらんとした状態だった。

校舎の一階で事務の女性を見つけて、警察手帳を呈示する。

「警視庁の者です。今日、タイムカプセルの発掘イベントが行われていますよね？」

藤木に気圧されたのか、相手は何度かまばたきをした。

「そうですけど……どうして警察の方が？」

「大城さんから話を聞いたんです。大城建業の社長さん、ご存じですか」

「ああ、お知り合いなんですね。今日の発掘は大城建業さんにお願いしていまして……。パワーショベルを使っていますよ」

かなり大掛かりな作業らしい。藤木が想像していたのは、みなでシャベルを持って地面を掘るという光景だったが、そんなことをしていたら日が暮れてしまうのだろう。

「どこでやっているんですか？」

「体育館の北側です。ＰＴＡや近隣の方もいらっしゃっていると思います。取材の方も何人か……」

場所を教えてもらい、藤木と秀島は校舎の裏へ回り込んだ。

体育館の向こう側、日の当たらない場所に人だかりが見えた。《大城建業》とペイントされたトラックが一台停まっている。その近くで唸るような音を立てているのは、俗に「ユンボ」と呼ばれるパワーショベルだ。塀から五メートルほど離れた場所に穴を掘っていた。

藤木たちは発掘現場に近づいていった。秀島はスマホで辺りを撮影し始める。

現場近くには大勢の男女がいた。遠くから見守っている二十人ほどは、ＰＴＡ関係者や近隣住民だろうか。ほかに、大型のカメラを構えた人物がふたりいる。ローカル紙などの記者だろう。

彼らとは別に、四十歳前後の男女が百人ほどいた。彼らは当時小学四年生で、タイムカプセル埋設イベントに関わった卒業生たちに違いない。普段着の人が多く、中には子連れもいる。みな期待の表情を浮かべていた。

ユンボに近い場所に、作業用のジャンパーを着た男性がいた。身長百八十センチ少々、がっちりした体つきの人物だ。彼の横にはシャベルを持った作業員がふたりいて、何か言葉を交わしながらユンボを見守っている。

「大城さん」

藤木は声をかけたが、作業音が大きくて聞こえていないようだ。そばに行き、うしろから背中をつついてみた。

「すみません、大城さん」

「ああ、刑事さん」ようやく気づいて、大城修介は会釈をした。「先日はどうも」

「作業を見せてもらってもいいですか」

もちろんです、と言ったあと、大城は察したという顔になった。

「そうか。情報収集ですね。今日は当時の同級生たちが集まっていますから」

「かなりの人数ですよね」

「ええ、一組から七組までです。四年生の全クラスでタイムカプセルを埋めたんですよ」

そういうことか、と藤木は納得した。しかし七クラスの人間が集まったとなると、人数が少ないように感じられる。仕事で来られない者や、連絡がつかなかった者がいるのだろう。

最初のうちはみなユンボを見つめていたが、そのうち少し飽きてきたのか、あちこちで雑談が始まった。男性も女性も三十年ぶりの再会を喜び、話に花を咲かせている。

「え、あなた美奈《みな》ちゃん？　うわあ懐かしい」

「よっしーは全然変わらないねえ」

「向こうに熊井《くまい》くんがいたよ。洋子《ようこ》が好きだった人」

「やあだ。そんなんじゃないって」

女性たちはオーバーな仕草で話している。ときどき笑い声が起こる。みな当時を思い出し、子供に戻ったようにはしゃいでいた。

藤木は秀島の耳元に顔を近づけ、ささやいた。

「不審者がいないか警戒してくれ」

「了解です。ぶらついているふりをして観察しましょう」

手持ち無沙汰という顔をして、秀島はゆっくり歩きだす。藤木は辺りに注意を払いながら彼のあとを追った。

卒業生たちから少し離れたところに、ぽつんと立っている者が何人かいた。あちらにひとり、こちらにひとりという感じで、みな所在なさげな様子だ。彼らはユンボの動きをビデオ撮影したり、スマホの画面を見たりしている。そんな人たちの中に見知った顔があった。

一昨日、聞き込みに応じてくれた三和智之だ。三十年前、守屋誠と親しくしていた人物で、事件のあった日、誠は三和のところへ行くと言って自宅を出た。しかし実際には、誠は訪ねてこなかったという。

「こんにちは。先日はありがとうございました」藤木は愛想よく声をかけた。

「ああ、どうも……」

三和は神経質そうな目でこちらをじっと見た。一昨日は自動車整備会社の作業着姿だったが、今日はグレーのズボンにハーフコートという恰好だ。

「あんな機械を使って掘り出すんですね」藤木はユンボを指差した。

「埋めるときも、ああいう機械を使ったんですよ」三和はわずかに眉をひそめた。

「三十年前は大城の父親が埋めました。そして掘り出すのは息子です。あの親子、本当に抜け目がありませんよね」

彼の顔には不快感が滲み出ていた。なるほどな、と藤木は思う。守屋誠も三和智之も、内向的でおとなしいタイプだった。活発で交友範囲の広い大城とは、おそらく馬が合わなかっただろう。もしかしたらクラスでいじめがあったのではないか、と以前自分が想像したことを藤木は思い出した。

「三和さん、その後、何か気がついたことはありませんでしたか」

「ないですね、特に」

もともと話が弾むような相手ではないが、それにしても雰囲気がよくない。

「楽しみですね、タイムカプセル」藤木は明るい声を出した。「夢があっていいじゃないですか。何が出てくるんだろう」

「埋めたものしか出てきませんよ。中に入っているのは作文と記念品です。作文はほら、よくありますよね。三十年後の自分へ、とかそういうやつです」

「記念品は？」

「人によって違います。ビー玉とか写真とかね。まあ、子供のことですから」

「三和さんは何を入れたんです？」

「……忘れましたよ」

話を切り上げ、三和は藤木から離れていった。

卒業生たちが輪になって雑談しているのが見えた。話の中心にいるのはぽっちゃりした女性だ。テレビタレントのような丸い眼鏡をかけ、にこにこしながら話している。当時、クラスの担任だった宮本泰子だ。

「宮本先生、こんにちは」藤木に代わって、今度は秀島が声をかけた。「今日はお天気に恵まれましたね」

「あら、わざわざいらしたんですか」

「カプセルをぜひ拝見したいと思って。……先生も何か入れたんですか？」

「生徒たちと同じように作文と記念品をね。ああ、でも読むのが怖いわ。歳をとったんだなあって、情けなくなりそうで」

「そんなことはないですよ。だって先生、タイムカプセルに入っているのはみんなの夢でしょう」

あはは、と宮本は笑う。それにつられて、周りにいる女性たちも口元を緩めた。

「宮本先生、お知り合いですか？」と、ひとりの女性が尋ねた。

「警視庁の刑事さんよ」

「え……。警察の人？」

正体がわかった途端、みな警戒するのではないかと藤木は危ぶんだ。だが実際の反応は違っていた。女性たちは興味津々という顔で秀島を見ている。

「本物の刑事さんって初めてだわ。今日はお仕事で？」

「それはそうよねえ。刑事さん、何を調べているんですか」

「協力しますから、ゆっくりお話ししましょうよ」

「私、刑事さんのこと詳しく知りたいわあ」

秀島は注目の的だった。やっぱり彼は女受けがいいなあ、と藤木は思う。

「先生、タイムカプセルを埋めたのは三十年前の今日だったんですか？」

藤木は秀島のうしろから尋ねた。女性たちは一斉に藤木を見たが、すぐに目を逸らしてしまった。五十年配の男には興味がないようだ。

「いえ、二十一日ではなかったわね」宮本は首をかしげた。「たしか土曜日だったはずだけど……」

「十月十六日ですよ」茶髪の女性が言った。「私、懐かしくて昨日調べてみたんです」

藤木は記憶をたどった。三十年前、守屋誠が行方不明になったのが九月六日。遺体が見つかったのが十三日だ。そのおよそ一カ月後にタイムカプセルが埋設されたわけだ。

少し気になることがあった。藤木は数歩進んで、宮本のそばに行った。

「先生、『あの子』の件はどうだったんでしょう」小声で尋ねてみる。

宮本は顔を曇らせ、同じように小声で答えた。

「もちろんみんな悲しみましたよ。でも、そういうときだからこそ生徒たちを励まさなくちゃ、ということでね。遠足や校外学習もやりました。カプセルも予定どおり埋めたんです」

一週間か二週間は喪に服すような雰囲気だったかもしれない。しかし子供たちの教育上、気分を変えてやるような行事も必要だったのだろう。

宮本に会釈をして、藤木たちはまた歩きだした。

比較的、地味な服を着た女性たちがいた。秀島が藤木にそっと尋ねてきた。

「どうします？　誠くんのことを訊いてみてもいいですか」

「……そうだな。この際、その話題をぶつけてみるか」

秀島はうなずくと、にこやかに笑いながら女性たちに近づいていった。

「こんにちは。警視庁の者です。実は我々、亡くなった守屋誠くんについて調べているんですが、何か覚えていることはありませんか」

卒業生たちは顔を見合わせている。眼鏡をかけた女性が声を低めて言った。

「それ、もう三十年も前の事件ですよね」

「我々は未解決事件を捜査する係なんですよ。彼のことで、何か覚えていたら教えていただけませんか」

秀島が頭を下げると、みな真剣に記憶をたどり始めたようだ。

「守屋くんねえ……」大きなブローチをつけた女性が言った。「おとなしい子でしたよ。ほとんど話したことはなかったですね。ちょっと近づきにくい感じがあって」

「私は、守屋くんがひとりで自転車に乗っているのを何度か見ました」ショートカットの女性が証言してくれた。「行き先はわからなかったけど」

「『気味の悪いぶつぶつがある耳のおもちゃ』というのを知りませんか」

「え？　何ですか、それ」

「じゃあ、『耳と指とどっちがすごい』という話は？」

「知りませんけど……」

ほかにも秀島がいくつか質問したが、なかなか新しい情報は出てこない。

今度は藤木が尋ねてみた。

「佐々木先生という方がいましたよね。将棋クラブの顧問だった人です」

「はいはい、いました」ブローチの女性がうなずいた。「そういえば、あの先生もかなり内気な人だったんですよね。守屋くんと少し似ていたかも」

「優しい先生だったよね」ショートカットの女性が言った。「でも、なんていうのかな、生徒から舐められるようなところがあってね」

「今思えば、先生たちの間でもちょっと変な空気がありましたよ。しばらくして辞めたって聞きましたけど、もしかしたら学校にいづらくなったんじゃないかな」

「そういえば、タイムカプセルを埋めたときの責任者って佐々木先生だったよね？」

「たしかそうね。まだ若かったから、面倒な行事を押しつけられたのかな」

女性たちは佐々木に同情する様子だった。当時彼女たちは小学四年生だ。そんな子供にも気づかれたぐらいだから、佐々木が苦労していることは多くの人に知られていたに違いない。

気弱だった佐々木は、いったいどんな気持ちで日々の仕事をしていたのだろう。藤木はひとり腕組みをして、じっと考え込んだ。

まもなく午後二時二十分になるというころ、タイムカプセルが見つかった。

ここからは機械ではなく手作業になるらしい。大城の指示を受け、二名の部下がシャベルを持って地面を掘り始めた。カプセルというと丸いものを想像しがちだが、出てきたのは防水シートに包まれた四角い箱だった。シートを剝がしてみると《四年七組》という文字と、埋設した年月日が現れた。先ほどの女性が言っていたように、埋設日は三十年前の十月十六日だ。

ひとつ見つかったあとはスムーズだった。ところによっては再びユンボの力を借りたが、大事なところは人力で掘っていく。四年六組、五組と順番にカプセルが出てきて、じきに一組まですべての発掘が終了した。

卒業生たちはかつてのクラスごとに集まり、タイムカプセルを開封し始めた。

藤木と秀島は四年二組のカプセルに注目した。宮本や卒業生たちが見守る中、大城が箱の蓋を開ける。彼は埋設物を取り出し、持ってきたレジャーシートの上に並べていった。ひとり分ずつ原稿用紙と記念品が、名前入りのビニール袋に収めてある。

それらの袋を並べていくうち、大城は何かに気づいたようだった。彼が手に取ったのは小さな布袋だ。名前は書かれていない。

「先生、こんな布袋入れたっけ？」

大城は振り返って、宮本の顔を見た。

「何かしら。全部、透明な袋に入れたはずなんだけど……」

袋の口を開いて、大城は中身を取り出した。小さなガラス瓶だ。手のひらに収まるほどのサイズで、中に液体が入っているようだった。

彼はその瓶に顔を近づけ、じっと見つめた。首をかしげたあと、軽く瓶を振って中の液体を攪拌する。それからもう一度、液体の中のものを凝視した。

次の瞬間、大城は悲鳴を上げて飛び退いた。彼の手からガラス瓶が落ちる。レジャーシートの上を三十センチほど転がっていった。

「どうしました？」

異変を感じて藤木は声をかけた。地面に尻餅をついている大城に、うしろから近づいていく。彼の肩に手をかけ、体を支えてやった。

大城は動揺して返事ができないようだ。落ちたガラス瓶を指差し、唇を震わせている。

藤木は急いで白手袋を嵌め、瓶を拾い上げた。泡立った液体の中に、何かが沈んでいる。さまざまな角度から藤木はそれを観察した。そして息を呑んだ。

人間の耳だ。

サイズは明らかに大人のものより小さい。片側に刃物で切断された痕があった。

——誠くんの遺体からは、右耳が切り取られていた！

左耳は切り傷がついた状態で遺体に残されていた。だが右耳はずっと見つからなかったのだ。それが今、タイムカプセルから出てきたのではないか？

なぜこんなところに入っていたかはわからない。だがこの耳は三十年間、地面の下にあった。それを今になって同級生たちが発掘したのだ。

四年二組の卒業生たちは、青ざめた顔で言葉を交わし始めた。ざわめきが波のように広がっていく。やがてそれはほかのクラスにも伝染した。騒ぎに気づいて記者たちが近づいてきた。カメラを構え、発掘された品やガラス瓶を撮影しようとする。

「離れてください！」藤木は声を上げた。「みなさん、離れて。取材の方もです」

強い声で指示され、卒業生や記者たちは数歩うしろに下がった。

藤木は塀のそばに移動し、人々に背を向けてガラス瓶を隠した。秀島も手袋をつけ、急ぎ足でこちらにやってくる。藤木は彼に瓶を手渡した。

強張った顔で、秀島は瓶を観察し始めた。

「耳ですね。間違いなく人間の耳だ」

「刃物で切られた形跡があるよな」藤木は眉をひそめて言った。「被害者のものだろう。それがどうして、こんなところに入っていたのか……」

そうですね、とつぶやいたあと、秀島は大きく目を見開いた。口を少し開けたまま、何も言えずにいるようだ。信じられないという顔で瓶を見つめている。

「どうした？」

ガラス瓶と秀島とを見比べながら藤木は尋ねた。彼はいったい何に気づいたというのか。

こちらを向き、秀島はかすれた声で言った。

「藤木さん、これは左の耳です。誠くんのものじゃありません」

4

窓ガラスを叩く雨の音が一段と強くなった。

昼過ぎにはよく晴れていたのだが、夕方から雲が出始めた。風もあった。やがてぽつりぽつりと地面が濡れ、じきに本格的な降り方になった。

午後七時、聞き込みを終えた藤木と秀島は打ち合わせの場所にいた。

ここは青梅警察署の会議室だ。先ほどからずっと、窓ガラスを洗うように雨粒が流れ落ちている。静かなこの部屋にいると雨の音、風の音がよく聞こえる。

「すまない。遅くなった」

ドアが開いて、大和田係長が姿を見せた。スーツに付いた水滴をハンカチで拭いながら、こちらにやってくる。

支援係のメンバーは立ち上がって上司を迎えた。ロの字形にした長机には藤木と秀島、岸と石野がいる。全員、緊張した表情だった。

「ああ、座ってくれ」

そう言って大和田は椅子に腰掛けた。藤木たちも彼にならって自分の席に座る。

秀島がみなの机に資料を配った。それを見ながら、打ち合わせを進めることになった。

「急遽、集まってもらって申し訳ない」大和田は部下たちを見回した。

「いえ、大和田さんのほうが大変だったでしょう」藤木は言った。「我々はもともと青梅市にいましたから」

「事態が事態だから、俺が移動したほうが早いと思ったんです」大和田は資料を開いた。「しかし、まったく予想外の展開だな。タイムカプセルに人間の耳とは……」

その件を電話で伝えたとき、藤木はかなり早口になっていたのではないかと思う。自分はいつになく驚き、焦っていた。そして報告を受けた大和田もまた、動揺を隠せずにいたようだった。

事態を重く見て、大和田は桜田門からここ青梅署にやってきたのだ。

藤木は資料を手にして椅子から立ち、ホワイトボードのそばへ移動した。状況を一番よく知っているのは自分と秀島だ。マーカーで要点を書きながら、事の経緯を説明していった。

「本日午後、青梅第八小学校の校庭でタイムカプセルの発掘イベントが開かれました。発掘作業の間、私と秀島は三十年前の事件について情報収集を行いました。午後二時二十分ごろ最初の一個が見つかり、全部で七つのカプセルが掘り出されました」

配付された資料には現場写真が載っている。穴を掘るパワーショベル、それを見守る人々、のちに発掘された七つのカプセル。すべて秀島が撮影したものだ。

「守屋誠くんは四年二組でした。そのクラスのタイムカプセルを開けてみたところ、人間の耳を液体に浸けたものが出てきました」

資料には問題のガラス瓶も掲載されている。写真なので伝わりにくいが、手に持って中身を確認したときの衝撃は今でも忘れられない。

ここで秀島が発言した。

「青梅署に協力を要請しました。ガラス瓶の指紋を採取してもらい、中の液体も調べてもらいました。ホルマリンですね」

「何者かが保存のため、ガラス瓶に入れたことは間違いありません」藤木は資料の写真を指差した。「問題は、これが誰の耳かということです」

「左耳だったんですよね？」

そう尋ねたのは岸だった。いつも飄々としている彼が、今はさすがに険しい顔をしている。

「ええ、そうです」藤木はうなずいた。「誠くんの遺体には左耳が残されていました。従って今回見つかった左耳は、別の人間のものです。青梅署の鑑識に訊いてみたんですが、サイズから考えて子供のものだろうという見解でした」

その言葉の意味することは、すぐみなに伝わったようだ。

「もうひとり、子供が被害に遭っていたわけですね」岸が低い声で唸った。「切断されたのは三十年前か、それ以前……。タイムカプセルの埋設イベントのときには、もうホルマリン漬けにされていたってわけだ」

「耳は、青梅署から桜田門の鑑識課に移送してもらいました。至急ＤＮＡを調べるよう頼んであります」

比較対象がなければ誰の耳なのか特定することはできない。だが細かく分析すれば、男性か女性かは判明するだろう。そのほかにも何かわかることがあるかもしれない。

「当時、守屋誠ではない子供が、行方不明になった事件はなかったのかな。あるいは、耳のない子供の遺体が見つかったとか。石野、どうだ？」

岸に問われ、石野は慌てた様子でノートパソコンの画面を見つめた。両手を素早く動かし、データ検索を始めたようだ。

「ええと……警察のデータベースでは該当なし、ですね」

「ネット検索では？」

「はい……。今調べていますけど、こちらもヒットしません。あ……でも私が見落とした情報があるかもしれないので、もう一度しっかり調査してみます」

石野は釈明するような口調で言う。それを聞いて、岸は軽くため息をついた。

「おまえに限って凡ミスはないはずだよ。それはコンビを組んでいる俺が、一番よくわかってる」

「あ……はい、恐縮です」

「もう少し自信を持って仕事をしたほうがいい。いつもそう言ってるよね？」

「……すみません」

肩をすぼめて石野は言った。ただでさえ自信がないのに、岸に注意されたものだから萎縮してしまったのだろう。彼女はペンケースからボールペンを出して、ノートにメモをとり始めた。今、注意されたことをわざわざ書いているようだ。

「気になるところを、ざっと挙げてみました」

そう言って、藤木はホワイトボードを指差した。

【1】守屋誠
（1）行方不明になった日、どこへ出かけたのか。

（2）普段、自転車でどこへ行っていたのか。
（3）三和智之は事件に関わっていたのか。
（4）大城修介の証言「気味の悪いぶつぶつがある耳のおもちゃ」とは何か。
（5）書店主人の証言「耳と指とどっちがすごいと思う？」の意味は何か。

【2】佐々木克久
（1）佐々木克久は小学生殺害・死体遺棄事件に関わっていたのか。
（2）右耳の写真と三人組の写真は何を意味するのか。右耳の写真は守屋誠のものか。
（3）佐々木克久は誰に殺害されたのか。動機は何か。
（4）小学生殺害・死体遺棄事件と佐々木克久殺害事件は関係あるのか。
（5）学習塾講師の証言「十三階段を下りたら、そこは墓場だ」の意味は何か。

【3】多岐田雅明ほか
（1）多岐田雅明は小学生殺害・死体遺棄事件、佐々木克久殺害事件と関係あるのか。
（2）多岐田雅明と的場静雄、浅田聡はどのような関係か。

（３）別所賢一は小学生殺害・死体遺棄事件と関係あるのか。

【４】タイムカプセル
（１）四年二組のカプセルから見つかった左耳の主・被害者Xは誰か。
（２）誰が被害者Xの耳を切断したのか。
（３）誰が被害者Xの耳をカプセルに入れたのか。
（４）左耳は埋設責任者だった佐々木克久と関係あるのか。

ホワイトボードを見ながら、大和田はつぶやくように言った。

「こうして見ると、守屋誠はかなり変わった少年だったことがわかるな」

「オカルトが好きだったようですからね」と藤木。

「彼は耳のおもちゃを持っていた。いったいどこで手に入れたんだろう」

「入手経路は不明ですが、被害者である彼自身、耳に興味を持っていたと言えそうです」

岸がホワイトボードを指差した。

「【１】の（５）も不可解ですよね。耳と指を比べる意味がわからない」

「たしかにな」藤木はうなずいた。「何だろう。耳と指……」

「霜焼けとか……」

石野がぽつりと言った。おや、という顔で岸が尋ねる。

「冬になると、指も耳も霜焼けになる、か」

「ああ、すみません。私、よけいなことを言ってしまったでしょうか」

「あのね、石野。いちいち謝らなくていいから」岸が眉をひそめて注意する。

「はい、すみま……。あの、いえ……失礼しました」

石野はしどろもどろになっている。岸は椅子の背もたれに体を預け、不機嫌そうな顔をした。このコンビは大丈夫なのだろうか、と藤木は不安になってきた。

「【2】の（2）だが」大和田が口を開いた。「佐々木克久がマンションのパイプスペースに隠していた写真の件……。彼は別所賢一、多岐田雅明と一緒に写っていた。何か深い関わりがあったことは間違いない」

「そういえば、右耳の写真は分析できたんですか」

秀島が大和田に尋ねた。ああ、そうだったな、と言って大和田は説明した。

「鑑識課で調べてもらったところ、子供の右耳に間違いないということだ。形に特徴があって、耳たぶの下のほうに陥没したような変形が認められた。生まれながらのものだろう。これは遺体に残されていた左耳の特徴と一致する。従って、あの写真の右耳は守屋誠のものだと考えて矛盾はない」

もって回った言い方だが、要するにあれは誠の耳の写真だと考えられるわけだ。

「それに対して、カプセルから出てきた左耳にはあまり特徴がなかった」藤木は言った。「ごく普通の……と言っていいかどうかわからないが、子供の左耳だ」

「経緯を想像すると、こうですね」秀島がメモ帳を開いた。「三十年前の九月六日、何者かが守屋誠くんを殺害した。犯人は左耳を傷つけ、右耳を切断した。奴は右耳をホルマリン漬けにして写真を撮影。その写真を佐々木克久が隠し持っていた……」

「一方、誰かもうひとりの子供が左耳を切断されたわけです」藤木はホワイトボードに向かい、《被害者X》という文字を丸で囲んだ。「手口から見て、同一人物の犯行と考えるべきだと思います」

「おそらくそのXも生きてはいない。……そういう見立てなんでしょ？」

岸が小声で言った。嫌な話だが、そのように推測するのが妥当だろう。

藤木はみなを見回したあと、考えを整理しながら言った。

「犯人はXの左耳を切断し、ガラス瓶に入れてホルマリン漬けにした。そしてその瓶を、どこかのタイミングでタイムカプセルに入れた。……守屋誠の担任だった宮本先生から聞いたんですが、タイムカプセルは埋設イベントの五日前には準備できていたそうです。クラスごとに作文や記念品を収めて、校長室の隣にある資料室に置いてあったらしい。部屋は施錠されていましたが、鍵のありかを知っている人間なら出入りできました」

「疑わしいのは誰だろう……。たしか佐々木克久は、タイムカプセルを埋めるイベントの責任者でしたよね？」

大和田に問われて、藤木はゆっくりとうなずいた。

「おっしゃるとおりです。考えれば考えるほど、この佐々木克久が怪しく思われてきます。彼はパイプスペースに誠くんの右耳の写真や、三人組の写真を隠していた。その写真から、別所賢一と面識があったことがわかります。別所はあの黒い家の持ち主です。誠くんは自転車でその家に行った可能性がある」

「そこで事件に巻き込まれた、というわけですね」と岸。

「また、佐々木克久は多岐田雅明とも一緒に写っていた。多岐田は誠くんの遺体が発見された翌月、十月十九日に行方をくらましている。警察から逃げたというのが、すべてを物語っています。多岐田が誠くん殺しの犯人でしょう。そして別所と佐々木も事件に関わっているはずです」

目の前にある情報を組み合わせていけば、そういう結論になる。誰が主犯かはわからないが、三人は別所の黒い家に集まって守屋誠を殺害。右耳を切り取るという猟奇的な行動をとったのだろう。

「あとは、多岐田が中国料理店で会っていた男たちだな」

大和田は手元の資料に目を落とした。そうですね、と岸はうなずく。

「芸能事務所の社長・的場静雄と、ビデオ制作会社の部長・浅田聡……。浅田の会社は企業向けの販促ビデオなどを制作しています。的場に相談してタレントを用意してもらい、出演させていました。納品先は中小企業ですから、あまり高額なものは作れない。とにかく件数をこなして売上を確保していたようですね。……そのへんは私と石野で、引き続き調べていきますので」

わかった、と大和田は答えた。そのまま少し思案する様子だったが、やがて彼は再び岸のほうを向いた。

「多岐田雅明を任意で引っ張るかどうかだな。事情聴取で、奴は守屋誠の事件を自供するだろうか。どう思う?」

大和田に問われると、岸は隣の席に目を向けた。

「石野、どう思う?」

自分に回ってくるとは思わなかったのだろう、石野はまばたきをした。パソコンの画面を見て、岸の顔を見て、それから大和田のほうに目を向けた。

「あの……それはちょっと難しいんじゃないかと」石野は言った。「まだ情報不足という気がします。多岐田は裏社会で生きてきた人間ですから、したたかだと思うんです。証拠をしっかり集めないと、のらりくらり、かわされてしまうんじゃないでしょうか。その結果、もし逮捕できないとなれば、多岐田はまた高飛びするおそれがありますし……」

意外と冷静に問題点を押さえているな、と藤木は感心した。おどおどした態度は気になるが、分析能力は高いらしい。

「今の時点ではまだ無理か……」

つぶやきながら、大和田は黒縁眼鏡のフレームを指で押し上げた。何か打つ手はないかと思案しているようだ。

「大和田さん」藤木は上司に話しかけた。「俺と秀島も、多岐田の捜査に回りましょうか。奴の過去の行動を調べれば、誠くんを殺害した証拠なり証言なりが出てくるかもしれません。そうやって裏をとったら、自供させることもできるでしょう」

人数が少ないから岸・石野組だけでは手が足りていないはずだ。今このタイミングで藤木・秀島組が加勢すれば、何かつかめるのではないかという気がする。

「それが最善かもしれないな」大和田はこちらを向いた。「わかった。藤木さん、明日から岸たちのサポートをお願いします」

「了解しました」

藤木は秀島の様子を窺った。彼も納得したという顔をしている。

明日の捜査の段取りについて、藤木組、岸組は相談を始めた。

大和田係長はこのあと、青梅署の副署長と話をするという。

ミーティングを終えて藤木たちは署の外に出た。先ほどはあんなに激しく降っていたのに、もう雨はほとんど上がっていた。濡れた路面に街灯やネオンサインが反射している。都心からかなり離れた町だが、駅に近づけば賑わいがある。

一昨日、昨日と飲みに行ったのだが、今日はさすがにそういう雰囲気ではなかった。予想外の左耳が見つかったことで、みな戸惑いを隠せずにいる。守屋誠だけでも大きな事件だというのに、被害者がもうひとりいるとわかった。三十年前、子供がふたりも襲われたわけだ。当時は今ほど防犯意識が高い時代ではなかったが、だからといって「仕方ない」では済まない問題だろう。

明日の集合時間と場所を決めて、藤木たちは解散した。岸は八王子に知り合いがいるそうで、そこに一泊するという。

藤木と秀島、石野は電車に乗った。この時間帯の上り電車は空いている。三人で雑談をしながら都心に向かった。

秀島は武蔵境駅で降りた。石野は江東区の亀戸に住んでいるというから、三人の中では一番遠くだ。

荻窪駅まで、藤木は石野とふたりきりになった。彼女と一対一で話すのは初めてだ。

車両の隅のシートに並んで腰掛けていたが、秀島がいなくなったせいで会話が途絶えた。石野は内気で、自分からはあまり話しかけてこない。こちらが会話の舵取りをしなければ、と藤木は考えた。

「あれだな、石野も大変だよな」

「……はい？」

彼女は少し身構えているようだった。三人いれば石野はあまり話さなくても済む。しかし、ふたりだけになるとそうはいかない。

「あの、それはどういう……」彼女は尋ねてきた。

「支援係は小さいから、ひとりひとりの仕事量も多くなる。それに君は岸と組んでいるから、何かと気をつかうんじゃないかと思って」

石野は驚いたという顔で、何度かまばたきをした。

「そんなことを言われたのは初めてです。その……警察の仕事はきついものだとわかっていますし、上司や先輩の言うことは絶対ですから、別に大変ということは……」

「何か困っていることがあったら相談に乗るよ。まあ、俺はこの部署に慣れていないから、頼りにならないかもしれんが」

「あ、いえ、そんなことはありません。でも、愚痴みたいな話はちょっと……」

おや、と藤木は思った。愚痴という言葉が出るということは、やはり何か思うところがあるのだろう。

「岸には黙っているから話してみないか。……ああ、いや、無理にとは言わないけど」

石野はうしろで縛った髪を左の肩に回して、毛先をいじり始めた。しばらくためっているようだったが、やがて彼女は口を開いた。

「私、男の人が怖いんです。実は昔、心の傷になるようなことがあったもので……」

ぎくりとして藤木は石野を見つめた。嫌な想像が頭の中に広がっていく。

藤木は相手を押し留めるような仕草をした。

「悪かった。話さなくていい。思い出すのも嫌だろう」

すると石野は、はっとした表情になった。慌てた様子で首を横に振る。

「違うんです。何かされたとか、そういう話じゃなくて……。実は、うちの父はアルコール依存症だったんですよ。私が中学生だったころには仕事を辞めてしまって、毎日お酒を飲んでいました。酔っ払っては母を殴って、ひどいときには包丁を突きつけたりして……。家で療養していた祖母も、父を怖がっていてかわいそうでした」

予想していたのとはだいぶ違う話だった。だが、これはこれで重い告白だ。

「私も叩かれそうになりましたけど、そのたびに母が守ってくれたんです。母はいつも傷だらけ、痣だらけでした。母と私は父の顔色を窺いながら暮らしていました。高校を卒業するまでの間、ずっとそんな状態でした。幸い祖父の残した財産があったので、私は大学に進学することができました。母の勧めで、入学と同時にアパートを借りて……。でも母はそのまま家に残ったんです」

「……お母さんも辛かっただろうな」

「いえ、そうでもないんです。一緒にアパートに移ろうよと話したら、あの人は私がいないと駄目だから、と言うんですよ。あんなにされても、母は父のことを見捨てられなかったみたいなんですよね」

そういう話は藤木も聞いたことがあった。共依存というのだろうか。暴力で苦しめられながらも、夫の世話をせずにはいられない妻。石野の家は、典型的なケースだったのかもしれない。

「母のことは気になりましたが、アパートでひとり暮らしを始めて、私はほっとした気分になりました。もう誰かに怯えることもない、と安心していたんです。ところが部屋を出て駅へ行くまでの間に、すごく疲れてしまいました。大学に行っても、アルバイトをしていても、他人の視線が……特に男の人の目が気になりました。不機嫌そうな顔をされたり、大きな声を出されたりすると、もう怖くなってしまって」

「お父さんの影がちらつく、という感じだったのかな」

「……というより、やっぱり男の人全般への恐怖心があったんだと思います。何か嫌なことを言われるんじゃないか、怒鳴られたりするんじゃないかと心配になるんです。もちろん、女性として体をじろじろ見られるのも怖いんですけど……」

かなり根の深い問題のようだった。こういう話を聞くと、警察官には向かないのではないかと思えてならない。だが、直接それを口にしては身も蓋もないだろう。

「君は、どうして警察官を目指したのかな」

藤木が問うと、石野は身じろぎをした。首をすくめて頭を下げる。

「すみません。いつもみなさんの足を引っ張ってしまって」

「そういう意味じゃないんだ。警察官になったのには、何か特別な理由があったのかな、と思って」

少し考えてから彼女は、すう、と息を吸った。

「復讐のためです。母にさんざん暴力を振るった父を、警察官になって見返してやりたかったんです。今後また母に手を出したりしたら絶対許さない。そう脅してやろうと思って……。権威には弱い人だったんですよ、私の父は」

石野は微笑を浮かべた。どこか寂しそうに見える笑いだった。

「それで、お父さんはおとなしくなったのかい？」

「いえ、私が警察学校に行っている間に亡くなりました」

「……え？」

「雨の日、酔って町を歩いていて車に撥ねられたんです。あっけない最期でした」

「ああ……それは大変だったな」

ありきたりな言葉しか出てこないのが情けない。こういうとき、いったいどんなふうに相手を慰めたらいいのだろう。

「父がいなくなって、私は完全に解放されたと思いました。でも違ったんです。今でも私は男の人の顔色を窺って、大きな声に怯えています。あのころと何も変わっていません。私は駄目な人間です」

そんなことはないよ、と藤木は言った。石野を宥めるように話しかける。

「まあ、警察は男社会だからな。部下を怒鳴りつける人間も多い。そんな中で、君はよくやっていると思う」

「でも藤木さん、私が仕事しているところって、あまり見ていないのでは」

「想像はできるよ。岸は思ったことをそのまま口に出してしまうタイプだから、君もやりづらいだろう。それでも文句を言わずにコンビを組んで、岸をサポートしている。立派なことだと思うよ。うん、立派だ」

少しわざとらしく聞こえたようで、石野は苦笑いを浮かべた。暗い窓の外に目をやったあと、彼女は軽くため息をついた。

場を和ませようと、藤木は話題を変えてみた。

「ところで、岸はなんであんなに賭け事が好きなのかな。見ていると笑っちゃうんだが」

「昔はもっとひどかったらしいですよ」石野は言った。「競艇や競輪、競馬、それからちょっと人には言えないようなギャンブルにも手を出して、すごい借金を作ってしまったそうです。処分されかけたんですが、親戚に肩代わりしてもらって返済して、なんとか首が繋がったんですって。その後、パチンコと競馬と宝くじ以外はやめたみたいです」

「でも、俺とは賭けをしたがるんだよな」

「勝負事が好きなんですよ。人生にスリルを求めちゃう人なんです」

そいつは大変だ、と言って藤木は笑った。自分も含めて、この支援係には厄介な人材ばかりが集まっている。

「愚痴を聞いてくださって、ありがとうございました」石野は頭を下げた。「でも考えてみたら、私なんかより藤木さんのほうがはるかに大変ですよね。その……奥さんのこと、本当に何と申し上げたらいいのか」

顔を曇らせて彼女は言う。こんなところでも、また気をつかわせてしまったな、と藤木は情けない気分になる。

「その件は大丈夫だ。半年以上も休ませてもらったからね。いつまでも、亡くなった人間のことを考えてはいられない」

「でも、奥さんを忘れてしまうわけにはいかないと思うんです。……私だって、父を忘れることができませんから」

「まあ、それはそうだな。お父さんについて、大事な思い出もあるだろうし」

「ああ……すみません。私の場合はちょっと違うんです。私は今でも、薄汚いあの父親に縛られているんですよ。いつまでも、どこまでも、あの男がつきまとってくるんです。だから忘れられないんです」

いつになく険しい表情になって石野は言った。それから、急に寒気を感じたように自分の肩を両手で抱いた。

黙ったまま、藤木はそんな彼女の横顔を見つめていた。

第五章　闇の陳列室

1

カーテンの隙間から朝日が幾筋か射している。

藤木は髪の毛をもしゃもしゃと掻きながら、ベッドから起き上がった。少し頭痛がする。そして胸がむかつき、どうにも気分が悪い。

昨夜は石野と別れて荻窪で電車を降り、コンビニで弁当とサラダを買った。自宅に戻ってテレビを見ながらビールを飲み、日本酒を飲んだ。そこまでは普段の夕食と変わらない。だがいつもとひとつ違うのは、テーブルに妻のスマホを置き、数分おきに画面を確認していたことだった。

藤木は大西からのメールを待っていたのだ。なかなか来ないので、夜更かしをして日本酒を飲みすぎた。午前二時ごろ床に就いたが、それでも薄闇の中、ときどき画面を見て着信をチェックしていた。

そして今、こうして冴えない朝を迎えている。

枕元にあるスマホケースを手に取った。白地に花柄模様の入った、亡き妻のものだ。液晶画面を確認すると、新着メールが一件あった。

大西美香から返信が来たのだ。メールを選択して本文を開いてみた。

《藤木様
お辛い中、裕美子さんのご病気について教えてくださって、どうもありがとうございます。ブログも拝見しました。裕美子さんはご自宅で療養なさっていたのですね。藤木さんは休職して看護・介護をなさったとのこと。ご苦労も多かったのではないかと思います。でも、最期のときも奥さんのそばにいられたというのは、本当にすばらしいことです。ずっとご主人と一緒にいられて、裕美子さんは安心できたのではないでしょうか。
いただいたメールの中に、栄養補助食品のことが書かれていましたね。それを見て、祖母を思い出しました。私の祖母もやはりがんになって二年前に亡くなりました。祖母の場合は最後の二週間ほど入院し、残念ながら私は看取ることができませんでした。祖母は病気がわかってから三年ほど抗がん剤を使いましたが、終わりのほうはもう体力がなく、食欲も落ちて痩せ細ってしまいました。なんとか栄養をつけてもらおうと、家族でいろいろ考えました。藤木さんが書いていた栄養補助食品は、うちでも使っていました。そのほか栄養価の高いアイスクリームなども、本人が好んで食べていました。

裕美子さんが亡くなってから半年ほどなのですね。藤木さん、おひとりになって生活のほうは大丈夫でしょうか。食欲の出ないときもあるかと思いますが、できるだけ栄養をとっていただいて、夜はゆっくりお休みください。お仕事は公務員をなさっていると、前に裕美子さんからうかがいました。なかなか難しいとは思いますが、お仕事のほうは少し控えめにして、ご自身のことを第一に考えていただきたいです。

ちなみに最近私がハマっているのはひとり鍋です。ひとり用の小さい電気鍋が売られているので、それを使います。煮るだけなので簡単だし、鍋つゆもいろいろ出ていますから味を変える楽しみがあります。鍋の締めはラーメンですよ！　これからの季節、だんだん寒くなりますから、よろしければぜひお試しください》

鍋のくだりを読んで、藤木は思わず笑ってしまった。

裕美子が好きだったタレントを、大西も好きだという。彼女は裕美子と同年輩だろうか。だとすると四十代半ばぐらいか。ひとりで鍋をやっているというから、結婚はしていない可能性が高い。

どんな人だろう、と想像してみた。だがその年代の女性といっても、具体的な顔が浮かんでこない。ニュースキャスターの誰それ、タレントの誰それを思い出してみたが、どうもぴんとこなかった。結局、最後に頭に浮かんだのは妻の顔だ。

卵形をした顔に細い目、やや長めの髪。テレビのバラエティ番組を見て笑う姿をよく覚えている。穏やかであまり感情を高ぶらせない性格だったが、警察官の妻らしく曲がったことは嫌いだった。その一方でユーモアのセンスもあり、疲れて帰ってくる藤木を和ませてくれた。

そうやって昔のことを思い出していると、メールの相手が裕美子のように思えてくる。顔が見えないから、そんな想像をしてしまうのだろう。

とにかく、大西から返事が来たことで、藤木はほっとしていた。

前回のメールで闘病の経緯を説明し、ブログがあることも伝えた。事情はわかっただろうから、そのまま連絡が途絶えてもおかしくはなかった。だが、こうしてまたメールが送られてきたのだ。

この文面からすると、どうやら妻の思い出話をまだ続けられそうだった。ありがたいな、と藤木は思う。自分ひとりで抱えていた妻の思い出を、誰かに伝えることができる。逆に自分が知らなかった妻のことを、大西は教えてくれるだろう。メールをやりとりすることが心の支えになりそうだった。

藤木は壁の時計を確認した。返信についてはあとでゆっくり考えよう。スマホを机の上に置いた。

洗面所に行って顔を洗った。鏡に映った自分を見つめながら、今日の仕事のことを考えた。今、支援係は未解決事件の捜査を進めている。だいぶ情報が集まりつつあり、もしかしたら今日、多岐田雅明から事情聴取ができるかもしれない。条件が揃えば、そのまま逮捕できる可能性もある。そうなれば三十年前の事件は一気に解決に近づくだろう。

両手で自分の頬をぱんぱんと叩いた。充分に気合を入れなくてはならない。今日が正念場だぞ、と藤木は自分に言い聞かせた。


日曜に仕事をするのはずいぶん久しぶりだ。

休職前、殺人班の刑事だったころは、日曜に捜査へ出かけることは当たり前だった。休みたいなどと言い出す者はいなかったし、そもそも言えるような雰囲気ではなかった。そういう体育会的な職場だったのだ。

――そのせいで、裕美子の病気を見落としてしまったんだよな。

せめて週に一度ぐらい、妻とゆっくり話す時間を持つべきだった。そうしていれば、最近派遣の仕事はどうかとか、調子の悪いところはないかとか、訊くことができたのではないだろうか。

病気になってから妻の暮らしは一変した。薬が生活の中心となり、服薬のために食事をとるような状態になった。足腰が弱ってからは藤木が入浴の介助をしたのだが、あなたにこんなことをさせて申し訳ない、と彼女はいつも詫びていた。だが藤木のほうは、別の意味で申し訳ないと思っていた。もっと早く病気に気づくべきだった、油断せず検査をしておくべきだったと、悔やんでばかりいた。

痛みをこらえている妻には笑顔がなく、ずっと辛そうだった。見ているこちらも辛かった。強い痛みを止めるための強い麻薬。それに頼るしかない毎日だった。妻が亡くなったとき頭に浮かんだのは、ああ、これで痛みから解放されたのだ、よかったなあ、という思いだった。悲しみがやってきたのは数日経ってからのことだ。

仕事を優先しすぎたせいで、大事な妻を亡くしてしまった。そういう気持ちがあって、藤木は仕事への熱意を失った。絵に描いたような仕事人間だったのが、急に腑抜けのようになってしまったのだ。一日十二時間ぐらい寝て、起きたらビールや日本酒を飲むという毎日だった。

あのころを思い出すと、なんとも情けない気分になる。

だが今回の捜査が始まって、藤木はやる気を取り戻していた。連日の聞き込みで足腰が痛くなっている。ひどく体がなまっていると感じる。しかし気持ちはしっかりしていた。この事件を解決してみせるという強い決意があった。

リビングに行って、ペットボトルの緑茶を一口飲む。テーブルを見ると、妻が座っていた場所に遺影があった。

「忙しいというのは、ありがたいことかもなあ」遺影にそう話しかけた。

新聞に目を通したあと着替えをした。今日も紺色のスーツを選んだ。汚れもないし、皺もない。最後に鏡を見て背筋を伸ばす。

鞄を持ち、玄関に向かおうとしたとき、ポケットの中でスマホが鳴った。

こんな朝からいったい誰だろう。液晶画面を確認すると、そこには岸の名前が表示されていた。

「はい、藤木です。お疲れさん」

「ああ……藤木さん。すみません、やられました」

「え？　どうかしたのか」

「多岐田雅明が殺害されました」

一瞬、相手が何を言ったのか理解できなかった。だが数秒後、頭を殴られたような気分になった。被疑者として最有力候補だった男。あの多岐田が殺されたというのか。

どうしてそんなことに――。

スマホを握り締めたまま、藤木はリビングに立ち尽くしていた。

2

三鷹市の住宅街に警察車両が集まっていた。

タクシーを降りて、藤木と秀島は人だかりのあるほうへ進んでいく。

「すみません、ちょっと通してください」

声をかけて野次馬の間を抜けていく。スマホを手にして辺りを撮影する者、電話で声高に誰かと話す者、よく見える場所に移動しようと駆け出す者などがいる。静かで穏やかだった町が今、非日常の興奮に包まれていた。その場にいる者全員が、ひとつの建物に注目しているのがわかる。

築三、四十年と思われる木造の民家だ。カーポートには国産の大衆車とミニバイクが置かれていた。一階の窓のうち、いくつかは雨戸が閉まったままだ。庭があったが、あまり手入れはされていないようだった。

活動服を着ているのは鑑識課員、スーツ姿は刑事たちだろう。彼らは忙しそうに建物に出入りしていた。

門の前には黄色い立入禁止テープが張られている。藤木は立ち番の制服警官に近づいていった。

「捜査一課の特命捜査対策室です。うちの者は……」

と話しかけているところへ、玄関のドアから見知った顔が出てきた。岸と石野だ。ふたりとも険しい表情を浮かべている。

制服警官に会釈をして、藤木と秀島は黄色いテープをくぐった。鑑識課員たちの邪魔にならないよう玄関の外、左側に出たところで岸たちと合流した。

「申し訳ありません……」珍しく岸は気落ちしているようだった。「油断していました。何か起こるとしたら、多岐田がやらかす側だと思っていたんです。まさか奴が襲われるなんて」

岸の隣で石野もすっかり意気消沈していた。

またタクシーが到着したようだ。道路のほうに目を向けると、降りてきたのは大和田係長だった。藤木が手を上げて合図をすると、大和田は緊張した面持ちでこちらへやってきた。

「みんな集まっているな」部下たちを見回してから大和田は言った。「多岐田がやられるとは想像もしていなかった。まずいことになったな」

「特に不審な点はなかったんですが……。申し訳ありません」

岸と石野は揃って頭を下げた。大和田は渋い顔をしている。自分たちが監視していた人物が殺害された。その結果、こうして殺人班の刑事たちが動くことになってしまったのだ。不手際を責められても仕方がない状況だった。

玄関からスーツ姿の男性が何人か出てきた。柔道家のように髪を角刈りにした中年男性が、若い捜査員を叱りつけている。

「時間を無駄にするな。機捜は何をやってるんだよ」

「先ほど連絡がありまして、このあと捜査会議で報告をしたいと……」

「それじゃ遅い。すぐに一報入れさせろ」

「承知しました」

若い捜査員は一礼したあと、スマホを手にして連絡をとり始める。

角刈りの男性は不機嫌そうな顔で部下を見ていたが、やがて藤木たちに気づいたようだった。彼は大股でこちらにやってきた。

「藤木じゃないか。おまえ、復帰したのか」

「はい。ご無沙汰しています」

「聞いたぞ。奥さんの件は大変だったな」

「……恐縮です」

藤木は丁寧に頭を下げた。岸や石野、秀島たちは様子を窺うといった表情だ。彼らはこの男性を知らないらしかった。

「捜査一課五係の真壁《まかべ》係長だ」

藤木が言うと、岸たちは姿勢を正して礼をした。

以前、藤木は捜査一課の殺人班にいた。真壁係長とは別の係だったが、彼は藤木を覚えていてくれたようだ。ありがたいと思う半面、ここで会ったのは厄介だな、という気持ちもあった。真壁は優秀な係長だが、部下への当たりが厳しいことで有名だ。その彼が、どうやらこの捜査を仕切っているらしい。

「藤木は今どこにいるんだ？」

「特命捜査対策室の支援係です」藤木は上司を紹介した。「大和田係長のところで世話になっています」

「よろしくお願いします」と大和田。

「特命捜査というと……凍結班か。未解決事件の担当だよな」真壁は眉をひそめた。

「そうか。多岐田の遺体を見つけたっていうのはおまえたちか」

その件については、すでに部下から聞いていたようだ。

岸からの電話で遺体発見のことを知った大和田係長が、捜査一課の幹部に報告したのだろう。それを受けて、真壁たち五係がここへ臨場したわけだ。

「多岐田を監視していたのは誰なんだ？」

真壁は藤木を見たあと、大和田から岸、石野、秀島へと視線を移していった。たちまち場の空気が張り詰めた。

「おまえたちが目をつけていた男が死んだ。おまえたちが油断している隙に、だな？」

岸は石野と顔を見合わせた。少し考えたあと、石野は神妙な顔をして言った。

「あの……申し訳ありません。私の責任だと思います。交替で監視に当たっていましたが、昨日、最後にマル対を見たのは私ですので……」

「詳しく聞かせてみろ」

真壁に促され、石野は記憶をたどる表情になった。

「昨日の午後二時半ごろまで、私は多岐田の家を見張っていました。ですが青梅市の小学校にいた組から応援要請があって、監視を中断し、そちらに向かったんです。それ以降、多岐田が外出したり、誰かと会ったりした可能性がありますが、この家から離れていたため確認することができませんでした」

「なぜ交替要員を呼ばなかった？」

「それは……」石野は岸をちらりと見た。「交替する人間がいなかったからです」

咳払いをしてから、岸が一歩前に出た。

「青梅市に向かうよう指示したのは私です。三日前から行動確認をしていましたが、多岐田が不審人物と接触することはありませんでした。油断があったといえば、そのとおりです。責任は私にあるわけで……」

「それは違う」岸を制して、大和田が言った。「岸に現場を任せていたのは上司である私です。藤木たちから連絡を受けたあと、私は岸に電話をかけて青梅市へ行くよう命じました。責任は私にあります。私の判断に問題があったということです」

するとと、今度は秀島が口を開いた。

「いや、係長、それもまた違うと思います。監視を続ける中で、多岐田の身に危険が及ぶことを予見するのは困難だったはずです。そんなとき、タイムカプセルから耳が発見されました。青梅市の現場に応援を向かわせるのは自然なことですよ」

秀島を横目で見ながら、真壁は眉をひそめている。それから彼は藤木に目を向け、尋ねてきた。

「タイムカプセルから耳だと？　おまえたち、いったい何の捜査をしているんだ」

「未解決事件です」藤木は答えた。「三十年前、青梅市で小学生の男の子が殺害され、死体遺棄された事件です」

真壁ははっとした表情になった。

「黒岩町の雑木林で遺体が発見された件か。片方の耳が切られていたよな」

「あ……ご存じでしたか」

「ご存じも何も、あのとき俺は所轄にいて、捜査に参加したんだ」

「本当ですか？」

藤木は目を見張った。そういうことなら話が早い。大和田から許可を得たあと、藤木はこれまでの捜査状況を説明した。

真壁は難しい表情で聞いていた。ときどき顔をしかめ、舌打ちをするのがわかった。やがて彼は低い声を出して唸った。

「三十年も経って、今ごろ捜査を再開したのか」

「それが我々の仕事ですから」藤木は言った。「多岐田雅明は重要参考人……というか、おそらく犯人だろうと我々は考えていました。今日、明日にも事情聴取をして、三十年前の事件が解決できるものと信じていたんです」

「その多岐田が殺害されてしまった……。じゃあ、これで三十年前の事件は解決できなくなったわけだ」

「え？　いや、まだそうと決まったわけではありませんが……」

「おまえたちが開けようとしているのはパンドラの箱だ」

「はい？」

意味がよくわからなかった。藤木が戸惑っていると、真壁はこう続けた。

「本来こんなことを言うべきじゃないのは承知している。だが、おまえたちが成果を挙げれば、多くの人間に影響が及ぶだろう。もし再捜査で事件が解決されたら、昔の捜査はいったい何だったんだ、という話になるんだからな」

「いや、しかしそれは……」藤木は言い淀む。

「わかっている。藤木の立場は充分理解できる。だが、刑事も人間だ。おまえたちが過去をほじくり返すのを見て、よく思わない奴が出てくるかもしれない。そこは意識しておいたほうがいい」

真壁の話を聞いて藤木は納得した。未解決事件を解決するということは、過去の捜査ミスを指摘することになるわけだ。もしかしたら当時捜査本部にいた人間が、今は警察の幹部になっているかもしれない。そういう人物に恥をかかせることになってしまうのだろう。

「真壁係長、ご忠告ありがとうございます」

そう言ったのは秀島だった。彼は真剣な顔をして、真壁を正面から見つめた。

「我々は自分に与えられた職務をまっとうしていきます。なぜなら、被害者の遺族がそれを望んでいるからです。長年放置されていた事件をできる限り解決していく。それが、あるべき警察の姿だと思っています」

なるほどな、と真壁はつぶやいた。それから藤木のほうを向いて、にやりと笑った。

「おい藤木、その若いのをしっかり教育しろよ。手綱を放すな」

「あ……はい、わかりました」

うしろから真壁を呼ぶ声が聞こえた。彼は右手を上げて部下に応える。

「大和田さんといったな」真壁は言った。「一時間経ったら三鷹署で捜査会議だ。みんなの前で、凍結班の捜査内容を詳しく説明してもらう」

「了解しました」大和田は背筋を伸ばして答えた。

真壁が去っていくと、緊張していた空気がようやく緩んだ。藤木はほっと息をつく。

気を取り直した様子で、大和田が若い鑑識課員に声をかけた。二言、三言話してから、彼はこちらを振り返った。

「鑑識の作業は終わっているそうだ。中に入れるぞ」

「では、現場を見せてもらいましょう」藤木はうなずいた。

全員、白手袋を両手に嵌める。大和田を先頭にして秀島、岸、藤木が玄関に向かった。石野も歩きだす。

「事件現場は大丈夫だよな？」藤木は彼女に尋ねた。「ホトケさんを拝んだことは？」

「はい、あります。たぶん問題ないかと……」

そう言いながらも、石野はどこか不安そうだ。

よし行こう、と言って、藤木は彼女の背中をぽんと叩いた。

鑑識課員が電灯を点けたのだろうか、家の中は明るかった。

廊下のあちこちに髪の毛や綿埃が落ちている。男性のひとり暮らしとあって、あまり掃除をしていなかったようだ。

ドアはどこも開かれ、中が見えるようになっていた。物置として使われていたらしい和室、ベッドの置かれた寝室、掃除機や扇風機、ストーブなどが収められた納戸。廊下の突き当たりは台所に繋がっているようだが、そちらに人の気配はない。右手にある部屋で、一瞬まばゆい光が走った。カメラのフラッシュが焚かれたのだ。

大和田がその部屋を覗き込み、中にいた人物に挨拶をした。

「捜一の特命捜査対策室、支援係です。現場を見せてもらえるかな」

「あ……はい、どうぞ」

そう答える声が聞こえた。

大和田は振り返り、中に入るよう身振りで合図をした。藤木たちは軽くうなずく。足下に注意を払いながら、五人で部屋に入っていった。

白い壁に茶色い本棚、黒いテレビ台、窓側の隅にはノートパソコンの載ったデスクがある。リビングルームとして使われていた部屋なのだろう。

青いカーペットの上、部屋の中央にはローテーブルがあった。天板の上にテレビのリモコン、週刊誌、ビールの缶、食べかけのソーセージが載った皿などが置かれている。まさに今、飲んでいる最中というふうに見えた。

西側の壁のそばに鑑識課員がふたりいた。眼鏡をかけた若い男性と、大柄な中年男性だ。

「ご遺体はここです」眼鏡の鑑識課員が言った。

電話台のそばに男性が倒れているのが見えた。トレーナーの上下に紺色の靴下。腹部に赤黒い血の痕がある。流れ出た血液はカーペットに血溜まりを作っていた。

仰向けになった男は顔をこちらに向けていた。藤木たちはゆっくりとその人物に近づいていく。

年齢、五十三歳。トレーナーを着ていると、肉のついた腹部が普段よりも目立つ。前に中国料理店にいたときは、辺りに鋭い視線を向けていた人物だ。だが今、その目は焦点を結んでいない。

多岐田雅明に間違いなかった。

大和田は床にしゃがんだ。白手袋を嵌めた手で遺体をあらためる。

「腹部に刺創があるな。ナイフなどで刺されたようだ」彼は低い声で言った。「首に索条痕が残っている。苦しんで引っかいた吉川線もある。刺されたあと、紐のようなもので首を絞められたんだろう。念入りな仕事だ」

藤木は大和田の隣にしゃがみ込んだ。

「そして、一番の特徴がこれですね」藤木は遺体の側頭部を指差した。「左右の耳が切られている」

右耳も左耳も刃物で切断されていた。カーペットの上を探したが、切り取られた耳はどこにも落ちていない。鑑識課も耳は見ていないということだった。

「犯人が持ち去ったってことですね」

藤木のうしろから岸が言った。石野もおそるおそるといった様子で、みなの肩越しに遺体を見つめている。

「耳といえば三十年前の事件……」大和田が顔を上げた。「やはり犯人は、あの事件を知っているな。それを誇示するために耳を切ったんだろうか」

あの、と石野が言った。藤木たちが振り返ると、彼女はパソコンデスクのそばに移動していた。

「これを見てください」

石野はデスクの横の壁を指差していた。

藤木と岸、大和田は遺体から離れて、彼女のそばに行った。部屋の中を撮影していた秀島も、すぐにやってきた。

白い壁に数十枚の写真が貼ってある。顔を近づけてよく見ると、どの写真にも子供の姿があった。おしゃれな服装をしてポーズをとる子供。犬と戯れ、はしゃいでいる子供。椅子に腰掛け、ハンバーガーを頬張る子供。水着になり、庭のプールで水浴びをする子供。レジャーや生活の一シーンなど、何気ない形で撮影されたものだ。

それらに写っているのは、いずれも男の子だった。下は四、五歳から、上は十二、三歳ぐらいまでだろうか。

確認していくと、何枚かの写真には大人が一緒に写っていた。多岐田雅明その人だ。少年と並んで嬉しそうにしている写真が多い。一見すると親子のスナップのようだが、そうではないだろう。撮影された子供の数が多すぎる。

「子供は同一人物ではないですね」岸が言った。「別の場所、別のタイミングで撮られた子供たちだ。おそらく二十人以上……」

「岸さん、こんなものも……」

石野が指差している写真を、藤木たちは覗き込む。

風呂場で入浴する男の子が写されていた。六歳ぐらいだろうか。裸になって、無邪気な笑顔をカメラに向けている。その右横の写真を見て、藤木は眉をひそめた。そこには男児のものらしい性器が、アップで撮影されていたのだ。

石野は顔をしかめながらも、はっきりした調子で言った。

「確証はありませんが、多岐田は小児性愛者だった可能性があります」

彼女の口からそんな言葉が出たことに、藤木は驚きを感じた。だがすぐに、それは石野に対して失礼だったと反省した。気弱な性格だとはいえ、彼女も正式に採用された警察官なのだ。

「机の中にまだ写真がありますよ。あとで指紋の検査に回しますが……」

　中年の鑑識課員が教えてくれた。

　秀島が引き出しを開けた。壁の写真と似たものが、さらに三十枚ほど入っているようだ。その中の一枚を手に取って、彼はこちらに向けた。

「なるほど、こういうことだったんですね」

　藤木たちはその写真に注目した。

　茶色いフレームの眼鏡をかけた、髪の薄い男性。芸能事務所を経営している的場静雄だ。彼は小学校低学年から中学年ぐらいの男の子四人と一緒だった。見た目には、子供たちと引率の先生の記念撮影というふうに感じられる。だがカメラのほうを向いている的場は、意味ありげな笑みを浮かべていた。

「芸能事務所には男の子が大勢所属しています」秀島が言った。「その子たちを、的場は多岐田に紹介していたんじゃないでしょうか。石野が想像したとおり、多岐田には特殊な嗜好があったんだと思います」

「そういえば……」眉根を寄せて岸が言った。「中国料理店で多岐田たちが話していましたよ。誰々ちゃんは可愛いとか、食べちゃいたいとか。ふざけているのかと思ったんですが、こういうことだったわけだ」

　たしかに、岸がそう報告してくれたのを藤木も覚えている。だがあのときは、そこまで考えが及ばなかった。

「この中に守屋誠や被害者Xがいるんだろうか」大和田が首をかしげる。

ぎくりとして、藤木と秀島は壁の写真を確認し始めた。岸と石野は引き出しの写真を見ている。だが、それらしき少年は写っていなかった。

「少なくとも守屋誠はいませんね」顎をさすりながら岸が言った。「被害者Xのほうは、顔がわからないから何とも言えませんが……」

壁に貼られた写真を見ながら、藤木は小さくため息をついた。多岐田の歪んだ性癖の証拠がここにある。個人の趣味や嗜好だなどと片づけるわけにはいかないだろう。

「それにしても、多岐田が殺害されるとはな」大和田は遺体を見つめた。「俺が恐れているのは、我々が捜査を始めたせいで、本来起こらなくていい事件が起こったんじゃないかということだ」

「たとえそうだとしても」藤木は大和田のほうを向いた。「未解決の謎を解き明かすために、この捜査は必要だったわけでしょう？　多岐田の殺害を許してしまったのは失態ですが、何もせずにいれば三十年前の犯人は絶対に見つからない。それでは特命捜査対策室――『凍結事案捜査班』の存在意義がなくなります」

数秒の沈黙のあと、そうだな、と大和田は応じた。岸や秀島、石野もうなずいている。

藤木は鑑識課員に声をかけた。

「ほかに遺留品はなかったですかね？」

「あ……はい」若い鑑識課員が床を指差した。「実はローテーブルの下に、ボールペンが一本落ちていたんです。油性ボールペンなんですが……」

「何か特徴は？」

「市販のものなので、これといった特徴はありません。今、調べを進めているところです」

「それは気になるな。犯人が落としていったものかもしれない」

藤木は前向きな気分になった。しかし岸は渋い表情を浮かべている。

「多岐田の持ち物だった、というオチかもしれませんよ。期待しすぎないほうがいいような気がしますけどね」

「いや、揉み合っているとき、犯人の胸ポケット辺りから落ちた可能性がある。俺は犯人の所持品じゃないかと思うが……」

「じゃあ賭けますか？」

口元を緩めて岸は尋ねてくる。顔は笑っているが、目は真剣そうに見えた。

「岸さん、岸さん」石野が小声で言った。「捜査中ですから、そういうのはちょっと」

「わかってるって。冗談だよ」岸は首をすくめる。

「そのボールペンから何かわかるといいんですけどね」

秀島がつぶやくと、中年の鑑識課員がこんなことを言った。

「まだ速報段階なんですが、急ぎで調べたところ、そのボールペンにはまったく指紋が付いていなかったらしいんですよ」

「指紋がない?」藤木は眉をひそめた。「買ったばかりの新品だったのかな」

「いえ、インクが半分ぐらい減っていたので新品ではありません。それに、たとえ新品だとしても指紋がひとつもないのは不自然ですよね」

「だとすると……犯人が指紋を拭き取ったのか?」そう言ってから藤木は首をかしげた。「でもおかしいな。指紋を拭いてわざわざ残していく意味がわからない」

前歴者だから指紋を残してはまずい、ということだったのか。しかし、そうであればボールペンを持って逃げればいいだけの話だ。

「何かのメッセージでしょうか」と秀島。

「半分使ったボールペンで、何か伝えられることがあるかな」

藤木は腕組みをして、じっと考え込む。

室内を見回していた大和田が、藤木に話しかけてきた。

「多岐田雅明が小学生殺害の犯人だったとしたら、これは復讐の可能性がありますよね。推測するなら、こうです。三十年前、多岐田が守屋誠を殺害して耳を切った。それを知った誠の関係者が多岐田を殺害した。当時の意趣返しとして、多岐田の耳を切断した」

「そうやって誠くんの恨みを晴らしたわけですね」

「動機があるのは、やはり守屋誠の両親です。早急に引っ張って、事情を訊くべきじゃないかな」

「もうひとり、被害者Xの線も考えられますよ」秀島が言った。「もしXも殺害されたのなら、そちらの関係者が復讐したのかもしれません」

「弱ったなあ。その子に関しては何の手がかりもないし……」

岸は腕組みをして、不機嫌そうに唸っている。

メモ帳を開いて、藤木は今まで調べてきた情報を見直し始めた。何か引っかかることはないだろうか。捜査を後回しにしたせいで、まだ手つかずのままという項目はないか。

藤木はひとり、ぶつぶつ言い始めた。

「多岐田にそういう嗜好があったというのは、初めて出てきた情報なんだよな。これまでの捜査で何か気になる点はなかったか。そう、見落としていたというわけじゃない。多岐田の性癖を知って、あらためて情報をチェックしていくべきなんだ……」

思案しながら、藤木はメモ帳のページをめくっていく。

そのうち、ある情報が目に入った。しばらくその文字を見つめたあと、メモ帳から視線を外した。壁に貼られた子供たちの写真を凝視する。そこには楽しそうに笑ったり、恥ずかしそうに目を伏せたり、澄ました顔をしたりと、さまざまな少年たちの姿があった。そして何枚かの写真には多岐田がいた。まるで父親であるかのような顔をして――。

「ちょっと待てよ」藤木は額に指を押し当てて記憶をたどった。「そうだ、あそこにあった品物。あれは大事な手がかりだったんじゃないのか？」

「どうしました？」秀島が怪訝そうな顔をしている。

「そうだよ！」藤木は秀島のほうを向いた。「あそこを放ったらかしにしてはいけなかった。もっとよく調べなくちゃいけないんだ。秀島、すぐに出かけるぞ！」

「え？　出かけるってどこへ……」

「振り出しに戻る、だ。俺たちはもう一度、確認しなくちゃならない」

秀島を引っ張って、藤木は廊下に向かおうとする。大和田と岸、石野は面食らったという表情になっていた。

「藤木さん、捜査会議はどうするんですか」大和田が慌てた声で尋ねた。

「そっちは頼みます。うまく進めておいてください」

「守屋誠の両親は？　事情聴取をするのか、しないのか」

「その件はあとで連絡します」

廊下を急ぎ足で進み、藤木は家の外に出た。秀島は戸惑う様子だったが、それでもついてきてくれた。

——真相解明への鍵がつかめるかもしれない。

確証はないが、予感のようなものがある。今はそれを信じよう、と思った。

3

右に左にカーブする山道を、タクシーはかなりのスピードで進んでいく。

運転手はまだ三十代と見える女性だが、山道には慣れているようだった。ルートも頭に入っているらしく、道が大きく曲がるところではきちんと減速する。カーブを抜けるとまたアクセルを踏む。無駄のない運転だ。

「お待たせしました。自然公園です」女性運転手は路肩に車を停めた。「こちらでよろしいですか？」

「けっこうです。ここからは歩きますので」

秀島が先に車を降りる。藤木が料金を払っていると、女性運転手が尋ねてきた。

「雨にならなくてよかったですね。……お客さんたち、山歩きですか？」

何気なく質問したというふうだったが、よく見ると彼女の顔には緊張の色がある。

ああそうか、と藤木は思った。

「我々は警察官なんですよ。この前のタクシーでも不審がられましたが、捜査で来ていましてね」

「警察の方?」運転手はまばたきをした。「ああ、そうなんですか。すみません、会社から注意するように言われていまして」

「ええ、聞いています。大丈夫ですよ、安心してください」

前回この道を走ってきたとき、別の運転手から事情を教わった。山の中で事件などが起こらないよう、タクシー会社が気を配っているという話だった。

釣り銭とレシートを受け取ってドアの外に出る。

方向転換したタクシーが戻っていくのを見送ってから、藤木は秀島と顔を見合わせた。心得た、という様子で秀島は深くうなずく。

ふたりで、でこぼこした林道を歩きだした。

前回はあちこち注意しながら進んだが、今日は二度目だ。目的地までの距離もわかっているし、道の特徴も把握している。足を取られそうになる窪みや、道にはみ出している木の枝をよけ、緩やかな坂を登っていった。

どこかで鳥が鋭く鳴いた。見上げると、空はどんより曇っている。昨夜はかなり雨が降ったが、今日はどうなるだろう。

「空が暗いな……」

藤木がつぶやくと、秀島も足を止めて上空を見た。

「あとで一雨きますかね」

「なんだか不吉な予感がする。すごく不吉だ」

大事な仕事を控えているのに、大雨に見舞われたりしたら困ったことになる。雨は捜査の敵だった。不審者を見過ごしたり、何かを見落としたりするおそれがある。もし証拠品が雨に濡れたら、それもまた厄介だ。

「でも藤木さん」秀島が言った。「犯人だって、この空の下にいるはずですよ。同じように、不吉だと感じているんじゃないですか？」

「……なるほど、それはそうだ。考え方次第ということか」

「急ぎましょう。あと少しです」

数分後、藤木たちは目的地に到着した。林の木々が途切れたところに造成地があり、黒壁の家が建っていた。今日も家の北側、前庭に車は停まっていない。

ふたりとも白手袋を嵌めた。

念のため建物の周囲を歩いてみる。東側には物置小屋。南側には低木の茂みと、谷へ下っていく崖がある。西側に回って勝手口を確認してみた。施錠されていないドアは簡単に開いた。前回来たときと、どこも変わりはないように見える。

「よし、家の中を調べよう」藤木は細めにドアを開けた。

「念のためお訊きしますが、立ち入りの許可は大丈夫なんですよね？」

秀島が尋ねてきた。藤木はうしろを振り返って答える。

「この前、老人ホームで別所賢一、礼二の兄弟に会ったよな。あのとき俺は、家に入ったことを話して、事後承諾という形で許可をもらった。今回もそうなる」

「わかりました。じゃあそれで行きましょう」

入ってすぐの部屋は台所だ。窓から射す明かりだけでは頼りない。ミニライトを点けて廊下を進んでいった。木材で造られた廊下が、みしみしと音を立てた。

「多岐田には男児への性的嗜好があったと考えられる」歩きながら藤木は言った。

「芸能事務所の的場が男児を紹介していたんだろう。そして、今はまだ写真しか見つかっていないが、ビデオ制作会社の浅田は動画撮影を引き受けていたのかもしれない。ふたりにとって多岐田はお得意様だったわけだ」

「ええ、それはわかりますが、この家に来たのはなぜです？」秀島は不思議そうだ。

藤木はドアを開け、ある部屋に入った。すぐ目に飛び込んできたのは、本がぎっしり詰め込まれた書棚だ。陳列棚にはスズメや小動物の剝製が並んでいる。独特な雰囲気を持つ、研究室のような場所だった。

「この部屋に、使い込まれた動物園のガイドブックがあっただろう？」

「あちこちに折り目のついた本ですね。有名な動物園が紹介されていました」

「その折り目がついたページを思い出したんだよ」

藤木はテーブルに近づいていった。天板の上をミニライトで照らしてみる。そこで、はっとした。

「おかしいな。ここにあったはずなのに」

前回来たとき、その本はテーブルの上に置いてあった。秀島がスマホで撮った写真にも記録されているはずだ。だが今、本は見当たらない。

「あの本が何だというんです？」

「俺の勘が正しければ、あれを読んでいた人物の目当ては、動物じゃなく人間だ」

「……え？」

「折り目が付いていたページには、家族連れの写真が何枚も載っていた。そこには男の子がたくさん写っていたんだ」

秀島は自分のスマホを確認し始めた。ガイドブックの写真を見つけて、拡大しているようだ。

「本当だ……」彼は感心したという声を出した。「よく覚えていましたね」

「事件に関わりそうなことは覚えていられる。一昨日の夕食は忘れてしまうけどね」

「その本がなくなっているって、どういうことでしょう」

真剣な顔をして、秀島は尋ねてきた。藤木は考えながら答える。

「別所礼二かもしれないな。この家に俺たちが入ったと聞いて、まずいと感じたんじゃないだろうか」

「なぜ、まずいと？」

「綱渡りみたいな推測になるが、こうだと思う。ガイドブックの折り目と、そのページの男児の写真を見られたら、この家に小児性愛者がいたと気づかれるかもしれない。それがばれると、三十年前の誠くん殺害の疑いがかかる。だから本を隠した……」

「普通、そこまで気づく人間はいないと思いますけど」

「だが俺たちはそれに気づいた。……本を隠したことで、別所礼二は犯行を告白したも同然だという気がする。もちろん、念入りに裏を取る必要はあるんだが」

そうですね、と秀島はうなずいた。それから彼はミニライトの向きを変えて、書棚を照らした。医学や薬学、解剖学、生物学などの専門書がずらりと並んでいる。長年ここに住んでいた別所賢一の博識さを見せつけられるようだった。

「藤木さん、これからどうします？」

「この家はずっと別所賢一のものだったわけだから、何か証拠が残っているかもしれない。それを探したい」

「証拠というと……直接的なものとしては、血痕の付いた刃物とか？」

「あるいは、誠くんや被害者Xの写真とかね。そのほか、多岐田がここに来ていたことを証明するものでもいい」

「あの人はどうです？　元担任で将棋クラブの佐々木先生」

「そうだったな。マンションで古い写真が見つかっている。佐々木と多岐田、別所賢一が一緒に写っていた。右耳の写真もあった。当時、佐々木もここに来ていた可能性が高い」

　何か痕跡があるのではないか、と思えた。藤木と秀島は、手袋をつけた手で家の中を調べ始めた。まずは今、自分たちがいる研究室だ。書棚に大量の本があるので、何か挟まっていないか一冊ずつ確認していった。

　急いで作業をしたのだが、一時間ほどかかってしまった。結果は空振りだ。これといって気になるものは見つからなかった。

　藤木たちは研究室を出た。手分けしてほかの部屋をひとつずつ見ていくことにする。ダイニングルームにリビングルーム、トイレ、浴室。そして二階の個室四つと、物置のような部屋。

　立ったりしゃがんだりを繰り返すうち、足腰が痛くなってきた。ここ数日、捜査で歩き回ったことも影響して、全身に疲労感がある。

「見つかりませんねえ」秀島が言った。「人数を集めて、もっと入念にやらないと駄目ですかね」

「弱ったな。どうするか……」

藤木は唸った。そこまで大掛かりにやるのなら、いろいろ手続きを踏まなくてはならないだろう。別所賢一、礼二にもきちんと話をつける必要がある。何かの容疑が固まればガサ入れの令状も出るはずだが、そこまで裏が取れるかどうかはわからない。

秀島に捜索の続きを頼んで、藤木は勝手口から外に出てみた。

空は曇ったままだった。風が吹き始めて庭の低木が揺れている。遠くから、ざざざ、と木々の音が聞こえてきた。まるで雑木林の中を、目に見えない何かが走り回っているかのようだ。

庭を歩きながら、藤木は思案に沈んだ。

先ほど秀島が思い出させてくれたが、佐々木克久のことも考えなくてはならない。今年の二月、彼はマンションの自室で殺害された。両耳を自分の血で汚し、何かを伝えたかったようだ。そのことから想起されるのは、三十年前の守屋誠殺害だった。

いや、もうひとつある。守屋誠のことだけを伝えるのなら、右耳だけでよかったはずだ。左耳まで血で汚したのは、被害者Xの存在を知らせたかったからではないか。

そんなふうに思えた。

ところで、佐々木の後輩がある情報について話していた。生前、佐々木が妙なことを言っていたというのだ。あれは何だったか。藤木はメモ帳のページをめくった。

《罪を犯した人間には、やっぱりバチが当たるんだね》

《十三階段を下りたら、そこは墓場だ》

後輩はそう証言してくれた。罪の話とともに出たのなら、この十三階段というのも過去の事件と関係あるのではないだろうか。

十三階段といえば、絞首台への段数として有名だ。だが今の日本で、そういう階段が一般的に使われているとは思えない。そもそも絞首台の十三階段は登るものであって、下りるものではない。

考えながら藤木は庭を歩いていく。

建物の東側には小屋がある。前回、中を覗いてみたが、灯油のポリタンクや猫車、段ボール箱などがあるだけだった。だが念のためもう一度見てみようか、と近づいていった。

小屋のそばに行き、まず外観をチェックした。特に不審な点はない、と思いかけたとき、ドアの上部に奇妙なものを見つけた。

《†》というマークが刻まれていたのだ。前回来たときは見落としていたようだった。

藤木はドアに右手をかけた。鍵はかかっていないから、すぐに開いた。中に照明器具はない。しかし、ドアを開けておけば外光を入れることができる。

床には赤いカーペットが敷いてあり、あちこち泥や埃で汚れていた。これなら土足で入ってもかまわないだろう。藤木は小屋の中のものを順番に確認していった。段ボール箱の中は、古着や台所用品などだ。古本も少し入っていたが、何かが挟まっていたり、書き込みがあったりすることはなかった。灯油のポリタンクも空だし、怪しいところは何もない。

それでも《†》マークが気になった。線の太さが一定ではなく、飾りが付いたようになっている。スマホで調べると「短剣符」とか「ダガーマーク」とか呼ばれるものだとわかった。書籍の中で、引用元や脚注などを表すときに使う記号だという。

だが、縦と横の線が組み合わされていれば、すぐ頭に浮かぶのは十字架だ。人の死と関係ありそうな気がする。

死と繋がりそうなダガーマーク。佐々木が口にしたという十三階段。いや、それだけではない。佐々木は言ったのだ。十三階段を下りたら、そこは「墓場」だと。

このダガーマークは墓を示唆しているのではないか、と思えた。だとしたら、この辺りに十三階段があるのではないだろうか。

藤木は小屋の外に出て、辺りを見回した。だが何もない。地面のあちこちを強く踏んでみたが、気になるものは見つからない。

首をかしげながら小屋の中に戻った。ミニライトで隅々まで照らしてみる。何かないかと手で触っていく。

そのうち、はっとした。しゃがみ込んで赤いカーペットを引き剝がす。

小屋の床、東寄りの位置にコンクリートをくり抜いた蓋のようなものがあった。力を込めて持ち上げてみる。思ったとおり、それは取り外すことができた。下には穴が開いていた。真っ暗な中にミニライトを差し入れ、照らしてみる。深さ一・五メートルほどのところから西に向かって階段が造られていた。

――このことを言っていたのか！

どこまで続いているかはわからない。古いものだから、何か危険があるかもしれない。

藤木は黒い家に駆け戻った。二階にいた秀島をつかまえ、大急ぎで小屋まで連れていく。隠されていた階段を見て、秀島もかなり驚いたようだった。

「まさか、こんな場所に階段とは……」

「俺が中に入るから、君はここで待っていてくれ」

「大丈夫ですか？　崩れたりしませんよね？」

「そのために君を呼んだんだ。もし崩れたら助け出してくれ。じゃあ、行ってくる」

「え……。ちょっと藤木さん！」

秀島を残して、藤木は一・五メートルほどの縦穴に入った。穴の内側には短い梯子があって、楽に上り下りできることがわかった。そこから先はコンクリート製の階段だ。一般的な家屋の階段より角度がきついようだった。天井の高さはそのまま約一・五メートルだから、背を屈めていく必要がある。

ミニライトで前方を照らしながら足を進めた。階段は西のほうへ伸びているから、このまま行けば黒い家の地下に至るのではないか。十三段下りたところで階段は終わり、しばらくは平たい廊下になった。その突き当たりにあったのは古い木製のドアだ。かなり頑丈そうだった。

ノブに手をかけてみる。鍵穴はないから施錠はされていないはずだ。錆び付いているようだったが、何度か試しているうちノブが回った。少し勢いをつけて、藤木はドアを開けた。

かび臭いにおいが感じられた。ドアの奥に向けてミニライトをかざしてみる。

そこには、思ったより大きな部屋があった。

和室で言うと八畳ぐらいだろうか。図書室のように棚が何列か配置されている。だがよく見ると、それは書架ではなく陳列棚だった。ライトで明るくなったところを覗き込んで、藤木はぎくりとした。

人の目が、こちらをじっと見ていたのだ。

手帳サイズほどの薄い箱の上に、片目が載っている。白目の部分が赤く変色し、ただれたようになっていた。眼球の周りには皮膚があり、目を中心として顔面から組織を剥がし取ったような状態だ。

藤木は息を呑んで、それを見つめた。違和感があった。本物の目や皮膚にしては、どうも様子が変だ。おそるおそる触れてみると、固い手応えがあった。

これは作り物なのだ。

棚を見ていくと、目の模型のほか手の模型、足の模型などが数多く並んでいた。共通するのは、どれも皮膚に病変らしい部分があることだ。そのうち、藤木ははっとした。耳の模型が見つかったのだ。耳の一部が爛れて水疱のようなものが出来ている。

守屋誠の同級生、大城修介が話していた。誠は「気味の悪いぶつぶつがある耳のおもちゃ」を持っていたという。彼が所持していたのは、こういう模型のひとつだったのではないだろうか。

藤木は地下室を出て、十三段ある階段を登っていった。暗い中、前方に明かりが射している。縦穴までたどり着くと、秀島の顔が見えた。藤木が戻ってきたと知って、彼はほっと一息ついたようだ。

「大丈夫ですか？」

「来てくれ。家の真下におかしな部屋がある」

「おかしな部屋？」

秀島は梯子を伝って縦穴を下りてきた。左手には自分のミニライトを持っている。彼をともなって藤木は階段を進み、先ほどの地下室に戻った。

陳列棚を前にして、秀島はかなり驚いていた。

「上に研究室のような部屋がありましたが、ここはさらに充実していますね」

「気味の悪い模型があるだろう。何だかわかるか？」

「たぶん医学模型ですよ。ムラージュというやつです」

「ムラージュ？」

ええ、そうです、と秀島はうなずいた。

「前に何かの本で見たことがあります。古い時代、病気になった部位を模型として残すことがあったらしいんですよ。でもその後、写真で記録できるようになったので、医学模型は作られなくなったそうです」

そんな模型が、なぜここに集められているのだろう。

少し考えて、藤木は気づいた。黒い家の持ち主、別所賢一は研究者だった。専門は動物だということだったが、広く生物に興味があったのではないか。だからこうした模型を蒐集していたのではないだろうか。

正体がわかれば、恐れるようなものではなかった。だが、それにしても気味の悪いコレクションだ。こんな地下室に隠していたことからも推測できる。おそらく賢一は、これらを他人に見られたくなかったのだ。

藤木は先ほど見つけた耳の模型を指し示した。

「誠くんが持っていたおもちゃというのは、こういうムラージュだったんだろうな」

「そうですね。やはり誠くんはこの家に来ていたんだ……。別所賢一と親しくなって耳の模型をもらったか、あるいは出来心で持ち出したんでしょう。彼が落書きしていたという『耳から血が出ているような奇妙な絵』というのも、これと関係あるのでは？」

藤木たちは手分けして、並んだ品物を詳しく調べていった。秀島はフラッシュを焚いて何十枚も写真を撮っている。

陳列棚には実にさまざまなものが置かれていた。性器の模型や胎児の模型もある。いずれも普通の状態ではなく、何らかの病変が確認できた。そうでなければ医学模型として意味がないのだろうが、藤木の目にはかなり不気味なものとして映る。

壁際の棚に、研究用らしい医学書が何冊かあった。それらの専門書に交じって、子供向けの書籍が見つかった。死者が蘇るといった内容のオカルト本だ。

「これか！」藤木は声を上げた。「書店の主人が話していたよな。行方不明になった日、誠くんはオカルトの本を買ったって」

書店で買った本を持って、誠は黒い家にやってきた。そして、そのまま行方不明になったのではないだろうか。

別の棚をチェックし始めた秀島が、緊張した声で言った。

「見てください！」

どうした、と藤木は近づいていく。秀島は手袋を嵌めた手で、ガラス瓶を持っていた。液体の中に何かが浸されているのがわかった。

「耳じゃないか……」藤木は眉をひそめた。「この形は……人間の右耳だな」

秀島が手首を返すと、瓶の反対側が見えた。ラベルが貼ってあり、カタカナが書かれている。手書きのその文字は《マコト》と読めた。

「守屋誠くんの右耳か！」

「ええと、佐々木克久がパイプスペースに隠していた写真は……」

秀島はガラス瓶を藤木に渡して、再びスマホを操作し始めた。十秒ほどで、画面をこちらに向けてくれた。

「パイプスペースで見つかった写真に、右耳が写っていましたよね。これです」

写真を見ると、耳たぶに陥没したような変形があった。その特徴は、目の前にあるガラス瓶の中の右耳にも認められた。また、過去の捜査資料に載っていた遺体の左耳にも、同様の変形があることがわかった。

「やはりこれは誠くんの右耳だ。間違いない」

藤木はあらためてガラス瓶を見つめた。中の液体はおそらくホルマリンだろう。そこに浸けて、右耳は長い間保存されていた。重大な証拠品だと言える。

さらに、陳列された品の調査を続けていく。

「ちょっと待った。ここにも瓶があるぞ」

藤木は棚の下のほうの段から、別のガラス瓶を取り出した。ミニライトの明かりで照らしてみる。中にはやはり液体があり、子供のものらしい右耳が浸されていた。ラベルには《ケイタ》と書かれている。

「もしかしたら被害者Xの耳じゃないだろうか。……変形などの特徴はないようだ。しかし、タイムカプセルから出た左耳と似ているような気がする」

「DNA鑑定が必要ですが、同じ子供の耳である可能性はありますね」

陳列棚をすべて調べ終わって、藤木は低い声で唸った。

単に、医学模型を保管するための部屋だと思っていた。だがこの地下室にはもっとおぞましい意味があったのだ。生前、佐々木克久は勤務先の後輩にこう語っていた。「十三階段を下りたら、そこは墓場だ」と。まさにそのとおりだった。この地下室はマコトやケイタの墓場だったのだ。

部屋の隅に小さなテーブルが置かれていた。念のため調べると、引き出しが付いているのがわかった。そっと開けてみる。中に入っていたのは大量の古いコピーだった。何かの本を複写したものだと思われる。

数多くの耳の写真が並ぶページがあった。余白の部分にメモが残されている。《チェーザレ・ロンブローゾ》と書かれていた。

その人物が誰なのか藤木にはわからない。だがこれは何かの手がかりに違いない、という確信があった。スマホを取り出し、ロンブローゾという名前を検索しようとしたが、あいにく圏外でネットに繋がらない。電話も無理だろう。

「秀島、急いで外に出よう。電話をかけたい」

「あ……はい、わかりました」

ガラス瓶などを元の場所に戻して、藤木たちはドアのほうに向かった。

階段を登り、小屋の外に出ると、風が強く吹きつけてきた。ざわざわと木々の揺れる音がする。黒い家のほうに目をやってから、藤木は空を見上げた。雲はますます厚くなっている。

藤木はスマホを取り出した。電波状況はよくないが、どうにか通話はできそうだ。スマホの中の電話帳から目的の人物を選び、架電する。じきに相手の声が聞こえた。

「はい、石野です」

「藤木だ。今、会議中かな？　そうでなければ、ちょっと頼みがある」

「あ、大丈夫ですよ。何でしょうか」

「チェーザレ・ロンブローゾについて調べてくれないか。黒い家でそういうメモが見つかった。大量の耳の写真も残されていた」

「耳の写真、ですか……」

「わかったら連絡をくれ。よろしく頼む」

「了解です」

石野はこういう調査が得意だから、じきに結果を教えてくれるだろう。

第一の連絡はこれで済んだ。続いて、もうひとつの連絡だ。

考えを整理してから、藤木はある場所に電話をかけた。すぐに繋がるかどうか不安だったのだが、幸い四コールで相手は出てくれた。自分の名を伝えたあと、藤木はこう言った。

「あなたが知っていることを、隠さず、すべて話してもらえませんか。事件は今まさに進行中です。解決するためには新たな証言が必要なんです。どうか捜査に協力してください」

相手は黙り込んだ。急な電話に戸惑い、ためらっているのがよくわかる。だが藤木としては、なんとしても情報を得なければならなかった。

「我々は先ほど、重要な証拠を見つけました。切り取られた子供の耳です。あなたの協力があれば、あの痛ましい事件を解決できるはずなんです」

しばらく沈黙が続いた。藤木は息を詰めて返事を待った。やがて、電話の向こうから小さなため息が聞こえてきた。

「わかりました」と相手は言った。「何からお話しすればいいでしょうか」

藤木はスマホを握り直した。それから表情を引き締め、事件の核心に近づくための質問を始めた。

4

レシートを見ながら、藤木はタクシー会社に電話をかけた。

自然公園の近くにいることを伝え、配車を依頼する。あいにくどの車も忙しく、到着まで二十分はかかるという。このまま公園の門の前で待つことにした。

腕時計に目をやると、いつの間にか正午を過ぎている。空はますます暗くなっていた。

「藤木さん、訊いてもいいですか？　いったい何がわかったんです？」

秀島が尋ねてきた。そうだ、彼にはまだ詳しいことを説明していない。藤木はスマホをポケットにしまい込み、秀島を見つめた。

「順番に話そう。……どういう経緯かはわからないが、多岐田雅明は三十年前、黒い家の別所賢一と親しくなった。ふたりとも、男児への性的嗜好を持っていたんじゃないだろうか。秘密の趣味を楽しむのに、あの黒い家は絶好の場所だった。最初は多岐田と別所、ふたりだけだったのかもしれない。芸能事務所が設立されたのは十年前だから、たぶん三十年前に的場はいなかった。ビデオ制作会社の浅田も、誠くんの事件とは無関係だと思う」

「あとは佐々木克久ですね」

「そう。三人で写った写真があるから、佐々木は多岐田、別所とつきあいがあったはずだ。佐々木は子供が好きで小学校の教員になった人物だ。これも想像だが、程度の差こそあれ、佐々木も男児への興味を持っていたんじゃないだろうか。それで別所や多岐田と知り合い、親しくなった。ただ、佐々木は気が弱かったというから、粗野な多岐田によって精神的に支配されていたのかもしれない。子分のように扱われるという感じでね。とにかく、三人は黒い家に集まって趣味の時間を過ごしていたんだろう」

藤木はあの家の間取りを頭に思い浮かべた。

広いリビングルームで別所賢一たちはくつろぎながら、趣味の写真などを見ていたのかもしれない。買ってきた酒を飲み、料理を食べて深夜まで話をする。眠くなれば寝室に行く。そうだ、寝室らしい部屋は四つもあった。

「我々は守屋誠くんの事件を捜査してきたが、被害者はもうひとりいた。犯行の背景は同じだろう。多岐田たちが被害者X――ケイタという子を拉致監禁して殺害、そのあと耳を切断したんだ」

「そこで、なぜ耳かという話になるわけですよね」

そのとき、藤木のスマホに電話がかかってきた。液晶画面を見ると、石野の名前が表示されている。いいタイミングだ。

「もしもし、藤木だ。わかったか？」

「はい。チェーザレ・ロンブローゾは有名な犯罪学者ですね。罪を犯す者は遺伝的に決まっている、という説を発表した人です。犯罪者の身体的な特徴を調べて、そういう結論に至ったそうです。今では、その説はまったく否定されていますけど」

「ずいぶんと差別的な研究だったんだな……」

「耳の写真があった、ということでしたよね」

「ああ。いろいろな耳の写真が集められていた」

「それはロンブローゾの研究のひとつだったようです。耳の形はその人に固有のものであり、個人を識別するのに役立つのだ、と……。普通、私たち警察が個人の識別に使うのは指紋なんですが」

それを聞いて、藤木は思わず声を上げた。

「思い出した！　書店の主人が証言していたんだ。誠くんはあるとき『耳と指とどっちがすごいと思う？』と訊いてきたそうだ。あれは、耳の形と指紋のことを言っていたんじゃないだろうか」

「そうかもしれません」石野は言った。「たとえばこうでしょうか。動物学者だった別所賢一は、人間の耳に特別な思い入れがあった。ロンブローゾに傾倒し、耳で個人が識別できると信じていた……」

「たぶんそうだ。誠くんの耳はかなり特徴のある形だった。その形に興味を感じて、別所は誠くんを狙ったんだな」

情報がきれいに繋がったという手応えがあった。

「石野、助かったよ。ありがとう」

「お役に立てましたか。よかった……」

そのほか、黒い家に地下室があったことを石野に話しておいた。大和田に伝えてくれるよう頼んで、藤木は電話を切る。

秀島がこちらをじっと見ているのに気がついた。藤木は、ロンブローゾについてわかったことを彼に説明した。秀島はすぐに理解してくれたようだ。

「たしかに、誠くんの耳は珍しい形でしたね。でもケイタくんのほうは、あまり特徴がありませんでしたけど……」

「あれも研究者から見れば、何か特別なものだったのかもしれないぞ」

別所賢一は、珍しい形をした耳がほしかったのだろう。そういう動機で子供たちを襲った。普通なら考えられないような話だが、あの黒い家で起こったことだとすれば、納得できそうな気がする。研究室に並べられた動物たちの剝製。地下室にあった医学模型やホルマリン漬けの耳。いずれも猟奇的な気配を感じさせるものばかりだ。

「順番としてはこうだろうか」考えながら藤木は言った。「別所や多岐田はまず誠くんを殺害し、耳を切った。誠くんの遺体を隣町の雑木林に埋めた。しかし誠くんだけでは飽き足らず、また事件を起こした。今度はケイタ少年が殺害された。そこから先、詳しい事情はわからないが、ケイタ少年の左耳を佐々木が持ち出し、タイムカプセルにしまい込んだ……」

「仲間割れが起こったと見るべきでしょうか」

「そう考えればいろいろと納得がいく。佐々木は自分の身を守るため、事件の証拠品を手に入れたんだろう。別所、多岐田、佐々木が写った写真は、事件に関わった人物を示唆している。ホルマリン漬けにされた誠くんの右耳の写真は、被害者を特定するとき役に立つ。そして究極の証拠品としてケイタ少年の左耳を、タイムカプセルに隠したわけだ。もし自分に手を出したら過去の罪をばらす、と多岐田たちを脅していたのかもしれない」

「タイムカプセルというのはかなり突飛ですけどね」

「ちょうど埋設イベントが迫っていたから思いついたのかもな。考えようによっては、銀行の貸金庫よりずっと安全じゃないか？」

「ところが昨日になって、その秘密が明らかになった」秀島は腕組みをした。「タイムカプセルが掘り出されることで、三十年前の事件が公になる。それは必然だったわけですよね」

三十年前の時点で、佐々木が警察に自首することを考えていたかどうかはわからない。結論から言えば、彼は罪を告白しないまま殺害されてしまった。だが死の間際、佐々木は自分の耳を血で汚したのだ。最期まで少年殺しの罪から逃れられず、犯行を悔いていたという見方もできるだろう。

「藤木さん、もうひとつの電話はどうだったんです？」

「ああ、そうだった。重要な証言が得られたよ」藤木はうなずいた。「その証言に従って、俺たちは動こうとしている。事件はまだ終わっていない」

緩やかな上り坂を、タクシーがこちらへ走ってくるのが見えた。藤木はその車に向かって大きく右手を振る。

後部座席に乗り込んでみて、先ほどと同じ運転手の車だと気がついた。

「ご利用ありがとうございます」女性運転手は笑顔を見せた。「刑事さん、用事は済んだんですか?」

「おかげさまで収穫がありましたよ」藤木は言った。「さあ、ここからが勝負だ。運転手さん、急いでもらえますか」

藤木は目的地を告げる。運転手は復唱してから車をスタートさせた。

住宅街の一画に、周囲とは雰囲気の異なる建物があった。

敷地面積はほかの家の四倍ほどだろうか。周囲にはぐるりと塀が巡らされている。

タクシーが走り去るのを待ってから、藤木と秀島は家の正門に向かった。

表札の隣にインターホンがある。ボタンを押してしばらく待ったが、返事はなかった。もう一度押す。やはり応答はない。

「留守なのかな」藤木は門の上から首を出し、敷地内を覗いてみた。「いや、車が二台ある。中にいるはずだ」

その車には見覚えがあった。この家の主人が移動に使っていたものだ。

藤木は門の向こう、ポーチのほうに目を向けた。玄関のドアや、その周りの窓に不自然な点はない。だが、何か嫌な予感がした。

「どうします?」

秀島が訊いてきた。彼も不安そうな顔をしている。

ふたりで塀の外を歩いてみた。門は二カ所だ。先ほどチャイムを鳴らしたのが建物の正門。もう一カ所、東のほうに通用門があった。人ひとりが通れるぐらいの狭い門だが、よく見ると閂《かんぬき》が外れて、わずかに開いた状態になっている。

「藤木さん！」

秀島が建物の窓を指差した。クレセント錠の辺りでガラスが割られている。

「まずいな。中で、厄介なことになっているようだ」

藤木たちは両手に白手袋をつけた。

失礼しますよ、と小声で言って通用門を抜ける。二メートルほど先に割られた窓があり、その隣に勝手口のドアが見えた。

注意を払いながら藤木は勝手口に近づいた。ドアハンドルに手をかけてみる。施錠されていないことがわかった。

どうやら予感が的中したようだ。藤木は振り返って秀島にささやいた。

「我々は運がいいのか悪いのか。犯人はまだ中にいるかもしれない」

「だったら僕らは運がいいんですよ」秀島は言った。「今なら間に合う可能性がある。市民の安全確保のため、家に入りましょう」

うなずいて、藤木はドアを細めに開けた。中には自転車が停められそうな広い三和土があり、通信販売の段ボール箱が積まれている。その先は廊下だ。

一歩、中に入ってみて藤木はぎくりとした。段ボール箱の向こうに誰かが倒れていたのだ。

素早く近づき、しゃがんで上体を起こしてみた。ワイヤーで手足を縛られた男性だ。黒いスーツと吊り上がった目に見覚えがある。外国製の車を運転し、高齢者施設にやってきた人物。たしか木之内という名前だったはずだ。彼は秘書であり、ボディガードも兼ねているのではなかったか。

「大丈夫ですか」藤木は小声で尋ねた。「わかりますか?」

木之内は身じろぎをしたが、はっきりした返事はなかった。固く閉じられた目から、かなり涙が流れている。額から出血があった。催涙スプレーをかけられ、殴打されて気を失ったあと縛られたのだろう。油断していて襲われたようだが、これではボディガード失格だ。

調べた結果、致命傷はないらしいとわかった。藤木は手足のワイヤーをほどいて、木之内を自由にしてやった。それでも意識を取り戻す気配はない。手当てが必要なのだろうか。だが今、はたして時間の余裕はあるのか。

そう考えているとき、家の奥から大きな声が聞こえた。

「ああああ……あああ……ああ」

悲鳴とも嘆きともつかない男性の声だ。思い浮かぶのは七十代、白髪頭の男性だった。エスケン工業の会長であり、この家の主人である別所礼二だ。

木之内を床に寝かせて、藤木は立ち上がった。別所は奥にいる。早く救出しなければ、彼の身が危険だ。

足音を立てないよう注意しながら廊下を進んでいった。いくつかドアが並んでいたが、突き当たりの部屋から物音がする。あそこだ。秀島にハンドサインを出してから、藤木は慎重に近づいていった。

開いているドアの手前で一度足を止めた。中はリビングルームだろうか。東西に長い造りのようだが、ここから見えるのは西側の一部だけだった。部屋の大部分は死角になってしまっている。

藤木は身を屈め、そっと室内を覗き込んだ。

思ったとおり、そこはリビングルームだった。広さは三十畳ほどで、どっしりしたソファセット、大画面の液晶テレビ、巨大なスピーカーなどが配置されている。南側は掃き出し窓になっていて、大小の庭木が見えた。

部屋の中ほど、二階へ通じるらせん階段の近くにふたりの男性がいた。ひとりは床に這いつくばり、低い声で呻いている。白髪頭に細い顎の高齢男性。農業機械メーカーの会長・別所礼二だ。今、彼の表情は苦痛に歪んでいた。

そばにしゃがみ込み、冷たい目で礼二を見ているのは黒いジャンパーを着た男だった。彼は白手袋を嵌めた手にスタンガンを持っている。ばちばち、と大きな音がして青白い火花が散った。男は無表情のままスタンガンを礼二に押しつけた。礼二はびくりと体を震わせる。それから、また呻き声を上げた。

まずいな、と藤木は思った。スタンガンに殺傷力はないだろうが、礼二は高齢だ。このまま電撃を受け続けたらどうなるかわからない。

そのとき、ジャンパーの男が鋭い声を出した。

「おい、誰だ！」

咄嗟に藤木は体を引いた。壁の陰に身を隠して息をひそめる。

また声が聞こえた。

「こそこそ隠れていないで出てこい！」

今わかるのは、奴がひどく興奮し、攻撃的になっていることだった。荒い息づかいがそれを物語っている。

藤木は眉間に皺を寄せ、何度か呼吸をした。このあと起こるであろうことを想像し、拳を握り締める。こんな感覚を味わうのは久しぶりだ。若いころは切り込み隊長のような気分で飛び出していったものだが、歳をとってからは後輩たちに守られるようになっていた。藤木自身もそれを自然に受け入れていた。

しかし今、この場にいる警察官はふたりだけだ。

藤木は秀島に指示を出したあと、ひとりで部屋の中に入った。七メートルほど先にいるジャンパーの男をじっと見つめる。男は床にしゃがんだまま、礼二の肩に手をかけていた。

「その人を放しなさい」藤木はゆっくりと言った。「スタンガンを床に置くんだ」

「俺に命令するな」男は藤木を睨みつけた。「このじいさんが何をしたか、知りもしないくせに」

「あなたは別所さんたちに恨みを持っているんだろう？　三十年前、小学生が襲われ、耳を切られた。その復讐のためにあなたは多岐田雅明さんを殺害した。そして今日は別所礼二さんを殺害しようとしている」

藤木の言葉を聞いて、男は意外だという顔をした。

「調べたのか？　あんたら警察が」

「我々は未解決事件を担当しているんだ。三十年前の捜査員たちとは違う。すべて、調べはついている」

藤木は笑みを浮かべてみせた。だが、内心ではこれ以上ないぐらいに焦っていた。おおまかな筋読みはできているが、細かいところまではわかっていないのだ。

それでも、と藤木は思った。今はハッタリを利かせて相手を説得しなければならない場面だ。そうするしかなかった。

「別所賢一さんの家は知っているな?」藤木は問いかけた。「我々は先ほど、あの家の地下室で少年の耳を見つけた。三十年前に切断され、ホルマリン漬けにされていたものだ」

床に倒れていた礼二が、はっとした様子で顔を上げた。あの家の持ち主は兄の賢一だ。だが礼二も耳のことは知っているのだろう。そうであれば、三十年前に起こった事件のことも聞いているに違いない。

「あの家に地下室があったのか?」

男は驚いているようだった。建物には侵入できたが、地下室にはたどり着けなかったものと見える。当然のことだ。あの部屋へ行くには、庭にある小屋から秘密の階段を下りなければならないのだ。

「ホルマリンの瓶にはラベルが貼ってあった。こんな名前が書かれていたよ。ひとつは『マコト』……」

藤木は相手の様子を観察する。そのあと、こう続けた。

「もうひとつは『ケイタ』だ」

それを聞いた途端、男は大きく目を見開いた。口を半開きにして息を吸い込み、苦しそうな表情を浮かべる。激しく体を震わせ始めた。

「世間で騒がれたのは守屋誠くんの事件だった」藤木は言った。「しかしもうひとり被害者がいた。それがあなたの大事なケイタくんだな？」

「そこまでわかっていて、どうしてこいつを逮捕しなかったんだよ。佐々木も、多岐田もだ。あんたらがもたもたしているから、俺が動かなくちゃいけなかったんだぞ」

男は吐き捨てるように言って、激しく首を左右に振った。うっすらと目に涙を浮かべている。

「ここまで時間がかかってしまったのは申し訳なかった。あなたには謝罪しなければならないと思っている」

「警察が間抜けだから、俺は人を殺してしまった。あの多岐田をだ！」

「わかった。これからあなたの話をゆっくり聞こう。あなたには同情の余地がある」

「同情なんて必要ない」

男はしゃがんだまま、スタンガンを投げ捨てた。右手で素早くポケットを探る。

藤木は息を呑んだ。彼が取り出したのはバタフライナイフだ。鋭利な刃が振り出された。

「もっと苦しめてから始末するつもりだった。でも邪魔が入った」

刃先が礼二の首に突きつけられる。少し皮膚が切れて、血が滲み出てきた。

「やめろ。これ以上、罪を重ねないでくれ」

藤木は宥めるような調子で話しかける。だが興奮した男は、もはやその言葉を聞いてはいなかった。

「見ていろ。おまえらの前でこいつを殺してやるよ！」

男は何かに取り憑かれたような目で、ナイフを握る手に力を込めた。

藤木は一歩前に出た。南側の窓に向かって大声で叫んだ。

「今だ。こいつを捕まえろ！」

はっとした表情で、男は窓のほうに目を向ける。だがそこには誰もいない。

次の瞬間、上から何かが落ちてきた。

いや、落ちたのではない。らせん階段の途中から、秀島が床に飛び下りたのだ。

突然の出来事に、男は反応することができなかった。一瞬のうちにナイフを叩き落とされ、床に組み伏せられた。叫び声を上げ、どうにか逃れようとしたが無駄だった。秀島の体の下で、男はまったく身動きできなくなっていた。

藤木はふたりのそばに駆け寄った。

「すまない、秀島。礼を言うよ」

「うまくいってよかった」男を押さえたまま、秀島はうなずいた。「本来なら、もっと時間をかけて説得すべきところですよ。それなのに藤木さんが急かすから、一か八かの勝負になってしまって……」

「いや、君ならやってくれると信じていた」

藤木が犯人を引きつけている間、別の階段から二階へ上がるよう指示してあったのだ。男を説得しているとき、秀島はらせん階段を静かに下りてきていた。タイミングを見て飛び下り、男を制圧してくれたのだ。

ナイフとスタンガンを回収して、藤木は別所礼二の状態を確認した。喉にごく小さな切り傷がひとつある。あとは打撲傷だけだ。

礼二をソファに座らせたあと、藤木は男に近づいていった。彼は秀島に促され、ゆっくりと立ち上がる。もう抵抗する意志はないようだ。

あらためて藤木は男を見つめた。歳は六十代だろうか、若い人物ではない。ジャンパーのファスナーが半分開いて、下に臙脂色のカーディガンを着ているのがわかった。両手には前回会ったときと同様、白手袋を嵌めている。

「多岐田雅明の殺害現場にボールペンがあったが、どういうわけか指紋がひとつも付いていなかった。あれは、あなたが誤って落としたものだな？　普段からあなたは仕事でボールペンを使っていたが、手袋をしていたから指紋が付かなかったんだ」

男は自分の両手を見た。職業柄、彼はいつも白手袋を嵌めているのだ。

「さあ、署でゆっくり話をしよう、戸倉さん」

藤木たちの前にいる人物。それはタクシー運転手の戸倉だった。捜査初日に、自然公園までの往復で世話になった人物だ。その翌日にも彼の車に乗った。

今日、戸倉は窓ガラスを破ってこの家に侵入した。ボディガードの木之内に見つかったが、催涙スプレーやスタンガンで攻撃し、何かで頭を殴って昏倒させたのだろう。そして彼を縛り上げたあと、ターゲットである別所礼二を襲ったのだ。

「三十年……三十年だよ」戸倉は顔を歪ませ、絞り出すような声で言った。「あんたたちに俺の苦しみがわかるか？　大事な息子を亡くした親の気持ちが……」

藤木は彼に話しかけようとした。だが、思い直して言葉を呑み込んだ。秀島も黙ったままだ。

静かな部屋の中、戸倉の嗚咽がいつまでも続いていた。

5

小さな机の向こうには今、被疑者が座っている。

別所礼二を痛めつけていたときの異様な熱気、憤りなどはすでに感じられない。彼は肩を落とし、意気消沈してうなだれている。先ほどから机の上の小さな染みを見つめているようだ。

藤木は被疑者と向き合って、じっと様子を窺っていた。部屋の隅には補助官として秀島がいる。パソコンの画面を見つめているが、こちらに注意を向けているのがよくわかった。これから始まる会話を一言一句聞き漏らすまい、と身構えているに違いない。

「戸倉健吾《けんご》、取調べの続きを始めようか」

藤木はできるだけ穏やかに話しかけた。だが被疑者、戸倉はまだ目を伏せている。

「出身は富山県。そこでタクシー運転手をやっていた。二十五年前に離婚して今はひとり暮らし。今年の三月、東京都青梅市坂居町に転居し、タクシー会社に就職して現在に至る」

戸倉はぎこちない動きでうなずいた。

「……昨日話してくれたことに間違いはないか？」藤木は続けた。「繰り返しになるところもあるが、確認させてほしい。今年の一月上旬、あなたは佐々木克久から手紙を受け取った。知らない男だったが、読んでみて衝撃を受けた。そこには三十年前、戸倉圭太《けいた》くんを殺害したことが書かれていたからだ。なぜ佐々木が今になってそんなことをしたかというと、病気がかなり進行して、もう長くないと悟ったのが一番の理由だろう。いわゆる『終活』の一環として、佐々木は過去の事件を関係者に告白しようとしたんだ。……手紙を受け取って、あなたはいったいどう感じたんだろうか」

そこまで話して、藤木は相手の様子を観察した。

戸倉は何か思案しているようだった。やがて考えがまとまったのだろう、彼は机を見つめたまま話しだした。

「まあ、驚きましたよね。タチの悪いいたずらじゃないかと疑いました。でも何度か読み返すうち、これは本物かもしれないと思った。佐々木からの手紙には、すごく細かいことまで書かれていたんです。誠くんの事件との共通点まで指摘されていました」

一度話し始めれば、あとはスムーズにいきそうだ。藤木は質問を重ねていった。

「あなたは、守屋誠くんの事件を知っていたわけだな」

「もちろんです。圭太が行方不明になったのが三十年前の十月五日。そのとき圭太は十一歳でした。警察には届けましたが、一向に見つからないので、私は新聞や週刊誌で似たような事件がないか探しました。すると、圭太がいなくなる前の月、九月十三日に誠くんの遺体が発見されていたことがわかった。でもそれは東京の事件だったから、関係があるとは思わなかったんです」

同じ地域の出来事なら、もっと関連を疑っていたかもしれない。だが東京都青梅市と富山県とではかなり距離がある。父・戸倉健吾が関連を見抜けなかったのと同じように、警察もまた、ふたつの事件を結びつけられなかったのだろう。

「手紙を受け取ったあと、佐々木に連絡をとったんだったね」

「そうです。手紙にアドレスが書いてあったので、メールを送ってみました。佐々木はすぐに返事をくれました。十二月から探偵社を使って、私の現在の生活や住所などを調べた、ということでした。何回かメールをやりとりして、私は過去の事件の内容を知りました。犯人は佐々木、多岐田、別所賢一の三名であること。そして、佐々木が勤めていた小学校のタイムカプセルに何かが入っているらしいこともわかった。ただ、圭太がどんな目に遭い、どのように殺害されたかまでは教えてもらえませんでした。言いづらかったのか、あるいは秘密を残しておきたかったのか……」

戸倉の声が少し震えた。高ぶる気持ちをどうにか抑えようとしているらしい。

彼の心の内は藤木にもよくわかった。三十年過ぎてしまったとはいえ、戸倉は我が子がどこかで生きていることを祈っていただろう。だが佐々木からの手紙やメールには、残酷な真実が記されていたのだ。

「そのメールで、佐々木たちが守屋誠くんを殺害したことも知ったわけだな？」

「ええ。すでに調べていた東京の事件が、うちの圭太と関係あるとわかって驚きました。三十年前、自分でその可能性に気づいていればよかった、と後悔しましたが、今さらどうなるものでもありません。私は、事実が確認できたら多岐田たちに復讐しようと決めました」

「……警察に相談しなかったのはなぜだ？」

「三十年前の不甲斐なさを考えたら、届けても無駄だと思ったんですよ。警察は頼りにならないし、信用できない。それに、もし多岐田たちが逮捕されたとしても、死刑にはならないかもしれない。だから自分で始末をつけることにしました。ただ、そのとき気になったのは、誠くんの両親のことです。彼らは子供の死を受け入れられたんだろうか。今、いったいどんな心境でいるのか。……私はまた佐々木にメールを送って、守屋誠くんの家を教えてほしい、と頼みました。罪ほろぼしがしたかったんでしょうね、佐々木は守屋さんの住所や電話番号を教えてくれました。私は連絡をとったあと青梅市に行って、守屋夫妻に会いました」

「守屋さんは相当驚いていただろう?」

藤木が尋ねると、戸倉は下を向いたままゆっくりうなずいた。当時の記憶をたどっているようだ。

「最初は信じてもらえないかと思ったんですよ。でも、佐々木は私だけでなく守屋さんにも告白の手紙を送っていたので、すぐに話が通じました。私たちは夜通し、事件のことを話し合いました。殺害された子供のことを思って、涙を流しました」

その様子を想像すると、藤木も胸が詰まった。佐々木が送った手紙が、本来知り合うはずのない戸倉と守屋を引き合わせたのだ。

「今年二月、佐々木とは連絡がとれなくなった、ということだったね。その後あなたは新聞やテレビで、彼が殺害されたことを知った。三十年前の事件と関係しているに違いないと思い、青梅市坂居町の人々を調べることにした……」

「いろいろ考えた結果、今年の三月に坂居町に引っ越したんです。もともとタクシーの運転手だったから、あの地域にあるタクシー会社に入りました。三十年前に二十代、三十代だった住人たちは今、中高年になっています。私にとっては好都合でした。駅や病院、高齢者施設などでたくさんの客を乗せて、運転しながら話を聞くことができました。それに、休みの日には町の公民館や居酒屋に行って知り合いを増やした。そうやって昔の事件の情報を集めていきました。佐々木とのやりとりで、多岐田と別所賢一が共犯者だとわかっていたから、おもに裏を取る感じだったんですがね」

「黒い家のことも調べたわけだな。別所賢一さんの家だ」

「そうです。ところが今年の三月に、別所賢一は施設に入ってしまった。それで私は思い切って黒い家に侵入し、三十年前の事件の証拠を探しました。でも時間が経ちすぎていたせいで、めぼしいものは見つかりませんでした」

「事件に関わる大事なものは、賢一さんが移動させていたんだろうね、地下室へ」

「ああ……。この前、刑事さんが地下室のことを言っていましたね。そんなものがあるとは、まったく知りませんでした」

家の間取りを思い出しているのだろうか、戸倉は目を伏せたまま黙り込む。しばらくそうしていたが、やがて彼は再び話しだした。

「まあ、地下室については当時の警察も気づいていなかったわけですよね。黒い家が怪しいというので警察が一度、別所の許可を得て屋内を調べたと聞きました。しかし何も出なかった。家の中を見せてしまうことで、別所賢一は自分の疑いを晴らしたんでしょう。……そしてもうひとつ。別所の弟・礼二は町の有力者でしたから、警察としてもそれ以上疑うのはやめよう、ということになったんじゃないですか？」

「……たしかに、それはあったかもしれない」

「そういう想像をしているうち、私の中で疑念が膨らんできました。賢一が少年を殺害したのを、もしかしたら弟の礼二が隠蔽したのではないか、と」

ここで別所礼二が出てくるわけだ。なるほど、と藤木は納得した。

「それであなたは、別所礼二のことも調べ始めたわけか」

「地元の名士という立場を守るため、別所礼二は兄の犯罪の尻拭いをしたのだろう、と私は考えました。今年の二月に佐々木を殺害したのも礼二ではないか、と思った。実際、礼二の家に押し入って痛めつけたとき、あいつは白状しましたよ。私たちに告白の手紙を送ると同時に、佐々木は警察に自首もしようとしていた。それを知った礼二はボディガードの男に命じて、口封じをさせたんです。

佐々木の部屋からは日記や手帳、メモなどが持ち去られていましたよね。小学生殺害の記録が残っているといけないから、すべて持ち出すよう礼二が指図していたんですよ。刺されたとき、佐々木はボディガードからいろいろ聞かされたのかもしれない。それで佐々木はすべて礼二の企みだと理解して、自分の耳に血を付け、メッセージを残したんでしょう。しかし、警察はそのことに気づかなかったようですね」

それに関しては藤木も残念に思っている。だが複雑な背景を知らなければ、耳の汚れから過去の殺人事件を類推するのはかなり難しいはずだ。

「私は具体的な復讐計画を練り始めました」戸倉は言った。「佐々木はもう殺害されてしまった。残っているのはふたり、多岐田雅明と別所賢一です。いや、ふたりに協力した別所礼二を加えれば三人だ。それに対してこちらはひとりしかいません。どうするか。……そこで守屋誠くんの両親を思い出しました。彼らも犯人には恨みを持っているはずです。私はもう一度、守屋夫妻を訪ねて、一緒に復讐しましょうと持ち掛けました」

部屋の隅で、秀島が身じろぎをしたのがわかった。

藤木としてもある程度予想していたことだったが、実際に話を聞くと驚かされる。戸倉は守屋夫妻を、事件の共犯者にしようとしたのだ。

「でも守屋夫妻には断られました。そんな恐ろしいことはできない、と言われたんです。いくら時間をかけて説得しても駄目でした。仕方なく、私は言いました。だったら自分ひとりで復讐する、邪魔だけはしないでください、とね」

状況によっては犯人がふたり、または三人になり、事件がさらに複雑になっていたかもしれない。そうであれば、解決が遠のいていた可能性もあった。

「あなたを逮捕する前、私は守屋夫妻に電話をしたんだ」

藤木は自然公園の前で架電したことを思い起こした。

黒い家の地下室には、ロンブローゾの研究資料のコピーが残っていた。あのとき数多くの耳が並んだ写真を見て、藤木は守屋典章のことを思い出したのだ。以前聞き込みに行ったとき、犯人像について典章はこう語った。「人の耳をたくさん集めて、並べて、写真を撮って喜ぶような奴なんでしょう」と。

もしかしたら典章は、ロンブローゾの研究資料を知っているのではないか、と藤木は考えた。そうだとしたら、彼はどのようにしてそれを知ったのか。

電話をかけると意外な話が出てきた。事件の成り行きを気にしていた典章は、過去の経緯を打ち明けてくれたのだ。ロンブローゾのことは佐々木克久の手紙で知ったという。犯人のひとりは耳の研究をしていて、多くの耳の写真を持っている、と書いてあったそうだ。

「そのとき守屋典章さんから、あなたのことを教えてもらったんだよ。……今年の三月、戸倉という男がやってきて、同じように息子を殺害された人だとわかった。八月に彼はまた現れ、一緒に復讐しないかと誘ってきたが、典章さんは断った。十月七日、戸倉はみたび連絡してきて、多岐田の居場所がわかった、いよいよ復讐を始めるが気持ちは変わらないかと言った。典章さんはもちろん拒絶。しかし気になったので警察に情報提供をした」

「……私は裏切られたわけですね、あの夫婦に」

「彼らを責めることはできないだろう。あなたからの誘いを断ったあと、守屋夫妻は相当悩んだそうだ。犯人が憎いのは事実だから、あなたの犯行が成功したら自分たちも溜飲が下がる。しかしそれは罪深いことだとわかっている。どうすればいいのかと板挟みになったらしい」

「悩むのはかまいませんよ。でも、邪魔だけはしてほしくなかったんですがね」

なるほど、と藤木はうなずいた。結局のところ、戸倉自身が漏らしたそれらの情報によって、彼は追い詰められたのだ。

「守屋さんの情報提供によって警察の捜査は始まった。しかし我々が聞き込みに行くと、守屋夫妻は動揺したそうだ。自分たちがたれ込みをしたにもかかわらず、そのときは警察にすべてを話す勇気が出なかったらしい。心の底に、あなたの復讐計画が成功してくれたら、という思いもあったんだろう。あそこで夫妻がすべてを話してくれたら、事件はもっと早く解決していたはずだった」

藤木たちが訪ねていったとき、守屋典章は終始不機嫌そうだった。一方、妻の郁江は違っていた。もしかしたら彼女は戸倉の計画に共感できず、怖さを感じていたのかもしれない。だから積極的に藤木たちの聞き込みに応じて、捜査の進み具合を知りたかったのではないか。あのときは夫婦の間にも、事件に対する温度差があったということだろう。

「十月二十一日には、青梅第八小学校へ行け、というメールが警察に届いた。それも典章さんが送ったものだった。あなたが話していたから、発掘イベントには注意しなければならない、警察にはぜひ立ち会ってほしい、と考えたんだろう。……結局、警察に協力したいのか、あなたに協力したいのか、どっちつかずのまま典章さんは行動してしまった。自分でも、やっていることに矛盾があるのはわかっていたようだ。そう考えると、やはりあなたは彼らに何も話さないほうがよかったんじゃないのか？」

藤木がそう問いかけたときだった。戸倉は眉をひそめながら顔を上げた。今日、初めて彼と目が合った。

「私は後悔していませんよ。計画を話すことで、自分の気持ちが固まったんだ。絶対にやり遂げてみせるという覚悟ができた。もう後戻りはしないという覚悟が」

戸倉の表情はかなり険しくなっていた。自分でもよくわかっている、しかし認めたくはない。そういう気持ちがあるのかもしれない。

彼が落ち着くのを待ってから、藤木は話題を変えた。

「タイムカプセル発掘イベントのことを聞かせてもらおうか。あなたは圭太くんの耳が出てくることを知らなかったんだよな？」

「もちろんです。何かあるというのは佐々木から聞いていましたが、具体的なことは教えてもらえなかった。だから私は小学校に行ってイベントを見ていたんです」

「来ていたのか？　気がつかなかったな」

「さすがに、耳が出てきたときはショックを受けましたよ」眉根を寄せて戸倉は言った。「刑事さんたちは隠そうとしていましたが、左耳だという話はあの場ですぐに広まっていました」

藤木は顔をしかめた。できるだけ人々を遠ざけたつもりだったが、何人かがあの瓶を見ていた。藤木たちが左耳だと話しているのも、聞こえてしまったのだろう。

「佐々木がタイムカプセル発掘に注目しろと言った理由がよくわかりました。守屋誠くんの遺体から切断されたのは右耳です。となると左耳は圭太のものではないか。これこそが、圭太を殺害したという佐々木の話を証明するものだ、と私は考えました。息子のかたきを討ちたかった。佐々木からのヒントで、圭太に目をつけて拉致したのは多岐田らしいとわかっていました。だから最初に奴を殺すことにした。探偵社に調べさせましたが、あいつは男児に興味を持つ小児性愛者ですからね」

「ああ、そのようだ」

「二十一日の夕方、窓ガラスを割って多岐田の家に忍び込みました。夜、あいつが帰ってきたところで催涙スプレーを浴びせかけ、特殊警棒で滅多打ちにしてやった。タクシー運転手の中には、防犯のため催涙スプレーを用意している者がいるんですよ」

そういうことか、と藤木は思った。購入の難しいものではないが、戸倉がどういう経緯でそれを入手したかは気になっていたのだ。

「私は多岐田に三十年前のことを白状させました。思ったとおり奴が主謀者だった。事情がわかると、私は多岐田を刃物で刺し、首を絞めて殺しました。おそらく圭太の耳は両方切られただろうから、意趣返しとして奴の両耳を切ってやりました。ただ、そのとき焦っていてボールペンを落としてしまった。気がついたのは家に帰ってからだったので、回収するのは諦めたんです。

あとふたり、復讐すべき相手がいました。でも別所賢一は施設に入っているので、殺害するとなると面倒です。先に礼二をやることにしました。押し入って痛めつけ、刑事さんたちが来る前にすべてを白状させました。あの男は万死に値すると思った。それほどひどいことをしたんです」

「それはいったい……」

「礼二は事件を隠蔽しただけでなく、圭太に恐ろしいことをしました。奴は一旦庭に埋めた圭太の遺体を、もう一度掘り起こさせたんです。庭に埋めたのでは、何かあったとき警察に見つかるおそれがあるから、と。そして礼二は、掘り出した圭太の遺体を……」

戸倉は目を大きく見開いた。机を強く叩いたあと、怒気を含んだ声で言った。

「バラバラに切断させて山奥に埋めさせたんです。身元がわかりにくくなるように、そうしたというんですよ。人間のすることじゃない！　圭太は二度殺されたのと同じです。絶対に許せなかった」

感情を抑えられなくなったのだろう、戸倉は嗚咽した。ぶるぶると体を震わせ、血走った目で藤木を睨みつける。彼の口から言葉が絞り出された。

「賢一も礼二も、兄弟揃ってクソ野郎だ。あんな奴らは死ぬべきなんだよ。生きている価値もない。何の役にも立たないごみくずだ」

戸倉は明らかに興奮していた。まずいと思い、藤木は彼を宥めようとした。だがそのとき、部屋の隅から声が聞こえてきた。

「すみません、個人的な意見なんですが、よろしいでしょうか」

秀島がこちらをじっと見ていた。

藤木はゆっくりとうなずく。それを受けて、秀島は被疑者に話しかけた。

「戸倉健吾、あなたには同情します。……同情はするが、しかし共感はできません。

死ぬべきだとか、生きている価値もないとか、そういうことは安易に口に出すべきではない。これはあなたのために言っています」

「冗談じゃない！　警察がしっかり調べてくれないから、こんなことになったんだろう？　俺の三十年を何だと思っているんだ」

戸倉の言葉は、藤木にとってかなり厳しいものだった。三十年前、自分たちがその事件を担当したわけではない。だが同じ警察官である以上、昔の事件は知らないなどと突っぱねることは難しい。

藤木はあらためて後輩の表情を窺った。秀島は眉をひそめて戸倉を見つめている。厳しい口調で彼は続けた。

「人殺しをすれば、今度はあなたが言われるんですよ。あいつは死ぬべきだ、生きている価値もない、ただのごみくずだ、とね」

「私には殺すだけの理由があったんだ」

「それはわかっています。同情もする。しかし他人を指差して、生きている価値がないなんて言うべきじゃないんだ。僕はあなたが許せない」

かろうじて気持ちを抑えていることがよくわかる。秀島がこれほど感情的になるのは珍しかった。過去、刑事として仕事をする中で、何かあったのだろうか。

「秀島、大丈夫か」

藤木が声をかけると、彼は静かに深呼吸をした。口をへの字に曲げたあと、こちらに向かって小さく頭を下げる。

「申し訳ありません。個人的な意見でした」

そう言って彼はパソコンのほうに目を向けた。もう、こちらを見ようとはしない。

いったいどうしたのかと気になったが、ここで尋ねるわけにもいかなかった。何度か咳払いをしてから、藤木は取調べを再開した。

6

戸倉の取調べのあと、藤木と秀島は別室に移動した。

マジックミラーの向こうに見えるのは、別所礼二に対する取調べの様子だった。礼二の正面に座っているのは大和田係長だ。補助官として岸がそばにいた。

別所礼二は喉に絆創膏を貼っている。逮捕の前、ナイフで少し傷を負っていた。そのほか打撲傷もあったが、取調べには支障がないと診断されたようだ。

「さっきのことだが」マジックミラーを見ながら、藤木は秀島に話しかけた。「なぜあんなに怒ったんだ？」

「すみません」秀島は小さく息をついた。「まったく個人的なことなんです。以前、いろいろありまして……」

どうやら話したくないことらしい。普段温厚な秀島があんなに怒ったのだから、相当不快な記憶だったのだろう。

「嫌なことを思い出させて悪かったな」

「いえ、藤木さんは何も……。ああ、別所礼二の取調べが始まりますよ」

藤木と秀島は、隣室にいる大和田係長に注目した。


「別所礼二、あなた自身は何ひとつ手を下していないかもしれない」大和田は落ち着いた口調で言った。「だが、昨日逮捕されたあなたの部下、木之内猛《たけし》が細かいことまで自供している。いずれすべてが明らかになるぞ」

礼二はふてくされたような顔をしていた。警察に対する軽蔑や敵意があらわになっている。自分が逮捕されたことを、今でも信じられずにいるのだろう。

「俺を誰だと思っているんだ。青梅署の署長とも副署長とも、昵懇《じっこん》なんだぞ」

「あいにく我々は青梅署の人間ではないのでね。あなたの罪をすべて暴いて、送検するのが目的だ」

「偉そうに言うな。警察なんぞ、裏であくどいことをしているくせに」

吐き捨てるように礼二は言う。大和田はしばらく相手の表情を観察していたが、やがてゆっくりと、教え諭すような調子で話しだした。

「では木之内の供述と、我々の捜査の結果から推測されることを伝えよう。……三十年前の九月十三日、守屋誠くんの遺体が雑木林で発見された。その後、あなたは兄・賢一に用事があって黒い家を訪ねた。様子が変だと感じて問い詰めると、賢一、多岐田雅明、佐々木克久の三人が、守屋誠くんを殺害したことがわかった。さらに驚いたことに、誠くんを埋めたあと、多岐田は富山県から戸倉圭太くんをさらってきていた。多岐田の友人の家が富山にあって、そこへ行った帰りに拉致してきたらしい。そして、あろうことか、その圭太くんまで殺害していたことが明らかになった。誠くんの遺体は隣町の雑木林で見つかってしまったから、圭太くんは家の庭に埋めた、とあなたは兄たちから聞かされた。……そういう経緯だったんだろう？」

一旦言葉を切って、大和田は礼二を見つめた。そのまま相手の反応を待つ。礼二は頬をぴくりと動かしたが、返事をしようとはしなかった。

十秒ほど経ってから、大和田は話を続けた。

「あなたは頭を抱えてしまっただろうな。この世間知らずの兄は何を考えているんだ、と腹を立てたに違いない。自分は資産家であり、町の名士だ。兄が子供をふたりも殺害したのがばれたら、自分も身の破滅となる。それを避けるためには、すべてを隠さなければならない。……そこで、ずさんな埋め方をした圭太くんの遺体を掘り出させ、バラバラに切断してから、あらためて奥多摩の山中に捨てさせた。それから、もう二度と犯行を繰り返さないよう賢一に約束させた。さらに多岐田と佐々木を脅して、これからは兄に絶対近づくな、今度この家に来たらただでは済まさない、ときつく言った」

大和田はまた被疑者の様子を窺った。居心地が悪いのだろう、礼二は身じろぎをしている。だが、それでも過去のことを話そうとはしない。

「ここからは、木之内が実に詳しく話してくれたよ。……圭太くんの遺体は見つかることなく三十年が過ぎた。ところが今年の一月になって突然、佐々木が動いた。病気で死期が迫ったため気持ちが弱り、過去の出来事を警察に打ち明けたくなったらしい。彼は共犯者である別所賢一に連絡したが、体調が悪いから、と相手にしてもらえなかった。そのころ、もう脳出血の前兆があったのかもしれないな。それで佐々木はあなたに電話をかけてきた。急なことだ。あなたも驚いたはずだ」

上目づかいに、礼二は大和田をちらりと見た。それに気づいているのかどうなのか、大和田は淡々と話を続ける。

「あなたは自首を思いとどまらせようとしたが、佐々木の決意は固かった。仕方なく、あなたは木之内に命じて佐々木を殺害させたんだ。三十年前のことがどこかに書かれているとまずいから、ノートやアルバム、手紙などをすべて持って帰らせた。だから部屋の中がひどく荒らされていたわけだ。……実際、木之内はあなたのためによく働いたよ。もっと労ってやるべきだったんじゃないか？」

ふん、と礼二は鼻を鳴らした。この期に及んでもなお、自供するつもりはないように思われた。

隣室から取調べの様子を見て、これは難しそうだな、と藤木は感じた。

礼二は一代で会社を大きく育てた人物だ。今まで多くの人間と接してきたはずだし、修羅場と呼べるような場面も乗り越えてきているだろう。交渉術や説得術、相手を丸め込む方法など、手練手管を使ってきたに違いない。相手が警察官であっても――いや、警察官だからこそ、礼二は全力で抵抗してくるのではないか。

「手強い相手だよな」藤木は言った。「ただの年寄りというわけじゃない。もしかしたら、反社会勢力と繋がっていたこともあるんじゃないか？」

「そういう情報もありますね」隣で秀島がうなずいた。「たくさんの人を使い、場合によっては冷たく切り捨ててきた。成功するためにはどんな犠牲も厭わない性格でしょう」

「プライドも高そうだよなあ」

「ええ、そのとおりです」秀島はこちらを向いた。「たぶんこのあと、大和田係長はそこを重点的に責めていくと思いますよ」

秀島の言葉を聞いて、藤木は首をかしげた。

「……そういえば今朝、大和田さんは何かつかんだと言っていたよな。切り札があるんだろうか」

「まあ、見てみましょうよ。楽しみですね」

秀島は眉を上下に動かし、おどけるような顔をした。

支援係が出来てから約半年、彼は大和田の捜査技術を見てきているはずだ。藤木はその間ずっと休職していたから詳しい経緯はわからない。かつては大和田と一緒に仕事をしたこともあるが、あれから相当時間が経っている。係をひとつ預かるほどになった大和田がどんな取調べをするのか、藤木も興味を感じていた。


被疑者と対峙したまま、大和田はひとつ息をついた。

しばらく考える様子を見せたが、じきに彼は机の上に両手を出して指を組んだ。

「なあ別所。あなたは人望がないんじゃないか？」

「……え？」

礼二は怪訝そうな顔をした。その変化を見て、大和田は微笑を浮かべる。

「木之内が打ち明けてくれたよ。彼は罪を押しつけられることを恐れていた。今回逮捕されて、木之内は雇い主であるあなたに裏切られると思い込んでいたんだ。……結果として先に裏切ったのは木之内だったが、もし彼があなたという人間を信用していたら、そんなことにはならなかっただろうね」

「本当なのか、それは……」

礼二の口から言葉が漏れた。補助官を務める岸が、おや、という顔をした。

今、礼二が動揺しているのがよくわかる。それを確認した上で、大和田は駄目押しをした。

「共犯者がいる事件では、よくあることなんだよ。どんなに固い約束をしていても、結局みんな自分だけは助かりたいと思ってしまう。今回はそれが顕著だった」

「なに？」

「捕まったときから、木之内は覚悟を決めていたようだ。先にすべて話して、楽になってしまおうとね。……ひょっとしたら木之内は、あなたを嫌っていたんじゃないか？　もし良好な関係を築けなかったのなら、雇い主のあなたにも責任があるだろうね」

「ふざけるな」礼二は舌打ちをした。

「木之内はもともと裏社会にいたらしいな。だが彼も人間だ。病気で弱っていた佐々木を殺害して後味が悪かった、と供述している。逮捕されたときには佐々木の怨念のようなものを感じた、とも言っていた」

「くだらん話だ」

「そうだろうか？　木之内が断片的に知っていたことだが、三十年前、別所賢一と多岐田は、佐々木に対して相当ひどいことをしたようだ。気弱な性格だった佐々木は断れず、ふたりに従って犯罪の片棒を担がされた。さらには、今年になって罪ほろぼしをしようとしたのに殺害されてしまった。彼の魂があなたたちの犯行を暴いたのだと、私は思っているんだがね」

「馬鹿馬鹿しい。何が魂だ」

「その馬鹿馬鹿しいものに、あなたは仕返しされたんだよ」大和田は言った。「木之内のアパートを調べたところ、佐々木克久のノートが見つかった。三十年前の出来事を綴った、手記と言えるものだ。佐々木は別所賢一や多岐田に裏切られたときのために、事件のあらましを書き残していた。今年二月、佐々木の家でそれを見つけた木之内は、あなたに裏切られたときのために、ノートを隠し持っていたというわけだ」

「なんだと……」

礼二は椅子から腰を浮かせた。そのあとの言葉が続かないようだ。

「複雑な事件だった。だが佐々木の想いが我々を動かした結果、あなたは逮捕されたんだ。他人を――自分以外の弱者を、あまり舐めないほうがいい」

決して感情をあらわにするわけではない。だが大和田の言葉には、静かな怒りとでもいうべきものが感じられた。それはおそらく、彼がこれまでに経験してきたさまざまな出来事と関係があるのだろう。

眉をひそめ、礼二は悔しそうな表情を浮かべている。過去の罪を暴かれた上、プライドを傷つけられて怒りに震えているようだ。

そんな礼二を、大和田は黙って見つめていた。

マジックミラー越しに隣室を見ていた藤木は、なるほどな、と大きくうなずいた。佐々木のノートが見つかっていたのなら、それが強力な証拠となる。だから大和田は自信を持って取調べができたのだろう。

さらに、心理面で別所礼二を攻める方法も工夫されていた。礼二はプライドの高い人間だ。部下に信用されていなかった、つまり裏切られる可能性があった、と言われたら間違いなく感情的になるはずだ。ただ手記が出てきたと言うのでは普通だが、その情報の出し方で揺さぶりをかけた。うまいやり方だと思える。

今はまだ礼二も反抗的な目をしているが、このあと時間をかけて問いただしていけば、いずれ落ちるに違いない。それに関しては、長年殺人班にいた藤木ははっきりと確信することができた。

「しかし最後のところだけど……」藤木は秀島に話しかけた。「自分以外の人間――弱者といったかな、それを舐めるなというのはどうしてだろう。大和田さん、前に何かあったんだっけ？」

「昔、事件の捜査でトラブルがあったみたいですよ。高齢者とか体の悪い人とかを狙った強盗傷害事件があって、捕らえた犯人の態度が許せなかったらしいんです。それで犯人を殴ってしまって……」

苦労人タイプの大和田がそんなことをするとは驚きだった。しかし正義感の強い人物であることはたしかだ。よほど腹に据えかねたのだろう。

「そのことが問題になって、大和田係長は異動させられたそうです。それ以来、第一線から外されていたんでしょうね。ところがこの春、支援係の係長になった。花形の部署ではないんですが、今後の活躍次第では評価されるかもしれません」

「そんなことがあったのか……」

藤木は再び、マジックミラーの向こうに目をやった。

不満げな顔をする別所礼二に対して、大和田は厳しい取調べを続けていた。

7

小学校時代――そう、授業もまだそれほど難しくはなく、宿題も普通にできて、成績にもあまり気をつかわなくて済む時期。野原を走り回り、友達と自転車に乗り、家では自分の趣味を楽しむことができる素敵な時代。

その小学校時代は、私にとって本当に辛い時期だった。私は小学五年生のころから、クラスでずっといじめを受けていた。何がきっかけだったのか今ではまったく思い出せない。体育が苦手だとか、授業で発表するとき声が震えてしまうとか、友達同士の会話に加われないとか、そういう細かいことが重なって、クラスメートに鬱陶しがられていたのだろう。子供というのはもともと残酷なものだ。精神的に未発達な者たちが三十人、四十人と集まり、狭い教室に押し込められて毎日濁った空気を吸う。そんな生活が続けば、いずれストレスが攻撃性を生む。やがて生け贄が必要になる。私はその生け贄に選ばれてしまったのだった。

さすがに暴力を受けることはなかったが、靴を隠されたり、ノートに落書きをされたり、机を汚されたりした。最初のうちは話しかけてくれる友達もいたが、自分の身を守るために彼らは私から離れていった。登校のときから休み時間、給食や掃除の時間、下校のときまで、私はずっとひとりだった。誰も話しかけてこない。私が何か言っても返事は返ってこない。まるで透明なガラスの箱に入っているかのようだった。

親は仕事で忙しかったから相談はできなかった。もし相談したとしても理屈っぽい父のことだから、それはおまえのほうに問題がある、と言われそうだった。私は気が弱かったため、先生に打ち明けることもできなかった。結局、小学校を卒業するまで私へのいじめは続いた。

そういう経験があったから、私は小学校の教員になりたいと思ったのだ。自分が教師になり、いじめられている子を助けたい。子供たちを指導して、いざこざのないクラスを作りたい。そんな理想があった。教育大学で免許を取り、私は小学校の教員になった。

以前嫌な思いをさせられた小学校という場所に、先生として通うのだ。今度はうまくやってみせる、という決意があった。立派な教育者になって子供たちと楽しく過ごそう、みんなに尊敬される人間になろう、という希望を持っていた。

ところが——。現実は、私が思っていたものとはまったく違っていた。

これもまた、最初は些細なことが原因だったのだと思う。私はふざける生徒を注意し、社会のルールを教えようとした。だが子供というのは敏感で、やけに察しがいい。私が気弱で、厳しく叱ることができないのを知ると、授業中にお喋りをし始めた。小さなひずみは徐々に広がり、やがてクラスの子供たちはみな私を舐めるようになった。二学期の初めには早くも学級崩壊寸前となっていた。

それだけではない。教員同士の関係にも問題が起きていた。新人教師はいろいろ仕事をさせられるものだ。それは承知している。しかし先輩の教員たちから使い走りを命じられたり、容姿や性格のことをからかわれたり、挙げ句のはてには質問しても無視されたりした。大人になってもなお、こんな低レベルないじめが存在することを知って、私は絶望的な気分になった。

毎日、朝早くから夜遅くまで私は働いた。要領が悪い分、時間をかけて仕事をしなければ、という自覚は常にあった。だが神経をつかい続ければ、どうしてもストレスが溜まる。私は毎晩、酒を飲むようになった。自宅で飲むことが多かったが、たまに気が大きくなると、仕事の帰りに駅前の居酒屋へ寄った。焼き鳥と煮込みが旨くて、それを楽しみに週一、二回通っていたと思う。

今から三十一年前のことだ。私がいつものようにその店のカウンター席で飲んでいると、ふたり連れが私の左隣にやってきた。私は趣味の将棋の本を読んでいて、彼らはそれを見て話しかけてきた。初めは面倒だなと思ったが、彼らは将棋に詳しく、最近流行りの戦法やタイトル戦のことで話が盛り上がった。私には友人がほとんどいない。だから趣味のことで彼らと話せるのはとても楽しかった。

二十歳過ぎで少し太めの男は、多岐田雅明と名乗った。生まれてからずっと坂居町に住んでいるそうだ。視線が鋭くて冷たい印象があるものの、話してみると面白かった。もうひとりは四十代半ばだろうか、別所賢一という男性だ。物静かな感じだったが、動物学者だというので驚いた。自然公園の近くに住んでいて、たまに町へ飲みに来るのだという。ふたりは親子ほど歳が離れていたが、かなり親しいようだった。

酔った勢いもあって、私は彼らといろいろな話をした。毎週その店で落ち合い、三人で楽しく語り合った。そのうち私は、年上で思慮深い別所に仕事の悩みを相談するようになった。逆に彼らふたりも、普通は隠しておくような深刻なことを話してくれた。関係が親密になっていく中で、あるとき男の子の話が出た。

驚いたことに多岐田は小児性愛者で、男児に強い関心があるという。別所のほうははっきり語らなかったが、多岐田を奇異な目で見ないということは、たぶん同じ傾向があるのだろう、と私は思った。多岐田がなぜその秘密を明かしたかというと、私が小学校の教員だと知ったからだそうだ。

「佐々木くんも子供が好きなんだろう？」多岐田は意味ありげな目で尋ねてきた。

私は返事に困ったが、多岐田の言うとおりで、教え子たちに興味がないわけではなかった。小学生の子たちは男児も女児も未発達で、大人になりきれていない特殊な体つきをしている。私はお喋りで遠慮のない成人女性が大の苦手だった。その裏には彼女たちのいかにも性的、いかにもコケティッシュな体への抵抗があったのだと思う。いや、だからといって自分の受け持つ女児たちをどうこうしようという考えはなかった。教師であることを自覚し、恥ずべき行為に走らないよう自制していた。

しかし多岐田や別所の話を聞くうち、その気持ちがだんだん揺らいできた。小学生の魅力を滔々と語る多岐田を前にして、私は自分の良心や信念を疑った。もしかしたら今まで意識しなかっただけで、自分の中にも強い小児性愛の傾向があるのではないか。だから小学校の教員を目指したのではないか。そんなふうに思えてきて、私はかなり悩んだ。子供に手を出せば、取り返しのつかない問題になるとわかっているから、間違っても行動に移したりはしないつもりだ。だが、自分の中にも多岐田のような気持ちが隠れていた可能性があると気づいて、怖くなってきた。

初めて飲んだ日から二カ月ほど経ったころ、「家に来ないか」と別所が誘ってきた。多岐田も笑って「一緒に行こう」と言った。ふたりは居酒屋で飲むのとは別に、別所の家でよく飲んでいるらしい。そのほうが落ち着くから、ということらしかった。自分が別所の家に誘われたのは、仲間として認められた証拠だ、と私は思った。要するにふたりはそれまで、私が信用に足る人物かどうか探っていたわけだ。特別な資格を与えられたように感じて、私は嬉しくなった。次の週末、別所の家に行くことを約束した。

その日、私は自分の軽自動車で出かけた。すでに着いていた多岐田が、自然公園の前で待っていてくれた。狭い林道を慎重に運転していくと、思いがけない場所に黒い家があった。今から六十年ほど前、外国人が建てたもので、その後、別所が買い取ったのだそうだ。水は汲み置きし、調理にはプロパンガスを使い、風呂は薪で沸かすというから驚いた。山小屋のような環境でかなり不便なのだが、その家には、ほかにはない趣があった。私はキャンプに行くような気持ちで黒い家に通った。あの当時、月に二、三回は訪ねていたと思う。

泊めてもらう礼として、私や多岐田は毎回食材を持っていった。スーパーで肉や野菜、飲み物などを大量に買い込むのだ。そういうところもキャンプのようで楽しかった。気候のいいときには庭でバーベキューを、そうでないときは屋内で食事をした。帰りの時間を気にする必要がないから、私たちは深夜まで酒を飲み、たらふく料理を食べた。そうしてある程度酔いが回ると、多岐田が少年たちの写真やビデオを出してきて、三人で鑑賞会をした。それまで私は、自分のことを常識的な人間だと思っていた。だが多岐田に感化されたというべきか、話を聞くうち男児の細い体にも、少しずつ魅力を感じるようになっていった。

多岐田との関係について、別所はこんなふうに語っていた。

「私は学者としてさまざまな動物を研究してきたが、四十代半ばになって、人間というものに興味を抱いた。社会生活を営む上で、他人との関係を築くことは大事だ。しかし世の中にはものの考え方、言うなれば人生のフォーマットが自分とまったく異なる人間がいる。私はそういう人間に接してみたいと思った。そんなとき、町の居酒屋でたまたま出会ったのが多岐田だ。私が動物学者だと知ると、彼はいろいろ質問してきた。一緒に酒を飲むうち、私は驚くべき事実を知った。多岐田は男児を好む小児性愛者だったんだ。多岐田自身も、その欲求は許されないものだとわかっているらしい。しかし、ときどき気持ちが抑えられなくなるそうだ」

「それは困りましたね」と私は言った。「捕まるようなことをしなければいいんですが」

「まったくだな。……酒の勢いもあったが、私はそのとき多岐田にこう話した。君の嗜好は、もしかしたら進化の過程で現れた注目すべき現象かもしれない、とね。多岐田のようなタイプの人が一定数存在するのはたしかで、それを無視することはできない。社会や法律は多岐田たちを排除し、罰しようとするだろうが、動物学者の私にしてみれば、大いに興味をひかれるサンプルだと言わねばならない。そういうことを多岐田に話したんだ」

「それで、どうなりました？」

「彼は自分を認められたと感じたらしく、私の家に通うようになった。私のほうも彼を歓迎した。我々は動物や人間に関するさまざまなことを話した。生き物の進化や分類のこと、社会や文化のこと、さらには哲学的なことまで議論した。私は趣味で剝製作りをしているが、多岐田はそれにも協力してくれた。ああ見えて彼は好奇心や探究心が強いんだよ。最終的には、自分とは何かということを突き詰めていきたいらしい。私にとっては多岐田という人間自体が、面白い研究対象だと言えるね」

多岐田について、別所はかなり冷静に分析しているようだった。

別所には小児性愛の傾向はなかったそうだ。だが彼は多岐田とつきあううち、特殊な考え方をするようになったという。

別所はイタリアの犯罪学者、チェーザレ・ロンブローゾの学説に傾倒していた。犯罪者には遺伝的な身体的、精神的特徴があるとする考え方だ。別所はそれを信じた。というのも、別所の祖父は傷害で二度逮捕されていたし、父は妻や子供たちに長年暴力を振るってきたからだ。別所自身も若いころから時折、暴力への強い衝動を感じていたという。

多岐田からいろいろな話を聞いた別所は、次第に小学生への興味を感じ始めた。性的な欲求を向けることはなかったが、子供の耳は未発達だし、大人とは形が違っているから研究対象として面白い。町の小学校へ出かけていき、子供たちを観察したそうだ。中でも特に別所の目を引いたのが守屋誠だった。彼の耳の形はかなり珍しいものだったのだ。あとをつけると、誠は書店で動物の図鑑を買っていた。これは好都合だった。

別所はその後も町へ出かけて、誠の観察を続けた。

あるとき誠は怪我をしたホオジロを助けた。どうしようかと彼が迷っているところに、タイミングよく別所は声をかけた。「おじさんの家に連れていって治療をしてあげよう」と話しかけたのだ。「安心してほしい、おじさんは動物学者なんだよ」とも言った。誠は別所の車に乗り、山の中の黒い家に行った。

そこには動物の剝製や専門書などがたくさんあった。動物好きな誠は夢中になったようだ。また、彼がオカルト好きだと知って、別所はうまく話を合わせた。さらに、ホオジロの治療をして怪我が治ったら裏山に放してあげる、と少年に約束した。

その後、誠は週に何度か別所の家を訪ねるようになった。おそらく彼は、珍しいあの家を秘密基地か何かのように感じていたのだろう。


すでに別所の家に出入りしていた私は、誠に会って驚いた。

二年生のとき、私は誠の担任だったのだ。黒い家で会ったとき彼はもう四年生になっていたが、将棋クラブではずっと顔を合わせていた。

どうしたものかと私は考えた。だが見られてしまった以上はごまかせない。それに、もともと私は誠に親しみを感じていた。言うことを聞かない小学生たちの中にいても、誠は私をからかったり、逆らったりすることがなかった。彼は、教師から見てとても扱いやすい子だったのだ。

考えた末、私は誠を歓迎することにした。ほかの大人ふたりは、もとより誠に好意的だった。別所は誠を連れてきた張本人だし、多岐田は男児に興味があるのだ。私が誠を受け入れれば、丸く収まるはずだった。

誠は自転車で遊びに来ていた。林道を上ってくるのは大変だっただろうが、探検気分でやってきていたようだ。彼が訪れるのは平日の夕方が多かったから、学校で仕事をしている私とは時間帯が合わないことが多かった。それでも週末などには黒い家で彼と一緒になり、お茶を飲んだり雑談をしたりした。さすがの多岐田も、少年がいる間は趣味の写真やビデオを見たりはしなかった。

別所は誠に、学術関係のコレクションを披露していたらしい。その中から、誠の求めに応じてひとつをプレゼントしたという。それが、病気の耳を象った医学模型だ。本来子供が喜ぶようなものではないはずだが、誠は少し変わった子だったのだ。

当時、私たち四人はうまくやっていたと思う。多岐田がおかしな行動をとることはなかったし、別所も自分の子供のように誠を可愛がっていた。

だから私は、あんなことが起こるとは想像もしていなかったのだ。

三十年前の秋、九月六日の夕方――。

誠はいつものように黒い家に来て、動物の剝製を見たり外国の図鑑を見せてもらったりして楽しんでいた。別所は少し酒を飲んでいたようだ。

　私と多岐田はそれぞれ別の部屋にいたので、その現場を見たわけではなかった。あとで別所から聞いたところでは、こんなことが起こったという。

　書棚や陳列棚のある部屋に隠しておいたホオジロの剝製を、誠が発見してしまった。治療したあと放してやる、と別所が約束していたホオジロだ。それがどうしてこんな姿になっているのか。誠はショックを受け、別所を追及した。

「そのホオジロは死んでしまったんだよ」と別所は言った。

「どうして剝製なんかにするの？　死んだら土に埋めてあげてよ！」

「埋めたら骨になってしまう。きれいなまま剝製にしてあげたほうがいいだろう？」

　誠は激しく怒り、泣きだした。暴れて、ほかの剝製を倒したりしたらしい。それを見て激昂した別所は、誠を突き飛ばしてしまった。誠は転倒し、頭を強く打った。

　騒ぎを聞いて剝製のある部屋に行った私と多岐田は、誠の状態を調べた。打ち所が悪かったのだろう、誠は息を吹き返すことなく絶命してしまった。

　あまりのあっけなさに私たちは呆然としていた。人はこんなに簡単に死んでしまうのか。子供だったからだろうか。いや、大人であっても頭を強打すれば死ぬことはあるだろう。だが、何もこの家でこんな事故が起こらなくてもいいではないか。本当に運が悪い。そんなふうに私は言った。

別所はうろたえ、動揺していた。事故死であっても当然、罪に問われるだろう。そうなれば警察の取調べや裁判があるし、町の噂にもなる。マスコミが大勢やってきて取材をするはずだ。もう今までのような暮らしはできない。せっかく人里離れた場所に住居を構えたというのに、静けさは破られ、大変な騒ぎになってしまうのだ。

「なんとかならないだろうか」と別所は私たちに相談してきた。私はすぐ警察に自首すべきだと進言したが、多岐田は「そんなことをする必要はない」と強く主張した。

「遺体を雑木林に埋めればいい」と彼は言った。別所もそれに賛成した。近くの林では危ないから隣町まで運ぼう、ということになった。私の反対をよそに、その段取りが組まれてしまった。

方針が決まってほっとしたのか、あるいは酔いのせいもあったのだと思う。別所は、この子の耳がほしい、と言い出した。多岐田はどちらでもいいという態度だった。私はもちろん反対した。死亡させ、遺体を埋めに行くだけでも大きな犯罪だというのに、この上、死体損壊までするのか。それが警察への手がかりになってしまうことはないのか。やめたほうがいい、と私は言った。だがふたりとも聞き入れようとはしなかった。親しく接しているように見えても、結局のところふたりとも私を軽視していたのだろう。

別所はまず左耳を切ろうとした。だがそれまでに耳を切る経験などなかったため、傷をつけてしまって失敗した。慎重に作業をやり直して、右耳のほうはきれいに切断できた。のちに別所はそれをホルマリン漬けにした。

多岐田が自分の車に遺体を乗せ、運転することになった。別所は助手席に座った。あれだけ強く反対したのに、私も死体遺棄を手伝わされることになった。おそらく別所と多岐田は、私を巻き込むことで裏切りのリスクをなくそうと思ったのだろう。共犯者になれば、私が警察にたれ込むことはないと踏んだのだ。

私たちは隣町の雑木林に、誠の遺体を埋めた。

誠が行方不明だという話はすぐに広まり、捜査が始まった。私は落ち着かない気持ちで授業をしていたが、いつ警察がやってくるかと不安で仕方がなかった。びくびくしながら私は過ごしていた。

誠が死亡したあの黒い家に行くのは怖かった。だが、何か新しい情報があるかもしれない。今後について別所たちと相談する必要もある。それで私は、今までよりも頻繁に黒い家を訪ねることにした。

だが数日後に気がついた。多岐田が私を厳しい目で見るようになっていたのだ。多岐田ほどではないにせよ、別所も私の行動に注目しているようだった。気の弱い私が、いつか警察に駆け込むのではないかと疑っていたのだろう。だが私のほうにそんなつもりはまったくなかった。死体遺棄を手伝ったことが、重い十字架となって私を縛っていたからだ。自分の人生をなげうってまで、警察に協力しようとは考えもしなかった。

一週間後の九月十三日、警察犬によって遺体が発見されてしまった。誠が自転車で山に行っていたという情報があったため、警察が捜索の範囲を広げた結果だという。しばらくして、捜査員が黒い家にやってきたと別所から聞かされた。どうやらあの家が疑われているらしい。事情があるといって帰ってもらったが、警察はまた訪ねてくるというのだ。私は肝を冷やしたが、別所はこう言った。「思い切って、家の中を見せてしまおうと思う」と。一度調べが済んでしまえば疑いも晴れるだろうというわけだ。

私と別所、多岐田の三人は急いで家の中を片づけた。別所が持っている剝製は怪しまれるもとだから、すべて地下室に移すことになった。私たちは庭の小屋から十三階段を通り、何往復もして剝製を運んだ。もちろん、ホルマリン漬けになった誠の右耳もだ。

大変な作業だったが、その甲斐はあった。数日後に家を調べた警察は、何も見つけることができなかったそうだ。彼らは別所賢一を、不審人物のリストから外したようだった。

発覚の危機は去った。だが、私の居心地が悪いことに変わりはなかった。

私は週に何度か黒い家に通い続けた。表面上、多岐田も別所も私に何か言うことはなかった。私たちは以前と同じように酒を飲み、料理を食べ、写真やビデオを見て過ごした。たまには馬鹿話で笑うこともあった。だが、空気が変わったのは間違いなかった。すでに私たち三人の関係は変わってしまっていたのだ。私は彼らの仲間ではなく、秘密を知る厄介な人間、というふうに捉えられていたのだと思う。

そんな中、信じられないようなことが起こった。

守屋誠の一件が、多岐田の欲望に火を点けたのだ。誠の遺体が見つかってから三週間経った十月五日、彼は友人の家がある富山県で小学生をさらってきた。それが戸倉圭太だ。多岐田は少年を黒い家に連れてきた。そこなら集落から離れているし、部屋数も多いからだという。

これには別所賢一も驚いたようだった。だがもう顔を見られてしまっているので、圭太を帰らせるわけにはいかない。別所は多岐田の言うとおり、少年を黒い家に監禁した。

私はその様子をただ傍観していたわけではなかった。誠ひとりだったら許されるという話ではないが、ふたり目を拉致したとなると大変な罪になるはずだ。私は圭太を犯罪に巻き込むことに強く反対した。しかし前回と同様、多岐田たちには聞き入れてもらえなかった。

その晩、嫌な予感が的中した。私と別所が見ていないとき、多岐田が圭太に手を出したのだ。パニックに陥った圭太は激しく抵抗し、隙を衝いて外へ飛び出した。多岐田は圭太を追跡した。「危ないぞ、そっちに行くな」と彼は叫んだそうだ。だが圭太は泣きながら庭を走り続け、南側の崖から転落してしまったという。

私と別所が駆けつけたときには、圭太は崖下で死亡していた。

なんてことだ、と私は頭を抱えた。またしても少年を死なせてしまった。前回誠が死亡してからいくらも経っていないというのに——。

さすがに多岐田もショックを受けているようだった。事の重大さがよくわかっていたのだ。ところがその一方で、自分の趣味に走ろうとする人物がいた。別所だ。彼は圭太の耳を見て、「これは普通の形だが、それもまたサンプルとして価値がある」などと言いだした。もともと存在しないものであれば、興味を示すことはなかっただろう。だが今、別所の目の前には少年の耳がある。「採取するチャンスを逃したくない」と彼は主張した。

別所は少年の耳を切断した。誠のときは右耳だけになってしまったが、今回はナイフの扱いにも慣れていて、左右のふたつをきれいに切り取ることができた。彼はそれぞれの耳を別の瓶に入れ、ホルマリン漬けにした。

ここで、遺体をどうするかが問題になった。この前、守屋誠の遺体は隣町の雑木林で見つかってしまった。あそこでは駄目だ。かといって、ほかにいい場所も思いつかない。それならいっそ、この家の庭に埋めてしまおうということになった。私はまた多岐田たちに命じられ、死体遺棄を手伝わされた。嫌で仕方なかったのだが、彼らとの関係に縛られてしまい、もう逆らうことができなくなっていたのだ。

別所礼二が黒い家を訪ねてきたのは、十月九日のことだった。

私や多岐田はそのことを、後日、別所賢一から聞かされた。

親族の法事のことで礼二はやってきたようだ。しかし賢一が目を離した隙に、礼二は書棚や陳列棚のある部屋に入り、ホルマリン漬けになった誠の右耳を発見してしまったという。警察の捜索が終わったあと、賢一はその瓶を地下室から持ってきていたのだ。誠の耳は特殊な形をしていたので、賢一のお気に入りだったのだろう。

耳が見つかってしまったのは、賢一が油断したせいだと言える。だが、もしかしたら礼二には何か疑念があり、わざわざあの部屋に入ったのかもしれなかった。地元の名士である彼は、守屋誠が殺害されたことをよく知っていて、ずっと気にしているという話だったからだ。

礼二は兄を厳しく問い詰めた。学者だから多少常識に疎いのは仕方ないと思っていたらしいが、人を殺したとなれば放っておけない。今のところ誠殺しの犯人は見つかっていないものの、いつ警察が真相に気づいて兄を逮捕するかわからない。そうなったら自分はおしまいだ、と礼二は考えたのだ。

「守屋誠を殺害したのは兄さんなのか」と礼二は尋ねた。賢一は渋々話し始めたが、そのうち、もうひとり少年を殺してしまったことがわかった。礼二は驚き、呆れ、そのあと怒りだした。兄に命じて、事件に関わった私と多岐田を呼び出させた。

私たちにとっては青天の霹靂《へきれき》とも言うべき事態だった。礼二に知られてしまったことは仕方ないとしても、彼が遺体を掘り返せと言ったことは完全に予想外だった。

「庭に埋めるなんて、馬鹿なのか」礼二は強い口調で命じた。「早く掘り出すんだ。別の場所に埋め直すぞ」

礼二が町の有力者だというのは私も多岐田も知っていたから、従うしかなかった。私たちはシャベルで庭を掘り始めた。賢一も手伝おうとしたが、礼二がそれを制した。「兄さんは座って見ていろ」と言う。どうやら礼二は、この不祥事を起こした責任は私と多岐田にあると考えているようだった。

掘り出された少年の遺体を指差して、礼二はさらに命じた。「バラバラにしろ」と。

さすがにそれには抵抗があった。だが礼二が私を恫喝し、多岐田は私を小突いた。それはここに来て多岐田は責任を逃れ、命令する側になろうとしているらしかった。それは礼二が許さないだろうと思ったが、彼は多岐田には何も言わなかった。汚れ仕事をするのは私ひとりでいい、ということだろうか。礼二に怒鳴られ、多岐田に尻を蹴られて、私はそれ以上拒めなくなった。涙を流し、圭太に詫びながら、私は少年の遺体を刃物で切断していった。途中で吐き気に襲われたが、多岐田にどやされた。脂肪や組織片、濁った体液などでどろどろに汚れながら、私はその残酷な仕事を続けるしかなかった。

翌日の夜には、遺体を埋めに行くよう命令された。吐き気がこみ上げ、めまいがした。何も食べられないまま、私はいくつもあるポリ袋を車に載せ、奥多摩に向かった。手伝ってくれる者は誰もいなかった。

命令どおりに作業を終わらせ、私は坂居町に戻った。

別所礼二はまだ黒い家にいて、死体遺棄の場所や周辺の状態についてしつこく尋ねてきた。詳しく知りたいのなら一緒に来ればよかったのに、と私は思った。だが萎縮してしまって、そんなことはとても言えなかった。

礼二は賢一を諭したようだった。「もう絶対にこんなことをするな。多岐田や佐々木とは関わるな」と釘を刺していた。そのあと礼二は多岐田と私に向かって、「二度とこの家に来ないでくれ」と言った。頼み事というのではなく、禁止事項の伝達に近い、厳しい雰囲気があった。

その言葉に逆らうつもりはなかった。このへんが潮時だろう、という思いが私の中にもあったからだ。

礼二は金にものを言わせるタイプだった。その上、裏では反社会的勢力と繋がっている、と噂されている。下手に楯突いたら、私などは即座に消されてしまいそうだ。いや、待て、そうではない。楯突かなくても口封じをされるおそれがある。私を始末すれば、誠の事件も圭太の事件も、世間にばれる可能性がかなり低くなるのだ。そんなふうに礼二が考えないという保証はない。

このままでは殺される。そう思って、私は自分の身を守る方法を考えた。

もう二度と来るなと言われていたが、十月十三日、私は別所賢一の留守を狙って黒い家に忍び込んだ。事件の証拠品を盗み出そうと思ったのだ。

一階のあの部屋には誠の右耳があるとわかっている。あれは賢一が大事にしているものだから、なくなればすぐばれるだろう。私は地下室に入り、ガラス瓶をひとつ見つけ出した。圭太の左耳がホルマリン漬けにされた瓶だ。賢一は圭太から左右の耳を切り取ったが、形が平凡なため、じきに飽きてしまったようだった。それで、事件のあとは地下室に置いたままになっていたのだ。すでに写真を撮り、スケッチもしてあるから耳それ自体にはこだわっていないらしい。おそらくは、このまま地下室にしまっておくのだろうと思われた。

もうひとつ、圭太の右耳の瓶もあったが、それは残しておくことにした。右耳が残っていれば、左耳は単に紛失しただけだと考えるだろう、と思ったからだ。

私は左耳の瓶を盗み出すことに成功した。

しかし、その瓶をタイムカプセルに入れたのはなぜだろう。

今となっては自分でもよく思い出せない。ちょうど埋設イベントが三日後、十月十六日に迫っていたから、急に思いついたのかもしれない。カプセルは絶対に安全な隠し場所だと感じたのか。あるいは——私は気が弱くて生徒たちに軽んじられていたし、ほかの先生たちからも仕事を押しつけられていた。毎日、悔しい思いをしていた。だから生徒や教員たち、ひいてはあの青梅第八小学校を事件に巻き込んでやろう、という気になったのかもしれない。

左耳以外にも、私は身を守るための交渉材料を用意していた。以前撮影してあった、守屋誠の右耳が入った瓶の写真、そして別所賢一や多岐田雅明とともに撮った写真だ。私はそれらを、のちにマンションのパイプスペースに隠したのだった。

事件から三十年——。私はふたりの少年のことをずっと忘れられずにいた。小学校の教員だった私は、彼らを守らなければいけない立場にあった。それなのに結局、何もできなかった。情けないことだが、多岐田雅明や別所賢一、礼二が怖くて仕方がなかったのだ。

この性格の弱さのせいで、私は負け犬の人生を歩んできた。去年重い病気が見つかったのも、過去の罪のせいに違いない。そうだ、ばちが当たったのだ。

もう私にはあまり時間が残されていない。せめて、あの子供たちの遺族に真相を伝えて謝罪したいと思った。

私は誠と圭太の遺族を探して手紙を出した。圭太の父親からはメールが来たので、何度かやりとりをした。三十年前、圭太を死なせてしまったこと。犯人は私のほか多岐田雅明、別所賢一であること。また、今年行われる小学校のタイムカプセル発掘イベントで重要な事実がわかること。そういう情報を伝えた。

とても許してもらえるとは思えない。だが、それでも告白しなければならなかった。それが負け犬である私の、唯一の償いの方法なのだから——。

8

広い駐車場でタクシーを降り、施設のほうへと歩きだす。

藤木は白壁の建物に目をやり、それから空を見上げた。今日は朝からよく晴れている。十月も下旬になって気温が下がってきているが、まだ肌寒いというほどではない。

秀島をともなって、藤木は建物の正面玄関に向かった。

羽村市にある高齢者施設。ここに、事情聴取をすべき相手が入居している。受付で手続きを済ませ、前回と同様、談話室で椅子に座って待った。室内にはほかに誰もいない。壁際にある大型テレビでは料理番組が流れている。ボリュームが絞られているようで声は聞こえなかった。器用にフライパンを振る料理研究家も、助手役の女性アナウンサーも口をぱくぱく動かすばかりだ。

南に面した大きな窓から、暖かい秋の日が射している。

「いい天気になりましたね」秀島が言った。「仕事が早く片づいたら、どこかでのんびりしたいところですよ」

おや、と藤木は思った。秀島の顔をまじまじと見る。

「君がそんなことを言うのは珍しいな。あるべき論で言うならサボりなんて、もってのほかじゃないのか」

「いやいや、仕事ばかりじゃ効率が悪くなりますからね。適度に休憩を挟もうという話です」

「まあいいか……」藤木は口元を緩めた。「しかし、仕事が早く片づいたことなんてほとんどないよ。どうしてだろう。段取りが悪いのかな」

「仕事熱心だからでしょう。手が抜けないんじゃないですか？」

「たぶん俺は心配性なんだな。情報収集が済んでも、まだ何か出てくるんじゃないかと思ってしまう。それでつい長くなる」

「気にすることはないと思いますよ。僕らはチームで仕事をしているんですから、個人が責任を負う必要はないでしょう」

「まあ、君にはわからんだろうなあ」

口には出さないが、頭にあるのは妻のことだ。あのとき体調を訊いておけばよかったとか、仕事を休んででも病院に連れていけばよかったとか、何かあるたび藤木は後悔を繰り返している。被疑者逮捕で捜査が一段落した今、心に余裕ができたせいだろうか。仕事の合間に、つい昔のことを思い出してしまう。

テレビでは早くも一品完成したようで、料理研究家が盛り付けをしていた。それを見て、秀島が言った。

「あとで何か旨いものを食べましょうよ」

「そうだな。もう、食べることと寝ることぐらいしか楽しみがないからな」

冗談めかして言ったが、藤木の心には波が立っている。がんの末期、妻は日ごとに食欲がなくなっていった。点滴で栄養をとるようになったのだが、そのうち喉に痰がからみ始めた。寝たきりになった妻にはもう、自分で咳をして痰を取り除くことができなかった。なんとかしてやりたいと思っても、素人ができることには限度がある。在宅医療の難しさを思い知らされることになって――。

いかんいかん、と藤木は思った。捜査の山を越えたとはいえ、今は仕事中だ。自分の責務を果たさなければならない。

職員が車椅子を押しながら談話室に入ってきた。

「お待たせしました」

職員の女性は会釈をして、車椅子をテーブルのそばに止める。

歳は七十七、つまり喜寿だ。白髪を短めに刈った別所賢一は、今日もぼんやりした目をしていた。焦点が定まらず、宙を漂う埃を見ているかのようだ。

「別所さん」職員がゆっくりと話しかけた。「警察の人ですよ。何か訊きたいことがあるんですって」

「ああ、はあ……」

車椅子に座ったまま、別所賢一は職員のほうに顔を向けた。

「刑事さんが来てるの。お話を聞かせてくださいって」

「うん、はい……」

わかっているのか、それともただ返事をしているだけなのか。別所はひとり、何度もうなずいている。

どうぞ、というように職員がこちらへ手振りをした。藤木は少し声のトーンを高くして、老人に話しかけた。

「警視庁の藤木です。この前、一度お邪魔しました」

「……ああ」

「三十年前、あなたの家で事件がありましたよね。守屋誠くん、小学生の男の子です。その子が遊びに来ていたけれど、倒れて死んでしまった。佐々木克久さんのノートに書いてありました」

話を聞いて、女性職員が身じろぎをした。入居者個人の事情には立ち入らないようにしているのだろうが、内容が内容なので驚いているようだ。

「守屋誠くんを覚えていますか？　怪我をしたホオジロを助けた子です。そのホオジロをあなたが剝製にしてしまったから、彼が怒ったんですよ。あなたは彼を突き飛ばしてしまった。そのせいで彼は死亡しました」

「そう……ですか」

返事はしてくれる。だが話を理解しているかどうかはわからない。

「別所さん、あなたの弟さんは逮捕されましたよ」

「……お父さん？」

「お父さんじゃなくて弟さんです。あなたのきょうだいの別所礼二さんですよ。彼は多岐田雅明と佐々木克久に命じて、戸倉圭太くんの遺体を埋めさせました。礼二さんは、あなたや多岐田が起こした事件の後始末をしてくれたんです。覚えているでしょう？」

　職員がひどく動揺しているのがわかった。席を外してもらったほうがよかったかな、と藤木は思った。だが、別所は介護が必要な状態だ。職員不在のときに何かあっては困る。

「どうですか、別所さん。礼二さんのことはわかりますよね？」

「……ああ。元気ですかねえ」

「弟さんはこれから裁判にかけられます。ですが、彼の容疑はあなたにも関係あるんですよ。あなたは守屋誠くんを殺害し、死体損壊、死体遺棄を行った。そのあと多岐田がさらってきた戸倉圭太くんの事件にも関わった。そうですね？」

「……死体？　死んだの？」別所ははっきりしない声で答えた。「なんだかね……難しい話だなあ」

　藤木はしばらく口を閉ざして相手を観察した。別所は今、部屋の隅にあるテレビに目を向けている。料理番組の二品目の皿を見て、旨そうだねえ、とつぶやいた。

「別所さん」藤木はあらたまった調子で話しかけた。「あなたは動物学者として、研究心や探究心を優先してきたかもしれません。勤めていたころには、研究で成果を挙げたこともあったでしょう。でもね、ふたりの少年の命を奪っておきながら、犯行を隠し続け、罪を償うこともなく、人生を終わりにするつもりですか？」

「……あ、はい？」

「守屋誠くんはあなたを慕い、あの家に通っていたんでしょう？　それなのにあなたは彼の命を奪ってしまった。戸倉圭太くんの場合は多岐田に拉致され、恐怖と絶望の中で死んでいった。どちらもまだ小学生でした。あなたは彼らの痛みを想像できないんですか？」

「想像……夢かなあ。夢を見ますねえ」

どれだけ熱心に話しかけても、柳に風という感じで受け流されてしまう。まるで手応えがなく、質問するのが虚しくなってくる。

藤木は黙り込んだ。その様子を見て、秀島が鞄から何かを取り出した。

彼の手にあるのは透明なガラス瓶だ。

「この瓶はあなたの家の地下室で見つかったものです」秀島は言った。「ラベルに何か書いてありますね。『マコト』と読めます。これ、覚えていますよね？」

「……ああ、地下……そうですか」

「中に耳のようなものが入っていたんですが、本物かどうか確認する必要がありました。それでうちの鑑識が組織を調べましてね。残念ですが、こんなふうになってしまいました」

秀島はガラス瓶をテーブルの上に置いた。液体の中に何かが沈んでいる。それは、かつて藤木たちが発見したものとは違っていた。細かく切り刻まれ、まるで酢の物の材料のようになった「何か」だ。

「どうして！」

別所の口から鋭い声が漏れた。彼は目を見開き、険しい顔でガラス瓶を見つめている。ぼんやりした表情はすっかり消えていた。

「おや、別所さん、どうかしましたか？」秀島は芝居がかった声で尋ねた。「大切なコレクションを台無しにされて、怒ったんですか？」

「……あ、いや……」

ごまかそうとする気配が感じられる。もう先ほどまでのような、のんびりした様子ではなくなっていた。

「すみません。今のは嘘です」秀島は口元に笑みを浮かべた。「これは耳じゃありません。シリコーン製の偽物です。でもよく出来ているでしょう」

別所は黙ったままだ。目を逸らしているが、動揺しているのがよくわかる。

彼をじっと見つめて、藤木は言った。

「別所さん、あなたは病気のふりをして、このまま逃げ切ろうとしているんじゃありませんか？　私にはそう見えます」

「……知らない。……俺は知らない」

高齢だし、体調もよくない人物だ。三十年前の事件について別所賢一を逮捕、収監できるかどうか、難しい部分はある。だが自分たちの仕事は、過去の未解決事件を捜査し、解決へと導くことだ。すべてを暴いた結果、最終的には検察の判断に委ねることになるだろう。

「また来ますよ、たぶんね」

そう言って藤木は椅子から立ち上がった。そのとき、別所賢一が言った。

「あんたの耳」

「……え？」

「面白いな……。その形」

「この耳が？」

藤木は眉をひそめて、自分の右耳に触れた。指先を動かして、耳朶《じだ》の形を感じ取ろうとする。別所は静かに深呼吸をしたあと、藤木を指差した。

「あんた……きっと不幸になるよ。そういう耳だ」

なるほど、と藤木はつぶやいた。そのあと、首をすくめながら言った。

「あいにくだが、私はすでに不幸なんですよ。もう一生分の不幸を味わってしまった」

秀島は目を伏せ、小さくうなずいている。別所は不機嫌そうに黙り込む。施設の女性職員は呆気にとられたという表情だ。

職員に礼を言い、藤木と秀島は談話室を出た。


午後八時から、支援係の部屋でミーティングが行われた。

ホワイトボードの前に立っているのは大和田係長だ。彼はマーカーを手にして、項目を書き加えていく。捜査が始まってからずっと使っているホワイトボードには、かなりの量の書き込みがあった。あちこちにメモも貼り付けられている。

「今日、俺のほうに入ってきた情報だが……」大和田は資料のページをめくった。「佐々木克久のノートには奥多摩の地図が描かれていた。それをもとに応援の捜査員が調べたところ、戸倉圭太と思われる遺体の一部が発見された。いくつかの部位に分かれているため、まだすべては見つかっていない。明日も引き続き、付近の捜索が行われる予定だ」

「まったくひどい話ですよ」岸は眉間に皺を寄せた。「そこまでする必要があったのかどうか。山に持っていくんなら、ご遺体をそのまま埋めてあげればよかったのに」

「頭部と左右の手が、まだ出てきていないそうだ」大和田は眉をひそめた。「佐々木は犯罪の素人だが、身元を隠すためにバラバラにすると言われて知恵を絞ったんだろう」

「頭部と両手は、個人を識別するために重要ですよね」パソコンの画面から顔を上げ、石野が言った。「もし早い段階で遺体が見つかった場合、人相で身元がわかる可能性があります。指紋も有効です。そういうことを佐々木は恐れたんでしょう。……また、骨になってしまったとしても歯の治療痕があれば手がかりになります。だから頭と手だけは、わかりにくい場所に埋めたわけですね」

たしかにな、と藤木は思った。秀島もうなずいている。みな被害者のことを考えているのか、しばし部屋の中が静かになった。そんな中、石野が慌てた声を出した。

「あ……すみません。私、よけいなことを言ったでしょうか」

「別によけいなことじゃない」大和田が彼女を諭した。「意見は自由に言ってもらってかまわない。石野も係の一員なんだ。遠慮はするな」

「……ありがとうございます」

申し訳なさそうな顔をして石野は答えた。そんな彼女を横目で見ながら、岸は言う。

「まあDNA鑑定もあることだし、たとえ体のすべてが見つからなくてもな」

「でも、心情的にはなんとか見つけてあげたいですよね」秀島が口を開いた。「そうでしょう、藤木さん」

「もちろんだ。遺族はずっと待っていたんだからな。三十年……とてつもなく長い時間だよ」

頭の中に、戸倉健吾の顔が浮かんできた。犯罪者ではあるが、彼には同情せざるを得なかった。

そして戸倉と同じように、三十年間苦しんできたのが守屋誠の両親だった。現在、彼らに対しても事情聴取が行われている。今年一月、佐々木克久から告白の手紙を受け取っていたこと、その後訪ねてきた戸倉から殺人計画を持ち掛けられたことなど、事件への関わりを聞いているところだ。

守屋典章は「私はずるい人間です」と言っていたらしい。戸倉が事件を起こすのを知っていたのに、警察に詳細を伝えなかったから、というのがその理由だそうだ。犯罪に協力することはできない。しかし心のどこかに、復讐を為し遂げてほしいという気持ちがあったのだろう。

「あとは、藤木さんたちのほうだが……」

大和田に促されて、藤木は今日の活動内容を報告した。

「羽村市の高齢者施設で別所賢一に会ってきました。脳出血を起こしたのは事実だとしても、話が通じないというのは演技のように見えました。慎重な対応が必要ですが、この先しっかり追及していくべきだと思います」

「耳へのこだわりというか、熱意というか」秀島は大和田のほうを向いた。「そういうものが強く感じられましたね。しっかり追及すべきだという意見に、僕も賛成です」

わかった、と大和田は言った。

「多岐田が殺害されたせいで捜査態勢が大きくなっているから、我々支援係だけでは判断できない。俺から幹部に報告しておこう。指示があれば、我々も別所賢一の事情聴取に加わることにする」

そろそろミーティングも終わりという雰囲気になってきた。資料を片づけながら、岸が大和田に話しかけた。

「今回、上からの評価はどうです？」

「ああ、悪くないな。……というか、みんな驚いている。支援係がこんなに複雑な事件を解決するなんて、誰も予想していなかったはずだ。来期はきっと予算が増えるぞ。ありがたいな」

でしょうね、と言って岸はにやりとした。

「今がチャンスですよ。やればできるってところを見せつけてやらないと」

「岸の言うとおりなんだが、ほかの係の前ではあまり自慢しないでくれよ。うちは支援係だから、出しゃばるような真似をするとやっかまれる」

「それでですか！」石野が声を上げた。「今日、廊下を歩いていたら嫌みを言われました。私個人が嫌われているんだと思って謝ったんですが、今回の事件のせいなんですね」

納得したという顔で石野は何度もうなずいている。その横で、岸は何かを思い出したようだ。

「とにかく今回は支援係の勝利ですよ。特命捜査対策室のほかの係には、しっかりと負けを認めてもらわなくちゃね」

「別に勝ち負けの話じゃないだろう？」と大和田。

「ああ……。俺ね、ほかの係の連中と賭けをしていたもんですから」岸はくっくっと意味ありげに笑った。「金欠で困っていたんですが、これで今日の晩飯が食えますよ」

藤木は岸の顔を見つめて、まばたきをした。

「この前、パチンコでかなり勝ったんじゃなかったのか？」

「いや、それがですね、人に奢っていたら、じきになくなってしまって……」

彼らしい話だな、と藤木は思った。やはり岸は金が身につかないタイプらしい。

そのほか、明日の活動予定などを確認して、ミーティングは終了となった。


使っていた資料を返却するため、藤木は椅子から立った。

岸と石野の席のうしろに、書類を収納するスチールラックがある。ちょっと失礼、と声をかけて藤木は通路にしゃがんだ。分類されている棚を見ながら資料を差し込んでいく。

石野は席を外しているが、岸は自分の席でパソコンの画面を睨んでいた。過去のナンバーズの当選番号を調べて、次の購入計画を立てているらしい。熱心なことだな、と可笑しくなった。

「俺が言うことじゃないけど、ギャンブルもほどほどにな」

「藤木さんね」岸は椅子を回転させてこちらを向いた。「スリルのない人生なんて、生きる価値がありませんよ。俺は一瞬一瞬、輝いていたいんです」

「まあ、そういうのも生き甲斐か。たしかに、生きていてこそだもんな」

藤木としては何気ない一言だった。しかしそれを聞いて、岸の表情が急に暗くなった。

「……大丈夫ですか？　みんな口には出さないけど、藤木さんのことを心配してますよ。ひとりになって、食事はどうしてるんです？」

岸は真面目な顔で尋ねてくる。彼にそんな心配をされているとは思わなかった。

「おかずはコンビニやスーパーで買ったものを並べるだけだな。サラダはなるべく食べるようにしているけど」

「けっこう飲んでるんでしょ？」

「まあ、酒はどうしてもね……。飲まずにはいられなくて」

「何か趣味でも作ればいいんですよ。そうすれば話し相手もできるだろうし」

「俺なんかと趣味の合う人がいるかなあ」

藤木は苦笑いを浮かべる。岸は少し考える様子だったが、じきに声を低めて言った。

「お節介だとは思いますが、聞くだけ聞いてください。……まだそんな気にはなれないでしょうけど、藤木さん、五十歳ですよね。先のことを考えたら、誰かとおつきあいってのもありじゃないですか？」

「え？　いや、俺はそういうのは……」

「うちのいとこが、病気で旦那さんを亡くしたんですよ。だいぶ迷ったようだけど、何年か経って再婚したんです。決断してよかったって本人も言ってました。この前はふたりで海外旅行に出かけたそうでね」

「ああ、それはよかったじゃないか」

「だから藤木さんもね……。もちろん今すぐというわけじゃないけど、誰かいい人、いないんですか」

「いい人ねえ……」

つぶやきながら藤木は記憶をたどってみる。そういえば、と思った。

「メールをやりとりする人ぐらいならいるけど」

「お、いいじゃないですか。その人と長くつきあっていったら……」

「いや、そんな関係じゃないからな」

妻の知り合いだった大西美香のことだ。彼女は裕美子に連絡をとろうとメールしてきてくれた。今は藤木とやりとりしているが、それもいつまで続くかはわからない。大西はあくまで妻の知り合いであって、裕美子がどんな闘病生活を送ったのか知りたいだけなのだ。もし藤木が妻とは関係ない話題を出したら、きっと警戒するに違いない。

「もったいない気がするなあ。……なんていう人ですか？　姓名判断で相性を占ってあげましょうか」

いいよいいよ、と断って、藤木は自分の席に戻ろうとした。

そのとき、石野の机に置いてあるものが目に入った。

スリープ中のノートパソコンのそばにペンケースがある。《ＩＳＨＩＮＯ》というシールが貼ってあった。意外と子供っぽいところがあるんだな、と藤木は微笑ましく思った。

そこでふと気がついた。考えてみると、これまで自分は同僚たちのことを深く知ろうとはしなかった。お節介とは感じるものの、岸があれほど自分を心配してくれているとは知らなかった。石野の持ち物にしても、今まで注意して見たことはなかった。

捜査が順調なこともあって、少し気持ちが上向いた。同僚というのはありがたいものだと感謝する。

だがそのとき、藤木は小さな違和感を抱いた。何かが引っかかっている。いったい何だろう。もう一度辺りを見回してみた。目の前の机にあるのはノートパソコンと、シールが貼られたペンケースだ。

そのペンケースを見つめるうち、はっとした。《ISHINO》を並べ替えてみたらどうなるか。そうだ。《ONISHI》となるではないか。

記憶をたどってみる。大西美香は先日のメールで、自分の祖母もがんだったと書いていた。一方で石野は父親の暴力について説明したとき、祖母は自宅で療養していたと話していた。もしかしたら石野の祖母もがんで亡くなったのではないだろうか。

裕美子の仕事や闘病生活については、彼女のブログに綴られている。それを読めば、古い友人のように振る舞うことも可能だろう。たしか、妻のスマホのメールアドレスもブログに書かれていたはずだ。

そして藤木は以前、そのブログのことを大和田係長に話したことがあった。何かの折に、同じ部署の人間がそれを聞いたとしても不思議ではない。

──じゃあ、大西美香というのは……。

何も知らないものと思って、藤木はブログの存在をメールで教えた。だが、最初から彼女は詳しいことを知っていたのではないか。

しかしそうだとしたら、なぜ彼女はわざわざメールを送ってきたのだろう。親族が同じ病気だったから、そしてその親族が亡くなってしまったから、藤木に同情してくれたのだろうか。

「あの、藤木さん、どうかしましたか？」

うしろから声をかけられ、驚いて振り返った。席を外していた石野が戻ってきたのだ。

「うん……いや、なんでもない」

「藤木さんにレクチャーしてたんだよ」岸が暢気な口ぶりで言った。「誰かいい人、いないんですかって。まだまだ若いじゃないですかって」

「また、岸さんは……」石野は苦笑いをした。「藤木さんが困っているじゃないですか」

「困ったりはしないですよねえ。俺は藤木さんのことを心配してるんだから」

パソコンの画面を見ながら岸は言う。まだナンバーズの戦略を立てているようだ。

ふたりの顔を見てから、藤木は自分の席に戻っていった。

彼女について自分はいったい何を知っているだろう、と藤木は考えた。

石野千春は父親の暴力に苦しめられた経験から、権威ある警察官になろうと決めたらしい。自分を変えたい、という気持ちもあったのだろう。だが彼女が警察学校を卒業する前に、父親は亡くなってしまった。彼女はそこで目標を失ったのだ。そのせいで、警察官としての意欲も気概もなくしてしまったのではないか。

そんな彼女に、自分は同情されてしまったのだなあ、と思った。

休職後、仕事に復帰してからも藤木はやる気を出せずにいた。内勤を希望し、毎日定時に帰り、同僚たちと交流することもなかった。そういう藤木を、石野は不憫に思ったのだろうか。

内気で気弱なところがあるものの、石野は素直な女性だ。真剣に仕事に取り組んでいて、藤木の目から見ても好ましい印象がある。

そんなふうに考えているうち、妙なことが頭に浮かんだ。

——もしかしたら彼女は俺のことを……。

そう思いかけたが、いや、それはないなと苦笑した。石野は今二十八歳で、藤木から見れば娘のような年齢だ。

今後、自分はどうしたいのだろう、と考えてみた。彼女と特別な関係になりたいわけではない。それはたしかだ。ただ、せっかく続けているメールのやりとりを、気まずい状態で終わらせたくはなかった。

このまま知らないふりをしていよう、と藤木は心に決めた。それが一番いいような気がする。

「お先に失礼します」

向かいの席から石野の声が聞こえた。仕事が一段落して、今日は早めに退勤するようだ。

「ああ、うん、お疲れさん」

藤木は何気ない様子を装って、彼女にうなずきかけた。

「さて、こうしちゃいられない」

岸も鞄を持って立ち上がった。家に帰って、今度は競馬の予想を立てるのだそうだ。

大和田係長は今、資料と電卓を持って会議に出ている。長くなると言っていたから、しばらくは戻ってこないだろう。

パソコンでの作業を終えて、藤木は椅子の背もたれに体を預けた。それに気づいたらしく、秀島がこちらを向いた。なぜだか彼は口元を緩めている。

「藤木さん、現場の仕事に戻った感想はいかがです？」

「疲れるよ。この歳になって、まだこんなに働かされるとはなあ」

「でも藤木さんがいたから、今回の事件は解決できたんですよ。どうです？　周りに評価されるのって気分がいいでしょう」

まあそうだな、とつぶやいて藤木は腕組みをする。秀島は続けた。

「藤木さんを内勤にしておくなんて、組織にとって大きな損失なんですよ。だから僕が係長に申し出たんです。藤木さんと組ませてくださいって」

「え……。君が言い出したことなのか？」

「大和田係長も賛成してくれましてね。みんな藤木さんのことを気にしていましたから」

たしかに岸もそんなことを言っていた。ずっと周りと関わらずにいた藤木を、同僚たちは毎日見守ってくれていたのかもしれない。

「俺が暇そうにしているから、もっと仕事をしろって思ったんじゃないのか？」

「ええ、そのとおりです。当たり前じゃないですか」秀島はいたずらっぽい顔で言った。「給料分はしっかり働いてもらわないとね。それが、あるべき姿なんですから」

やれやれ、と藤木はため息をつく。だが嫌な気分はしなかった。

「それにしても今回の事件は難しかった。俺は思い知ったよ。人の心っていうものはあまりにも複雑だ」

「いやいや、案外シンプルでしたよ。人を動かすのは執念です。三十年経っても、やられたほうは絶対に忘れない。僕にもよくわかります」

「なんだい、身も蓋もない話だな」

「そうですか？」

「君とはどうも価値観が合わないよ」藤木は言った。「でも、だからこそコンビを組む意味があるのかもな。毎日いろいろと刺激があっていい」

秀島は腕時計を見たあと、ノートパソコンの電源を切った。それから椅子を回してこちらを向いた。

「ちょっと人生について語り合いませんか。何か旨いものを食べながら」

「いいねえ。今日はとことん飲みたい気分だ」

うなずいて、藤木は机の中に捜査資料をしまい込んだ。

この先、自分がどうなるかはわからない。もしかしたらまた気持ちが滅入って、出勤できなくなるかもしれない。あるいは何かの病気になるかもしれないし、仕事中に大きな怪我をするかもしれない。

だが、今の時点ではっきり言えることがひとつだけあった。

自分には話を聞いてくれる仲間がいる。こんなにありがたいことはない。

本書はフィクションであり、登場する人名、団体名などすべて
架空のもので、現実のものとは一切関係ありません。

この作品は文春文庫のために書き下ろされたものです。

DTP制作　エヴリ・シンク

文春文庫

凍結事案《コールドケース》捜《そう》査《さ》班《はん》
時《とき》の呪《じゅ》縛《ばく》

定価はカバーに
表示してあります

2023年8月10日　第1刷

著　者　麻《あさ》見《み》和《かず》史《し》
発行者　大沼貴之
発行所　株式会社　文藝春秋

東京都千代田区紀尾井町 3-23　〒102-8008
TEL　03・3265・1211㈹
文藝春秋ホームページ　http://www.bunshun.co.jp

落丁、乱丁本は、お手数ですが小社製作部宛お送り下さい。送料小社負担でお取替致します。

印刷製本・凸版印刷

Printed in Japan
ISBN978-4-16-792077-7